貴妻揚進門 3

文創風 495

半巧 著

目錄

第五十九章 拜年

天未亮，絡繹不絕的馬車紛紛向宮中駛近。

下了車，相識的女眷便聚在一起，相互拜年寒暄。

佟析秋再次碰到謝寧，謝寧拉著她，笑得好不嬌媚，將她打量一番後，便道：「析秋妹妹如今越發溫婉動人了。大年節的，各府來往送禮，怕是累得不行吧？」

佟析秋裝作不懂，眼露疑惑地說：「倒是不累，臘月二十四就送完了。」

謝寧咬牙，對於她明顯不想扯上慶王府的心思有些不喜，看看自己的指甲，又道：「妹妹該知曉，有時要得高位，還需背景才行。」

「婆婆在喚了，我先過去，請寧側妃見諒。」佟析秋不待她話落，便福了身，向明鈺公主那邊行去。

對於謝寧的話中話，她怎能不知？按理，兩人明面上是親家，互送年禮再正常不過，可送禮有講究，以慶王府的高貴，應是身居下位的鎮國侯府先送。可鎮國侯明顯不想選邊站，她遂樂得跟謝寧劃清界線。至於謝寧所說的背景高位……她壓根兒就不稀罕。

明鈺公主正跟一些識得的婦人說話，見佟析秋過來，便朝臉色難看的謝寧掃了一眼，隨即轉移目光，沒多說什麼，繼續跟這些夫人攀談。

待到宮人來傳皇后口諭，眾人便齊齊步進棲鸞殿。

走到殿前，命婦須按品階而站，明鈺公主為一品，自是站在最前面，走時，有些不放心地輕拍佟析秋的手。

佟析秋頷首讓她放心，去五品命婦站的位置時，居然看見了王氏。瞧她亦是著正五品冠服，便衝她行個平禮，立至她身後。

接著，宮人出來宣讀帝后的傳召。最先宣的是王府、侯府和國公府，之後才是她們這些命婦。過了近半個時辰，才宣召不到小半之人。

彼時，天已經大亮，佟析秋冷得瑟瑟發抖。幸好她聰明，在命婦服裡塞了件夾襖棉褙，不然這會兒怕是會凍得更慘。

正想著呢，便聽宮人喚道：「皇后娘娘有旨，命四品御前帶刀侍衛亓容卿之妻佟氏進殿叩恩——」

佟析秋愣住，前面還有不少命婦，怎麼就提前叫她了？

「亓容卿之妻佟氏可在？」宮人不耐地又喚了一遍。

確定沒聽錯後，佟析秋趕緊站出來。「臣婦在。」

「皇后娘娘傳妳，快進殿！」

「是。」佟析秋頷首，挺直腰板，踩著小步朝華麗莊重的殿內行去。

還未被叫進去的謝寧狠狠瞪了那背影一眼，隨即回頭望向自己的母親。見王氏搖頭，心裡更是憤恨不已。

佟析秋到了正殿後，雙眼平視，跪拜下去，高唱：「臣婦拜見皇后娘娘，皇后娘娘萬福金安！」

「起來吧。」上首的皇后和藹道：「無須這般拘謹。」又命宮人搬凳子放在明鈺公主身旁。「坐在妳婆婆旁邊吧。」

「謝皇后娘娘。」佟析秋小心地走過去坐下，屁股只敢略略靠著凳子，整個身子僵得不行，卻又要維持面上的微笑。

「聽母妃說，宮中有道金屋藏嬌的名菜，用的是鎮國侯府三少奶奶鋪中的芽菜所做，是七弟讓人想出的菜品。」說到這裡，開口的人笑出了聲。「七弟倒是會琢磨，竟讓不貴的芽菜變廢為寶，成了御菜！」

佟析秋聞言，臉色微變，抬眼看去，見恒王妃故意以袖掩嘴打趣著，眼中嘲諷滿滿。

誰不知賢王是她芽菜鋪子的大戶？恒王妃說這話，倒顯得賢王是在故意拉生意，抬高她佟析秋呢。

佟析秋握緊手中絹帕，見明鈺公主斜眼向她看來，遂輕笑道：「賢王向來灑脫，民間百姓也在傳，說賢王是唯一不看重身分、又願意親近百姓的好王爺。想來在賢王心中，民生要貴過王府吧！」

話落，恒王妃立時瞇眼，向她射來兩道厲光。

佟析秋亦不懼，衝她微笑，用絹帕不經意捂了下嘴角。

上首的皇后笑著頷首。「他就那性子。閒不住不說，對誰都是一副熱心腸。」

眾人附和，這話題過後，宮人又開始宣召命婦進來叩首。

待行完禮，除皇家的人留在殿中，其餘命婦皆可先行回府。

此時，皇后命人將備好的賞禮拿出來，給佟析秋的是一塊綠白交映、自然形成山水圖樣的玉墜。

佟析秋跪拜謝過，見對面的謝寧眼中有怒火閃過，便猜想這枚玉墜定是價值不菲。

皇后打賞完，見時辰差不多，天已大亮，便讓眾人各自回府過年了。

待朝拜完，從宮中出來，已近午時。

回府後，眾人隨鎮國侯先去祠堂祭拜祖宗，中飯便在雅合居草草吃了。

下午，府中已全然忙開，管事命人將紅燈籠高高掛上，又叫人先在門口貼春聯。

婢女們將備好的琉璃燈樹搬出來，放在各個主子的院落中。

佟析秋亦是沒有空閒，要去廚房確認年夜飯的菜式，又要去院中看婢女們布置燈樹。從昨兒個下午開始，婢女們就忙著在光禿禿的樹枝間黏花紙，今兒已完成大半了。

佟析秋逐一查看，見再無疏漏，才放了心。

天將黑，各院點亮琉璃燈樹，五彩琉璃燈罩內的燭火，襯得五顏六色的紙花閃閃發亮，跟前世的彩燈相差無幾。不同的是，燭火熏出的香味和火光散出的暖意，更能給人溫馨和年味的感覺。

佟硯青跟佟析春在院中欣賞琉璃燈樹，一邊走、一邊悄聲討論。佟析秋拿出三十兩銀子，讓小廚房先備幾桌飯菜，待她從雅合居回來，再同弟、妹及院中下人一同吃團圓飯。

酉時，管事婆子來報，大廚房的飯食已經備好。

佟析秋聽了，又跟弟、妹囑咐兩句後，便匆匆向雅合居行去。

雅合居內，下人們拿來碗筷，由佟析秋親自布置飯桌。

董氏過來，幫著取過碗筷遞給她。「嫂嫂倒是能幹，一人就能將事情做好。」

佟析秋沒工夫跟她吵嘴，只道了句：「若四弟妹想擺，一起擺就是。不過擺擺碗筷，沒什麼功勞可爭。」

董氏咬牙，面上卻笑得得體。「是。」能爭的也爭不到不是？想起佟析秋對董家的敲打，心中恨極。

昨兒董家的來找她，說了佟析秋收拾她的事，且連賈家都暗中打聽清楚，以後真不能再動手腳了，只得先忍著，吩咐董家的乖乖當差。

待碗筷擺齊，佟析秋移去偏廳請眾人入座，又命下人上菜。

鎮國侯坐下時，問忙碌的佟析秋。「聽說妳弟、妹來了？叫他們過來，一起吃飯吧！」

佟析秋愣了下，隨即笑道：「好，兒媳這就去。」說著，便出屋對綠蕪吩咐。「去喚三姑娘跟小少爺。」

綠蕪應聲退下，去衡璽苑帶人。

一會兒後，佟析春與佟硯青進了雅合居，向眾人行禮。

董氏看了，表情似笑非笑，蔣氏亦是滿眼嘲意，亓容錦更是直接哼道：「又不是沒有府邸，非得來這兒！」聲音不大不小，使得鎮國侯當即冷眼掃去。

蔣氏見兒子又惹了鎮國侯不快，趕緊打圓場，招呼婢女們拿凳子添了兩個位子。

待眾人落坐，鎮國侯又說了幾句應景的話，先行動筷，眾人這才相繼持箸吃起來。

待宴散，佟析秋獲得恩准，可以陪弟、妹回院守歲，便帶著弟、妹謝過鎮國侯，回了衡璽苑。

衡璽苑裡，守院的婆子跟丫頭們早擺好年夜飯，此時正笑鬧成一團。見佟析秋回來，便拉著她要敬酒。

佟析秋笑著拍拍兩小兒的手，示意他們一起。相繼坐下後，又陪著她們吃了一輪。

藍衣啜了口溫熱的酒，嘆道：「這酒不好，要是配少奶奶那罈梅花釀就好了。」

綠蕪笑罵。「妳還敢惦記少奶奶的東西？皮丫頭，不怕少奶奶生氣？」

佟析秋笑而不語，待溫酒下肚，便大方揮手。「去挖出來！等會兒留半罈給三少爺，其餘的，就飽了妳們的口福吧。」

「謝謝少奶奶！」眾人舉杯笑道。藍衣更是飛快跑出院落，一眨眼就沒了影子。

綠蕪看得跺腳。「這小蹄子，還真去啊！」

「哈哈哈……想來她是饞得緊了！」

佟析秋聽著眾人樂呵呵的划拳聲，眼中笑意滿滿，覺得這才是該有的過年氣氛……

子時，一院子的婢女、婆子，個個喝得醉醺醺。

突然，天上響起接二連三的巨大噼啪聲，眾人抬頭看去，見五顏六色的煙花正一朵一朵、絢麗地綻放開來。

「啊，放煙火了！」

一些醉得互相扶持的婢女們，望向天空，雙手合十的許願。

婆子們斥她們幼稚，佟硯青則撐不住地嘟囔道：「終於子時啦！」而佟析春早早就被佟析秋喚去歇下了。

這會兒，佟析秋看著那一朵朵絢爛之花，笑舉著手中的梅花釀，心中幸福滿滿，竟連前世種種都開始模糊起來……

守歲歸來的亓三郎，見佟析秋小臉紅紅的躺在炕上，一動不動，就靠上前，卻聞到她鼻間的酒香。

這是梅花釀？雖略遜敏郡王妃一籌，可那是她釀的酒，他還沒喝到呢！亓三郎不滿，伸手將她抱起時，卻聽她輕嗯出聲，睜開矇矓醉眼，笑得如花般豔麗，輕勾他的頸。

「夫君……」

「嗯？」

「有你真好！」她貼近他的胸膛，側耳傾聽他的心跳，閉上眼，終於沈沈睡去……

初二回門，本是分男女而坐的兩輛馬車，卻硬被亓三郎擠成了三輛。

佟析秋想著佟析春單獨上車時的哀怨，再看看身旁這滿臉不高興的冷臉，便道：「還在生氣？」不是給他留了半罈嗎？

「爺豈是那等小氣之人？」亓三郎哼道，顯然還在生氣。

好吧！佟析秋無語地提起小爐，替他倒了杯溫茶，想起出門時，明鈺公主囑咐她在娘家多留一夜，或在府外多待一天也行，遂將茶遞給他，換了話題道：「大姊跟二姊很難纏？」

對於亓容泠和亓容漣姊妹，她只領教了亓容泠的毒舌，還未知亓容漣是何種性子。

「倒也不算難纏，不過是說話難聽，屬於那等欺軟怕硬之徒罷了。」亓三郎挑眉接過茶水，淡淡道。

「對了，為何從未見過兩位姊夫？」佟析秋疑惑。

敬茶認親那天，只有姊妹兩人在場，卻未見到她們的丈夫。那時才剛進府，不好多嘴，如今提了，就順道問問。

亓三郎聽罷，忍不住嘲諷地勾唇。「京都繁華，她們哪顧得了自己的丈夫？」見佟析秋抬眼看來，就道：「兩位姊夫皆在邊疆駐守。官雖不大，卻極有擔當。」

可惜，亓容泠與亓容漣始終不滿意親事，總覺得以她們的身分，應該嫁進高門大戶，蔣氏當年也沒少為這事鬧過。那兩人只是四品將軍，還得長年駐守邊疆，哪及得了京中的世家大族？

可鎮國侯堅持，下了死令，若是不嫁，就去庵堂出家，屆時別說榮華，連安逸之地也無。

姊妹倆雖妥協嫁了，可面對自己的丈夫時，卻總是高高在上的樣子，待他們極為冷淡。不僅如此，因兩位將軍長年駐守邊疆，往返不易，姊妹倆竟從未遠行去探望自己丈夫。久而久之，夫妻離了心，再不相管，各過各的。

佟析秋聽完，忍不住唏噓，如此結果，算是打了侯府的臉吧！

亓三郎看出她的疑惑，解釋道：「是她們自討苦吃。父親早已放任不管，除了遇到節日才讓她們回來之外，平日裡連府門都不許踏進一步。」

原來如此，佟析秋了然地點點頭。

說話間，馬車已行到佟府大門，佟百里依然極給面子，再次出動全府來迎。

待佟析秋等人下車，居然遇見謝寧。她身為側妃卻能回門拜年，看來在慶王府混得還算不錯。

佟析秋與亓三郎上前對佟百里和王氏行禮，緊接著又向謝寧見禮。

謝寧在兩人行禮時，瞥了亓三郎一眼，見他臉上沒了那道疤痕，整個人氣質雖冷硬，可比起她如今所嫁那位，卻是要好上太多。

想到這裡，她憶起今日回門時慶王吩咐的事，暗暗抖了一下，面上卻裝得極和善地說：「都是自家姊妹，無須這般多禮。」

她話落，一直未出聲的佟析玉卻忽然站出來，對佟析秋屈膝道：「三少奶奶。」

佟析秋抬眼看她，見她小臉上脂粉鮮麗，雙目看向她時，隱隱有恨意透出，便不動聲色地勾唇，讓她起了身。

待佟析春跟佟硯青過來，幾人再次見禮後，這才相繼進了府門。

眾人先上福安堂給朱氏拜年，便分男女，各自去了外院與內院。

女眷坐在福安堂中，聽謝寧講著慶王府中的新年趣事，又說過年桌上擺的菜式。

提到年菜，謝寧話鋒一轉，看向佟析秋道：「如今析秋妹妹的芽菜成了宮中採買的菜蔬之一。聽說除了金屋藏嬌，御廚又想出一道五味水晶龍，用五種餡料塞進豆芽裡，再擺成龍形，上籠屜蒸煮。蒸好的豆芽晶瑩剔透不說，龍身更是五彩斑斕，前兒年夜宴上，皇上看到，歡喜非常，當即大賞了那位掌勺御廚呢！」

芽菜鋪子的生意如何，京都怕是無人不知。如今慶王府每隔一天都會命人採買一次，更何況其他世家大族跟酒樓飯館？再加上有兩道御菜助陣，即便到春暖花開的淡季，高門和百姓買得少了，那酒樓飯肆卻不會少。還有賢王撐腰，想不財源滾滾都難哪！

王氏在一旁聽完，亦是跟著笑道：「倒不知三丫頭還有這聰明勁，果然不愧為佟府之女啊！」

佟析秋勾唇，把玩絹帕，狀似不經意地順著她的話點頭。「自是佟族女。」

朱氏見來了時機，趕緊插嘴。「既然都是佟府兒女，該互相幫襯才是。妳如今掌侯府中饋，又手握芽菜重利。妳姊姊陪嫁不多，不如讓寧兒入股芽菜鋪子？這樣一來，妳的後臺又可強硬一分，豈不兩全其美？」

呵呵。佟析秋心中冷笑，她有賢王撐腰，後臺已經很硬，為何還要分一杯羹給謝寧？

謝寧只是側妃，陪嫁的莊子已夠她吃喝一生，如今卻眼紅芽菜鋪子，想強插一腳，又是為什麼？

佟析秋想著，笑看謝寧和王氏一眼，都撕破這麼多次臉了，如何還要硬貼？助力、銀子和人，都要一把抓？慶王看來野心不小！

眾人見她抿嘴輕笑，也不說話，不由心急。

朱氏道：「妳覺得如何？難不成，竟連一股也不願讓妳大姊入？」

佟析秋甩著絹帕，垂下眸。「大過年的，還是不吵為妙，若把新姑爺跟姑奶奶氣走了，傳出去也不好聽。寧側妃好不容易回家一趟，還是留點顏面為好。」

這話一落，王氏和謝寧的臉色立刻變得難看起來。

佟析秋不管她們如何變臉，只拉過在一旁擔心的佟析春，安撫地輕拍她的手。

佟析玉見她那樣，心中恨極，眼中卻又有絲說不出的羨慕。以前當她會嫁個沒出息的瘸子醜八怪，沒想到，不過轉眼，居然是誥命、銀子抓滿手。不但如此，如今連鎮國侯府也落在她手裡。

思及此，佟析玉不僅滿腹恨意，還怨天道不公。她的父母做出這般大的犧牲，為何到頭來，她還不如以前泥裡的渣滓混得好？越想越氣，終是忍不住尖酸諷道：「當真是野雞變鳳凰，才飛上高枝，就想脫了泥腿子的身分呢！」

佟析秋聽了，冷眼看去，見佟析玉眼中恨意滿滿，遂不屑道：「就算是野雞變鳳凰，不也是你們一手促成的？」見廳中眾人再度變臉，又哼了聲。「連老天爺都看不過眼地幫了我，壞了心肝的東西，果然得不到好報！」

「妳說誰壞了心肝?!」佟析玉被戳到痛處，大叫著從謝寧身後衝出來，伸手就想打人。

佟析春嚇得纖手一緊，藍衣則飛快擋在自家主子面前，不待佟析玉打到人，立時搧去一耳光。

佟析玉怒吼出聲。「妳這小賤婢居然敢打我?!看我打死妳！」

見佟析玉又伸來修剪整齊的利爪，藍衣也不懼她，直接把她重重推倒在地。

「啊——」佟析玉尖叫，剛想破口大罵，孰料藍衣快步上前，直接點了她的啞穴。

見發不出聲，佟析玉眼露驚恐，滿臉怒火地朝佟析秋看來。

佟析秋只冷瞟她一眼，便移開眸光，繼續安撫佟析春。

藍衣卻哼了一聲。「憑妳一個小小賤妾，也敢打我們侯府五品誥命夫人？什麼東西！呸！」說罷，又不客氣地踹她一腳。

朱氏愣住，這會兒聽到藍衣的罵聲，回過神，跳腳指著藍衣喝罵。「妳又是個什麼東西，竟敢打我佟府的姑娘？」

佟析秋見狀，哼笑著掩嘴起身，看看倒地的佟析玉和跳腳的朱氏，搖頭道：「真是死性不改，鬥了這般久，如何還要做這種表面工夫？不若撕破臉，永不來往的好。」

朱氏吼道：「妳敢?!」

佟析秋挑眉。「我為何不敢？」

朱氏氣得從上首衝下來，指著她的鼻子罵道：「妳敢撕破臉不來佟府，老娘就去外面傳妳不孝，還要讓族人將妳除族！妳以為我拿妳沒辦法？告訴妳，老娘有的是辦法讓妳身敗名裂！」

「哦？像我娘那樣？」佟析秋冷眼看朱氏，果見她眼瞳一縮，又哼笑著看向地上無法動彈的佟析玉，冷道：「以為抓個替死鬼來，我就信了？可憐大伯母千里尋兒，如今卻落得下落不明，真不知是死是活了。」

佟析玉聞言，驀地瞪大雙眼，朱氏卻又暴跳如雷。「妳是什麼意思？什麼下落不明，明明就是妳……。」

「奶奶，那兩年妳有沒有上京都，又是藏身何地，真以為我查不到？」佟析秋冷冷打斷她的話，見她變臉，便淡勾菱唇道：「別忘了，我們不過是相互牽制罷了，若妳為老不尊，屆時狠心殺害兒媳的消息不小心傳出去，妳以為能活得比我好？」

她或許會為弟、妹的名聲容忍他們，可他們卻要為身分、為謝寧、為臉面而不敢放肆，顧慮可比她多！

見一屋子人臉上變幻莫測，再不敢吭聲，佟析秋便轉首吩咐藍衣。「去怡芳院。」

「是！」藍衣應下，便護送佟析秋與佟析春出去了。

待人走後，謝寧看著地上的佟析玉，恨極地罵了聲。「賤人！」便要抬腳踢她。不想，卻被王氏攔下來，衝她搖搖頭。

「娘親，若是入不了股，王爺可不會輕饒了我。」

見她滿臉焦急，王氏青白著臉安撫道：「妳慌什麼？如今只要還能拉住那邊，慶王照樣會看重妳。不就是要銀子嗎？我們又不是出不起。」
謝寧急得搖頭，哪是要銀子那般簡單？還有人啊！
朱氏見狀，再次白了臉大罵。「這個不肖子孫！」
王氏瞥她一眼，暗中撇嘴，終是沒有多說什麼，命人把佟析玉抬走了。

中飯時，佟析秋直接命藍衣單獨去大廚房端來飯食，跟佟析春待在怡芳院同吃。
飯後，亓三郎回來，佟析秋見他臉色有些紅，就問：「喝酒了？」
亓三郎點頭，讓佟析春去內室，又喚藍衣放下門簾，再命她退出去後，這才附耳對佟析秋輕吹口氣，道：「慶王來了。」
佟析秋本被他吹得耳朵羞紅，聽了這話，便疑惑地抬頭看他。今兒這日子，不是該陪正妃回娘家嗎？為何跑到側妃娘家吃午飯？
亓三郎輕嗯了聲，喝口濃茶提神，半倚在暖炕的青花纏枝枕上。「是陪慶王妃回娘家時抽空來的，等會兒還得去接慶王妃。」
佟析秋勾唇，看他煩悶的臉色，調笑道：「看來夫君吃香了。這明擺著是為你而來呢！」
「該罰！」亓三郎聽了，笑著輕拍她的小臀，見她羞紅了臉，便愉悅地勾著薄唇道：「可不單單為我。妳那芽菜鋪子，如今在京都，哪個人不眼紅？妳姊姊就沒要求點什麼？」
佟析秋幫他按肩膀，拍馬屁道：「看來還是爺聰明，什麼都瞞不過您啊！」

亓三郎笑著拉下她的手，緊緊握在他的大掌中。「待到午時過後，就啟程回去吧。」

剛剛在酒桌上，慶王一直有意拉攏結交，幾次都被他以推諉糊弄過去，看來等會兒還是先走為妙。一次、兩次裝糊塗也罷了，若一直這樣，恐會得罪慶王，到時藉機生事就不好了。

佟析秋點頭，順勢躺在他身邊，對他輕聲說了內宅發生的事情……

待到午時將過，佟析秋就命藍衣去備車，亓三郎則帶她去凝香院向王氏和佟百里告辭。

剛酒醒的佟百里聽了，有些愣怔，回神後趕緊勸道：「這一別，一年也回不了兩次，不若歇一晚？如今不是新婚，不用拘著那些禮了。」

佟析秋福身，瞟了眼臉色難看的王氏，對佟百里扯出笑道：「如今侯府事務繁忙，還請父親諒解。」

亓三郎亦在一旁點頭。「府中上下百口之多，半刻也離不了人的。」

佟百里見狀，又挽留了幾句，見實在不成，且亓三郎的臉色越來越冰，只好無奈地點頭，放他們走了。

待他們出屋，佟百里這才想起正事，問王氏。「怎麼樣？可有拿到？」

王氏哼笑。「難怪你這個女兒能坐上侯府掌權之位，果然不簡單呢！」

「此話何意？」

見他皺眉不解，王氏更為尖酸地諷道：「我們知大哥是替死鬼，她豈能猜不到？怕還猜到了劉氏之事。」說到這裡，轉眸問道：「你可確定劉氏永遠不能開口了？」

佟百里驚疑，王氏則恨恨罵道：「全府上下，就她會演！」早知如此，當初就該一個不留！

又疑又氣的兩人，並未發現屏風隔著的屋門，門簾閃動了一下。

而出恭回來的守門婢女，只來得及看到遊廊轉角處那抹消失的袍角。雖有疑惑，卻終是不在意，又恭敬地站在門口……

第六十章　轉性

坐上回侯府的馬車，亓三郎問佟析秋，要不要去南寧正街的府中住個一、兩晚？

佟析秋搖頭拒絕，大張旗鼓地坐車出府，當天若不回去，留下把柄就不好了。

亓三郎笑她顧慮多，但終究沒有多說什麼，隨了她的意。

回到鎮國侯府，知曉亓容泠姊妹還在雅合居裡，待身子暖了些後，佟析秋便去大廚房，命人多添兩個大菜。

因著新年，紅燈籠依然高掛，五顏六色的花樹在寒風裡被吹得啪啪直響。

佟析秋回衡璽苑後，喚上佟析春跟佟硯青，領著兩人去了雅合居。

雅合居前，二等婢女瞧見他們，便早早打起簾子，轉身衝屋裡大喊三少奶奶來了，原本熱鬧喧囂的屋內瞬間寂靜下來。

佟析秋帶著弟、妹繞過大大的琉璃屏風，見亓容泠與亓容漣上榻貼著蔣氏而坐，看到佟析秋時，兩人眼中雖閃過嘲諷，但面上裝得還算和善。

「三弟妹來了。喲，好不容易回娘家，如何沒歇上一晚？」

佟析秋給幾人福過身後，才笑回道：「惦念著大姊跟二姊要來，所以早早回府。」

亓容泠冷哼了聲，見自家妹妹對她使眼色，遂僵笑道：「難為妳有心了。」

蔣氏納悶地看著一雙女兒，今兒鎮國侯在前院會友人，並不在這裡，如何還跟這小賤人客氣上了？二女兒雖能忍點事，可大女兒是向來看不慣誰，嘴巴就不饒了誰的性子。

正當她疑惑間，佟析秋讓佟硯青跟佟析春給幾人見了禮。

亓容漣揮手讓兩人近前，拿出兩個紅荷包遞給他們，笑道：「長得真是標緻，將來不知要被踏破多少門檻，又要讓多少閨女為之傾心了。」說完，轉首問亓容泠。「大姊，妳說是不是？」

「嗯。」亓容泠顯然有些不耐，卻還是輕嗯了聲。

蔣氏看了，更覺奇怪，她被下了掌家之權，兩個女兒不但不修理佟析秋，還刻意討好？遂皺眉，不滿地看向二女兒，卻被她暗中輕拍，讓她安心。

蔣氏無法，只得讓幾人落坐，又命人上了茶點。

佟析秋見狀，順手將絹帕塞進袖腕，拿起瓜子優雅地剝起來，剝好一些，就遞給佟析春和佟硯青嚐嚐。也不說話，靜靜聽著她們談天說笑。

上首的亓容漣見她這般，說了句。「三弟妹真是心疼弟、妹，居然親自為他們剝殼，這是怕弟、妹髒了手？」

佟析秋笑著搖頭。「自小便這樣帶著他們，習慣了。」

「既如此，妳也生一個啊！」亓容泠冷哼，眼中存了挑釁，向她看去。

蔣氏和董氏聞言，表情僵了下，佟析秋卻拍拍手上的碎屑，不在意地道：「倒是不急，該來時自是會來。有勞大姊掛懷了。」

「誰掛懷妳了？」亓容泠嘀咕。「也不看生不生得……」不待她說完，便有人在她後背暗暗輕拍了下，自知失言，便暗哼著撇過頭。

佟析秋沒聽見她的嘀咕。她來這裡，不過是因為有客，走個過場罷了。見招呼得差不多，就帶著弟、妹起身告辭。「府中還有事待處理，析秋先行失陪。晚飯時，再與兩位姊姊喝上一盅，可好？」

亓容漣趕緊笑著點頭。「既有事要忙，妳自去便是。」

佟析秋見狀，與弟、妹行禮福身後，便轉身離開。

待人走遠，蔣氏冷笑連連，看向亓容漣。「卻是不知，連肚裡出來的也不向著我了！」

亓容漣滿臉尷尬，亓容泠則挽住她的手道：「女兒從來都是向著妳的。她要掌就讓她掌去，再厲害，也不過是隻……」

「大姊！」亓容漣不贊同地搖頭。

「到底怎麼回事？」蔣氏疑惑，從剛才開始，姊妹倆的舉動就甚是奇怪，難不成有事隱瞞她？

「無事。」亓容漣搖頭。這事可不能說，不然以蔣氏的性子，若讓鎮國侯發現，到時少不得賠了夫人又折兵。

蔣氏見兩人這樣，心裡雖不滿，但因為過年，好不容易才見到女兒，便忍下脾氣，繼續跟她們說笑了。

佟析秋進屋時，亓三郎正巧從淨房出來。

洗去一身酒氣的他，見姊弟三人回來，就問：「可有刁難你們？」

佟析秋搖頭，讓佟析春和佟硯青打開那兩只紅色荷包，見是兩顆黃金花錁子（注），就取了一顆，拿在手裡掂量。「這回賺到了！」

亓三郎亦拿起一顆，問道：「她們給的？」

佟析秋點頭，亓三郎便將黃金錁子還給兩小兒。「這是轉性了？」

佟析秋搖頭，她也不知，但大過年的，她們不吵，她正好落得清靜。於是上了暖炕，命藍衣去她的私庫拿出銀子，交代道：「年節未過，全院加菜加到三少爺上朝吧！」

「是！還是少奶奶好！」藍衣嘻笑著領命進內室，拿著銀子就跑出去。

佟析秋好笑地搖頭，卻見亓三郎有些不滿地皺眉，這才想起，昨兒早上，他滿院子問是誰起鬨讓她來了心思，將那罈梅花釀挖出來。

得知是藍衣後，本就不悅的亓三郎，再聽聞席間是她喝得最多時，更不爽了。更糟的是，在他黑著臉要進屋時，又有丫頭悄悄跟同伴說道：「三少爺的臉好黑，好在沒告訴他，藍衣姊姊有偷喝他罈裡的酒，不然怕是要黑得更厲害呢！」

「誰說不是呢？」

兩人的悄悄話，全落在因會武而耳力過人的亓三郎耳裡。

最後，他的臉果然如了兩丫頭所說，比先前還要黑了三分，那入鬢長眉更是皺得能夾死蒼蠅。

從回憶中回神的佟析秋，見對面之人還耿耿於懷皺著眉，失笑地搖搖頭，自顧拉著弟、妹開始玩鬧起來，不理會他了。

晚飯時，闔家聚在雅合居，因著還在年節，並未男女分席。

亓容泠和亓容漣的態度還算和善，頻頻向在座的人敬酒，偶爾說笑幾句。

鎮國侯見兩人這般，只輕掃一眼後，便默不作聲了。

待散了飯局，回院路上，想著姊妹倆的態度，明鈺公主冷笑一聲。「這兩個不長腦子的，莫非轉性了不成？」吃飯時和和氣氣不說，在她走時，還規矩地行了大禮。

此時，亓三郎送佟硯青去了前院，只有佟析秋和佟析春陪在她身邊。

聽了這話，佟析秋想了想，道：「是不是想跟公公重修父女之情？」不然為何性情大變？在他們要走之前，蔣氏還打鐵趁熱地說要多留她們幾日，鎮國侯雖冷淡，卻沒有拒絕。

明鈺公主轉眸看她，哼道：「想與侯爺重修舊好，最好的辦法就是去探她們的夫君！」

佟析秋沈默。對於亓容漣，她不清楚，但亓容泠卻是一看就透的性子，若嫁入高門世家，必然沒有生路。或許鎮國侯是出於好心，知她不適合待在內宅，才想著將她許給相對平凡的將領之家。可這種事情得兩廂情願，才能幸福。

一行人無語地行在五彩斑爛的花樹下，夜裡寒風吹得樹枝沙沙作響。佟析秋與佟析春陪著明鈺公主行到分岔路口，才告辭回院。

注：錁子，指用金子或銀子鑄成的小錠子，可交易、打賞或送禮。

亓容泠與亓容漣在侯府待到了元月初五。

其間，不知兩人跟蔣氏說了什麼，讓蔣氏連著幾天都沒有好臉色。

待兩人要走，佟析秋前去送別，又見亓容漣滿臉無奈地跟蔣氏低語，待她近前時，只聽到「不是不願跟妳說，只是……」後面的話在見到她後，便收住了。

亓容漣向她招呼了聲，佟析秋點頭行禮時，卻又聽亓容泠對她道：「可得把府中管好了。」說罷，踩了腳凳，掀簾上車。

蔣氏本就不好的臉色，見到佟析秋後，更加難看起來。

她實在想不通，本打算過年時讓兩個女兒好好刁難這小賤人，但除大女兒冷哼刺了幾句，二女兒簡直對佟析秋和善得不得了。

為著這事，她也問過兩人，無奈她問得再狠，亓容漣就只拿一句話堵她。「母親且放寬心，女兒自知是誰的人，從未站在別處過。」

當時她聽罷，很是不滿地吼道：「那妳為何不刁難那小賤人？不刁難就算了，為何還要阻止妳大姊？這些日子，我在府中可沒少吃她的苦頭，妳就是這樣孝順的？」

亓容漣也很無奈，不過這事關係到亓容錦的前途，得暗中進行，如何能告訴蔣氏？見她逼得緊，只好無奈一嘆。「總之，這侯府將來會是我們大房的，其他人想也別想！」

說完這話，任蔣氏再問，她也不肯再透露半個字。

蔣氏仍不死心，找來亓容泠。但她早得了亓容漣的警告，也是咬死不說。但瞧蔣氏來了氣，遂道：「再過兩個月，待一切無法挽回後，我再偷偷告訴妳吧。」

見兩邊都問不出話，蔣氏自然沒有好臉色。這會兒見最後機會也落空，更不高興了。

這時，亓容漣卻親熱地拍拍佟析秋的手。「府裡中饋掌得不錯，回去後，我也跟妳學學。」

「二姊謬讚。」佟析秋笑得得體，送她上車。

不知怎的，在亓容漣掀簾進車廂時，佟析秋無意看到她嘴角輕勾的一抹陰笑，沒來由的，心頭竟有些不安起來……

初六，亓三郎結束休沐，開始當職，日子又依著往常，如流水般地過著。

佟硯青和佟析春在侯府待到初八，便回了南寧正街。

過完年，敏郡王妃以自己的名義送了罈梅花釀來，佟析秋則為她畫像當作回禮。

沒想到，第二天，敏郡王妃又派人送請帖來，邀她過府一敘。佟析秋想了想，收拾一番就去了。

彼時，兩人坐在樓上看雪談天，敏郡王妃語調輕快，臉上隱隱有興奮之色。

佟析秋挑眉，慢慢品著梅花茶，笑問道：「王妃有何喜事不成？這般高興，不如講出來讓臣婦聽聽可好？」

敏郡王妃笑嗔著拍她一下。「少打趣我。這事兒，還得謝妳呢！」

「我？」

見佟析秋疑惑，敏郡王妃點頭，手拄著下巴看向梅林。「開年上朝的頭一天，父皇下旨讓郡王分管禮部。雖算不得器重，可好歹注意到了不是？」

佟析秋笑著低眸。這事兒，她有聽亓三郎提過。

那天，亓三郎跟她說，下朝時敏郡王邀他過府一聚，他雖拒了，卻聽敏郡王很和藹地對他笑道：「不過是想擺個宴，謝謝嫂夫人的出謀相助罷了。」

亓三郎聽罷，甚覺奇怪，問了其意，敏郡王卻笑著搖頭。「大概是她無心提起，卻被夏之順耳聽來了。雖是如此，本王還是想表表感激之情。」

當晚，亓三郎便問她，如何會想到五穀之說？她笑著回答，不過是順嘴胡說罷了。

佟析秋想著，盯著茶盞出神，被敏郡王妃連連喚了數聲後，才恍然抬眸。

敏郡王妃嗔她。「魂丟哪兒去了？我正與妳說話呢！」

「年節時累著了，不小心走神。還請王妃勿怪。」

佟析秋趕緊賠罪，卻見敏郡王妃搖頭道：「我剛問妳的，妳知道嗎？」

見佟析秋搖頭，敏郡王妃微嘆口氣。「好吧，那本妃再說一遍。」

見她點頭，敏郡王妃遂紅了臉，小聲問道：「我……我是想問妳，妳可知些懷子的事？」

佟析秋愣怔，見她已羞得滿面通紅地低頭，詫異了下。「王妃，妳……」

「哎呀，別這般大聲，還未確定呢！」敏郡王妃有些語無倫次，伸手示意她噤聲，眼裡卻溢滿甜蜜的笑意。

佟析秋點頭，亦是小聲道：「我雖未經歷過，卻有聽長輩說過兩句，大概是癸水遲來、貪睡、嘔吐、困乏，妳占了幾樣？」

敏郡王妃側首細想。「有兩樣。」說著，又不好意思起來。「除了癸水遲來，就是貪睡。」

佟析秋頷首，又問小日子晚了幾天，得知已有七日，就讓她找府醫來瞧瞧。

敏郡王妃雖點頭，卻未喚人。

佟析秋也不勉強，陪她用過午膳，便回了鎮國侯府。

晚上，佟析秋向亓三郎提起這事。

亓三郎摟著她的腰，笑道：「如今其他三府還未有消息，敏郡王又剛得了皇上的賞識，若敏郡王妃再宣布懷子，這可是皇上的第一個孫子，難免招來嫉恨。不說出來，想來是最好的保護。」

佟析秋聽罷，心情沈重地點頭，敏郡王妃願將這個秘密告訴她，可見是真心把她當知己看待，遂輕嘆一聲。

亓三郎見狀，好笑地撫著她的青絲，問道：「為何嘆氣？」

佟析秋搖頭，他卻低笑出聲，手指穿過她滑順的青絲，低聲道：「連後成婚的敏郡王都快有孩子了，夫人是不是也要抓緊了？」

佟析秋沒好氣地白他一眼，懷子又不是她說加緊就能加緊的。這種事，光靠她行嗎？正想拍掉他的大掌，卻猛地被他拽進床裡。

他邪笑勾唇，伏在她的上首，大掌緩緩拉下幔帳。

佟析秋心跳如擂鼓，只覺他鷹眼裡的黑瞳像天邊星子般，發出極亮的光，又似極深的漩渦，吸引她墜入，令她無法自拔。

她出了神，在他的大掌帶領下，沒入高高低低的情潮中……

第六十一章　請求

元宵節那天，亓三郎難得早早下了朝。

他回內院換了身雲紋刻絲暗紫直裰後，便要佟析秋更衣，換上百子千孫石榴裙，梳同心髻，點了花鈿又戴上額鍊。

佟析秋好笑地看著鏡中玉面粉腮的自己，挑眉問他。「這是要帶我去看燈會？」婦人不是不能出府看燈，可今兒這個時辰，酒肆的包廂都滿了，難不成讓她拋頭露面？

「猜對可要報酬？」

亓三郎亦挑眉看她，佟析秋趕緊搖頭。「不要！」誰曉得他的報酬是什麼？別到時吃了虧，就得不償失了。

亓三郎低笑著，從懷中取出一支梅花白玉簪子，款步近前，勾唇笑看鏡中的妻子，緩緩把簪子插於她的髮間，點頭瞧瞧，滿意道：「戴著吧！」

佟析秋摸了下難受的脖子，嘟囔著。「難不成你都準備好了？」

亓三郎淡笑不語，取來煙綢披帛為她披上，執起她的纖手，對一旁的藍衣依舊未有好臉色地吩咐道：「命人備車，等會兒去齊寶來。」

「是。」對於自家男主子的黑臉，藍衣十分無奈，行完禮，一溜煙退了下去。

佟析秋好笑地抬眸睨他。「我已喚人重採了一罈露，屆時全給你可好？」

「一回珍！」頭回親釀，味道雖不會太好，卻是勝在珍貴。

佟析秋笑著辯解。「頭一回乃借他人之手，非我所釀。第二回是我親手所製，你確定要拒絕？」

說話間，兩人攜手出了內閣，綠蕪拿來裘皮大氅給兩人披上。

佟析秋套上皮筒，伸出一隻手去抓亓三郎的大掌。

亓三郎將她的纖手包了個嚴實，拉她出屋後，才淡聲說道：「既如此，便全留吧。」

佟析秋抿嘴暗笑，隨他去二門坐車。上車之際，忽然說道：「要不要去南寧正街把弟、妹接來？」元宵燈會的熱鬧，可得讓他們好好一觀才行。

話落，卻見對面之人臉色微黑。「妳且安心賞燈便是，兩小兒自有安排。」年節時難得的休沐都未能與她獨處，如今好不容易有機會，豈能讓兩小兒給破壞？

佟析秋好笑，不過想想，這也算是另類的浪漫，遂未再多說，隨了他的意。

待進了亓三郎訂的酒樓包廂，佟析秋倚著靠窗的美人榻，取下帷帽，偷偷開了窗戶，透過縫隙看向下面街道上的人流。

此時天色尚早，人潮雖多，花燈卻並未高掛。

佟析秋瞟了一眼，就失了興致。

亓三郎坐在圓桌旁斟茶自飲，見她這般，就道：「齊寶來坐落於秦河旁，我們所在的包廂，待天一黑，正面是熱鬧街景，側面是遊船放燈。屆時妳可兩邊互看，好解解悶。」

佟析秋偏頭輕哼。坐著乾看有什麼意思？內宅就是巴掌大的天地，出行也只能坐在廂房裡，哪及跑跳來得有趣？索性關了窗，閉眼抱著湯婆子，賭氣哼道：「不看。看了也是眼饞！」

亓三郎輕笑著搖頭，知她在鄉間自由慣了，如今被束縛在規矩多的內宅，心裡自是不爽。

「若妳不看，那我們回去？」他倒是無所謂，敏郡王已暗中給他報過喜，看來他得加緊才行。

佟析秋不知他的盤算，聽了此話，覺得好不容易出來一趟，不能浪費。是以起身，坐到另一扇窗旁，對守在外面的藍衣跟綠蕪喚道：「叫店家上最好的小菜來，本奶奶餓了。」

兩人應聲而去，亓三郎聽了，又看看佟析秋的表情，手執杯盞，暗暗笑了出來。

不到申時三刻，天麻黑下來，花燈被點亮高掛，街上閃著星星點點的光，望之不盡。

再低頭看去，人潮湧動的百姓中，有為看花燈不停向前擠著、探出頭的；也有小兒拿燈坐於高大父親肩頭的；亦有小戶之女面戴輕紗、相互拿燈低語的。各色行人中，穿插著唱戲、舞棍之類的雜技表演，熱鬧非凡。百姓罕有愁苦之色，有些人為得便宜花燈，正絞盡腦汁猜燈謎呢。

佟析秋笑看兩眼，又轉身走到另一扇窗前，見河面上已漂滿河燈，秦河中央還有花船，船上有公子高聲吟唱、對詞作詩，也有歌女輕彈琵琶，求賜墨寶。

佟析秋笑得感慨，重回榻上，見對面之人不動如山地看書，疑惑道：「你不愛看？」

「每年如斯，已過好奇之齡了。」

佟析秋無語。他都過了好奇之齡，那她算什麼？她的實際年紀可是長他好幾歲，要不要這麼打擊人？

見佟析秋不滿，亓三郎把書放在榻上，偏頭輕問：「我派人給妳帶盞燈來可好？」

「又不能去放！」

見她嘟嘴，亓三郎神秘一笑地起身，出去對外吩咐兩句，又進來了。

佟析秋好奇追問，見他不說，便沒了興趣再問。

兩刻鐘後，小廝拿了盞仙女飛天的河燈讓藍衣送來。

亓三郎伸手接過，遞與佟析秋。「想寫什麼？」

「你讓我去放嗎？」

亓三郎搖頭。「人多！」

佟析秋抿嘴，想了想，伸手接過河燈，卻不寫字，只將蠟燭放於上面點亮，雙手合十地閉上眼。一會兒後，睜開眼睛，把燈還給他，示意讓他代她去放。

亓三郎笑而不語地接過花燈，幫她戴上帷帽後，大開窗戶，一個飛身躍下。

佟析秋嚇得一驚，趕緊扶窗向下看去，卻見他在快要落水之時，鬆了手，仙女河燈便穩穩地停在水上晃動著。隨即借力一點，整個人向就近的岸邊飛過去，然後仰頭，看著她的眼中滿是笑意。

佟析秋癟嘴，還以為他能像前世電視裡演的那樣，再從水面飛回來呢！

等亓三郎回到包廂後，她便起身道：「回府吧！」

亓三郎正要點頭，藍衣卻突然傳道：「少奶奶，佟府堂少爺求見。」

堂少爺？佟硯墨？佟析秋愣住，他來做什麼？想著的同時，便命人將他領進來。

一身墨綠竹紋直裰的佟硯墨進了包廂，對兩人行禮，喚了姊夫跟堂姊。

佟析秋抬眸，細細打量他一番，許久未見，他長高不少，十二歲的年紀，看著竟比她還要高出些許。但鳳眼中有著陰鬱，整個人氣質尚可，卻鋒芒太露。

亓三郎伸手讓他入座，隨手斟茶，待他喝下肚，才出口相問：「你是如何尋來的？」

「剛才堂姊夫飛身放河燈時，不巧讓硯墨看到，便循著方向跟過來。」他的語氣雖平常，可雙手卻悄然握緊了杯盞。

佟析秋瞟亓三郎一眼，還不待他們再發問，佟硯墨忽然撩袍跪下，拱手行禮。

兩人訝異，卻聽他誠摯說道：「硯墨自知沒資格說話，也知當日父親拿著把柄，讓叔父答應我們上京、想謀高門的目的。如今我雖有功名，卻不知是不是憑自己本事，想來定是父親犧牲所求……」

「所以呢？」佟析秋淡淡看他，阻了他的話頭。

佟硯墨猛然抬頭，眼眶充血。「當日母親失蹤，叔父說可能出逃至別處，也可能被堂姊夫暗中殺害。聽他們說，我能應考是拜王大學士走通關係。」說到此，自嘲一笑。「我當真是愚不可及，短短不到十天，戶籍跟准考身分竟全部備齊，進考場前，嬸娘還讓我放心，說不會白白犧牲了爹爹。現在看來，我真是蠢得可笑！」

「你到底要說什麼？」佟析秋皺眉，心中生出不悅。

佟硯墨哽咽，磕頭求道：「沒有別的，只求堂姊、姊夫能網開一面，暫拋仇恨，幫我尋母親可還活在世上！」說完，難抑哭聲。「這個舉人，硯墨當得好生辛苦啊！」

佟析秋看著哭得不能自已的男孩，趕緊命人將他拉起，又吩咐打熱水進來。

佟硯墨有些尷尬，坐著埋頭擦眼淚，半晌不敢吭聲。

亓三郎卻不理會，淡聲相問：「我們為何要答應？」

佟硯墨聞言，暗了眼神，隨即抬頭看向佟析秋。「我母親雖嘴利，可是個腦子笨的，容易被人說動。大伯母之事，她雖有參與，但不過是幫著喊兩嗓子的幫凶，真正的主使並不是她。」

佟析秋哼笑。「那你可知，便是她這兩嗓子害得我母親被沈塘？」

佟硯墨面皮燙熱，眼中生出乞求之意。「即便如此，她也罪不至死吧！還是堂姊甘心任真凶逍遙法外？或者說，那是妳的至親，妳下不了手？」

「你無須用這法子來激我。」佟析秋不為所動。「我之所以沒有去尋你母親，一是當時我才成親，根基不穩；二是，就算找到你的母親，想來也得不到什麼改變。」

就算找到劉氏，她肯指認佟百里，佟百里也有的是辦法將這事推託過去。再有一點，劉氏確定能開得了口？指認得了？既是改變不了的事實，又何必大費周章？

佟析秋低眸，手指刮著茶盞，繼續道：「你為何想到要尋你的母親？馬上就要春闈了。」這時候尋，就不怕得罪了那邊？

佟硯墨諷笑。「我如何能想得到？不過是堂姊年節回門時，不經意聽到兩句罷了。」當時他有事找叔父相商，沒想到因下人偷懶，讓他知道了真相。

他們曾說父親是怕連累大家，才會選擇自盡，而母親很有可能遭了堂姊的暗手，或者逃去他地。還安慰他，說會幫忙尋找，讓他安心考試，絕不會讓他父親白白犧牲。

如今看來，全是他們的圈套。

想到這裡，佟硯墨搖頭自嘲，眼中恨光驟然凝聚。「叔父問我想點庶起士還是謀個外放。我原本想點庶起士留在京都，可叔父卻極力勸我外放。如今想來，他定是不願面對我，想讓我去偏遠之地自生自滅！」

「你怎麼不說，是他在給你一條生路？」

見佟硯墨不可置信地看來，佟析秋便轉頭望向亓三郎。

亓三郎寵溺地搖頭失笑。「不用這般聰明，有為夫在。」

佟析秋輕嗯。看著兩人恩愛，佟硯墨不自在地移開目光。

亓三郎道：「若你不想外放，這次春闈便不用應試。過三年，換了主考再去。」

「為什麼？」佟硯墨不解。

年少出名的人並不多，若十二歲就被欽點成庶起士，豈不成了名動天下的少年英才？

亓三郎嘲諷地看他。「佟百里既然竭力讓你外放，便說明你的能力還不夠過關。」見佟硯墨滿臉脹紅、表情不滿，又冷哼一聲。「你的舉人，想來是王大學士從中謀來的。若你要點庶起士，就得先中進士，並中頭甲。這是極其考驗功底之事，你能通過？若讓你過，屆時面聖，若你不似會試時的才情滿腹，以為皇上能任你糊弄過去？」臨場現考，表現失常，怕是人頭難保。

最後就算揪出王大學士，他雖會被罰，但年事已高，又是近三朝的元老，根基深厚，豈能輕易被動搖？頂多罷免回鄉而已。而佟百里也可用一句不知情來避過，畢竟他未沾手，想糊弄過去並非不可能。

那佟硯墨呢？以假才情欺瞞皇上，又無背景可靠，定是死路一條。他一死，待在慶王府的佟析玉就沒了利用價值，留與不留，便完全取決於謝寧的心情了。

亓三郎一條條分析完，見對面之人面色越來越白，遂淡聲總結。「所以，佟百里勸你外放，想來是不打算害你到底。」主要是王大學士還不能倒，若佟硯墨堅持點庶起士，怕是少不得再動些手段。

佟硯墨聽得手腳都抖了，咬住泛白的唇，看著佟析秋問：「那……堂姊會幫忙找我母親嗎？」

「找，為什麼不找？」佟析秋點頭，雖無大用，可至少算個把柄不是？

「那我還去會考嗎？」

佟析秋盯著他笑。「這得看你自己了。」

若想當官，只能外放，可外放之處不見得是好地方；若留京，就得再等三年，憑自己的真本事，其間還得小心地不露出馬腳，不讓佟百里察覺。

佟析秋想著，纖手突然一緊，轉頭看去，原來是亓三郎在抓她。

亓三郎扶起她，淡漠地對佟硯墨道：「事情既已談妥，就此分別吧。還有，別讓你的小廝跟過來。」

佟硯墨呆愣一下，隨即點頭，起身拱手。「我這就出去轉轉。」剛才就是看見飛起的亓三郎，才故意藉著人潮擠掉跟著的小廝。這會兒亓三郎提起，想來已耽擱不少時辰。

亓三郎未理會他，只對佟析秋輕道：「我們從後門出去，順道逛逛秦河沿岸。那裡人少，想來馬車能通行而過。」

佟析秋點頭，戴上帷帽，隨亓三郎離去。

待兩人走遠，一會兒後，佟硯墨眸色深沈，背手大步出了包廂。

回到府中，已是戌時初。

彼時，歇躺在亓三郎懷裡的佟析秋問道：「你準備怎麼查？」

「讓暗衛直接查。」亓三郎伸出手指繞她的青絲，說得漫不經心。

佟析秋愣怔，目光對上他的黑眸。「你有暗衛？」她怎麼沒聽說過？

「以前有，現在沒有。」

佟析秋納悶。什麼意思？

見她疑惑，亓三郎笑著拍她的頭。「父親貴為侯爵，府裡自是少不了暗衛。我亦有貼身暗衛相護，不過前年與四皇子去邊疆時，遭遇突襲，一人因此殞命，另一人則身受重傷，在暗衛府休養，應該已經大好了。」

見她眨眼，他又低笑道：「待明日有空，我便去暗衛府領他回來當職。」

搞得這麼神秘，還暗衛府？佟析秋無語，不過還是道了聲。「你看著辦就行。」

「嗯。」見她犯睏，他輕輕摟緊她，低語道：「睡了？」

佟析秋點頭，蹭著他的胸膛閉上眼。

亓三郎見狀，伸掌滅了燭火，伴著她一同睡去。

翌日，因佟析秋的小日子來了，未起身送亓三郎，連發放對牌的事也交給桂嬤嬤代管。

挨到辰時起床後，佟析秋披上藍衣特意找出的狐裘，抱著手爐去清漪苑請安。

她到清漪苑時，遇到了每月請平安脈的日子，自然又被診了一回，得到的結果依然是並無大礙。不但如此，還因進補半年，如今身子正適合懷子。

明鈺公主聞言，有些坐不住了，眸光興奮，似恨不得佟析秋馬上懷孕。

佟析秋見她這樣，便乖順賣好，主動向太醫要了容易坐胎之藥。

待好不容易從清漪苑出來，佟析秋長嘆口氣，覺得古時的內宅婦人還真是不易，除了掌家，連懷不懷孕都不能隨自己的心意。

嫁進侯府這半年來，婆婆還算開明，亓三郎也對她極盡寵愛。可寵愛總有到頭的時候，作為內宅婦，若再不懷孕，屆時會不會被認為無法生子？若真是這般，是不是要如其他高門一樣，準備替夫君納小妾？

佟析秋皺眉，想了想後，回院便命人熬了坐胎之藥。

待喝完藥，因著小日子難受，她倒在榻上，迷迷糊糊地睡了過去。

晚上兩人就寢時，亓三郎摟著她，手腳再次不老實地將她摸了個遍。

佟析秋拍掉他的手，對他翻了個白眼。「我的小日子來了。」

「我知。」亓三郎點頭。其實早間就得知了，心中雖有些遺憾，卻未覺得有什麼，打算待這個月後再努力些。

佟析秋卻嘆了聲。其實，今兒白天時，她突然想到前世所說的不孕不育，問題未必只出在女人身上。可若直接說亓三郎有病，他會不會當即扭了她的脖子，或扒光她證明一下？古人思想保守，從來認為生子是看婦人肚子爭不爭氣，若說了，會不會損了他的臉面？

「在想什麼？」見她走神，亓三郎的手又欺上來。

佟析秋轉眼看他，張嘴半天，終是搖頭，回了聲。「沒什麼。」

「有話就說，何苦這般憋著？」

佟析秋聞言，忽然正經了臉色道：「太醫說我身體康健，如今懷子並無問題。」

「嗯？」

見亓三郎挑眉不解，她咬唇低眸，似沒了勇氣般地囁嚅道：「那個，要不……你也看看大夫？」

她話落，只覺一股寒氣直逼腦門，抬起眸，正好撞進他閃著怒火的雙眼。

「那個……」

不待她縮脖說完，就聽亓三郎似笑非笑地勾唇問她。「夫人覺得為夫不行？」

「不不不！」怕了他的佟析秋趕緊搖頭擺手，試圖跟他講理。「這與房事無關。」

「哦？」亓三郎哼笑。「跟能力無關？」

佟析秋臉紅如血，很想點頭，可看他那副恨不得掐死她的表情，就將被子拉過頭頂，悶聲悶氣地嘟囔。「不過隨口一說，你何必這般惱火？我每月被宮中派來的太醫把脈，何曾有過半句怨言？心裡又好過幾分？」

淡淡的哽咽，讓上首準備拉被的大掌頓住。

佟析秋本只想抱怨兩句，可說出來後，又覺得甚是委屈，便不管亓三郎會不會收拾她，直接拉下被子，紅著眼抬頭，淡漠地看他一下，轉身冷道：「就當我發癔病好了，還請爺別放心上。」說罷，便委屈地閉了眼。

亓三郎側身看著那纖細的背影，眸光晦暗不明，沈吟良久後，終是轉身平躺，以掌風滅了燭火，也合眼睡去……

第六十二章　中毒

翌日下午，亓三郎獨自走進一條暗巷。

待到一處不顯眼的四合院時，便見他縱身飛過那青黑高牆，來到院中主屋，見房門緊閉，便轉去偏院。

階上屋門半掩，他走上前，便是一腳踢去。

屋裡的人嚇得驚跳起來，卻見亓三郎理也未理，直接黑臉坐在桌旁，手放在桌上，便是一喝。「把脈！」

正搗藥的清俊男子驚疑地向他望去，見他冷眼看來，便趕緊放下藥杵，過來坐下，問道：「生病了？是何症狀？」

亓三郎緊皺著的眉頭能夾死一隻蒼蠅了。「讓你把脈就把脈，哪來那麼多廢話？」

見他黑臉，男子呵笑出聲，露出整齊潔白的牙齒。「行醫講究望、聞、問、切，你一來就去了三樣，讓我怎麼診？」

「就這麼診！」

男子見亓三郎吼得跟要殺了人似的，更覺驚奇不已，瞪大了眼。亓三郎是何等冷情冷肺之人，何曾出現過這般煩躁的情緒？

「你診不診？」見男子還在驚奇，亓三郎用著快盡的耐心又是一喝。

男子聞言，又仔細看他半晌，終是在他要收手離去時，點頭將手放在他結實的手腕上。只一瞬，便讓男子戲謔的表情沈下去。

亓三郎見狀，心亦是跟著一沈。「如何？」

「你中毒了！」男子清朗的聲音難得凝重。

亓三郎聽了，心驚不已，想著昨晚佟析秋的話，雖不想承認，但仍硬著頭皮問道：「可知是何毒？可是……會影響生子之事？」

男子點頭，放下幫他把脈的手。「你中這毒可不是一朝一夕之事，好在一切還來得及，若再晚一個月……」

後面的話，他未說完，亓三郎卻明瞭地緊握拳頭。「可知是何毒？」

男子搖頭。「此毒與你上回拿的銀丹草和婦人藥不同。有些怕是秘製之藥，具體是何藥材，我要看到才能判斷。」說到這裡，看著他問：「可有拿到？」都已經發現了，應該把藥帶來了吧。

不想，亓三郎卻搖頭。

見男子愣怔，亓三郎苦笑地勾唇，他如何能說，是因為妻子懷疑他無法生子，才讓他賭氣來這裡？事關他的顏面，不能說。

見他抿嘴、表情冷硬，男子也不好多說什麼，研墨執筆道：「我只能大概寫一些方子，你先吃著試試。得趕緊找出那毒藥，若晚了，便是神仙也難保你有子嗣。」

亓三郎暗驚，失神地伸手接過他遞來的藥方，卻聽對方忽然調侃道：「這些藥，我想你還是分批買的好，若一起買……」藥鋪的夥計，多少都懂醫理……

見男子笑得一臉不懷好意，亓三郎當即黑了臉，飛快起身準備離開時，又極不情願地道了聲。「多謝！」

男子看著他出去的身影，挑挑眉，算是收下了這聲謝。

亓三郎拿著藥方，去了暗衛府。

他找來傷癒的暗衛，將藥方遞去。「將藥抓好後，晚上送來侯府裡。」

「是！」暗衛蕭衛伸手接過，轉身便要走。

亓三郎寒著臉，想了想，又對他道：「記得每間鋪子只准抓一味藥！」

蕭衛有些疑惑，不過見主子臉色難看，不敢多問，點頭後，便大步踏出屋子，一個飛身便消失了蹤影。

亓三郎黑著臉回衡璽苑時，佟析秋見他表情凝重，便跟著去淨房替他更衣。

亓三郎伸手低眸看著她忙碌的小手，從齒縫擠出話道：「妳猜對了。」

什麼對了？佟析秋疑惑地抬眸，發現他滿臉烏雲，便恍然道：「你是說……」

「有人暗中下毒。」亓三郎點頭，說出原因。

佟析秋張嘴，驚得瞪眼相問：「怎麼回事？」

亓三郎搖頭，只簡單說了診脈的結果。

佟析秋聽得擔心不已。「連宮中太醫都不知是什麼毒嗎？」

聽到太醫二字，亓三郎眼中嘲諷更甚。「若他不能確定，太醫更別想知道了，簡直是群酒囊飯袋！」

他？不是太醫嗎？

見佟析秋疑惑，亓三郎便壓下浮躁的心緒，與她說起跟沈鶴鳴的結交之事。

原來，五年前，亓三郎在酒肆幫著丟了銀子的沈鶴鳴付帳，便無意結交上了。後來深交，才知他是滇西藥王的弟子，如今之所以在京都，是因為奉恩師之命遊歷磨練。她的婦人藥跟銀丹草，皆是他所驗出。

佟析秋聽了，低了眸，並未問他為何要瞞她，只覺人都有秘密，也許那時他們並未相熟到可以坦誠相見，他對她有所隱瞞，也是理所應當。就像她，亦有個不願說的秘密。

換好衣服，兩人出了淨房，命婢女擺飯用膳。席間，亓三郎明顯沒有多大胃口。

佟析秋聽說他著暗衛抓藥後，便派藍衣大張旗鼓地去府醫那裡抓了補身之藥。當夜暗衛將藥從後窗送來時，佟析秋讓藍衣將此藥與她抓的補身之藥對換，再熬好送來內室。

彼時，亓三郎只著中衣坐在室內，看她端來藥碗，沒來由地皺了眉。

佟析秋抿著唇，將藥硬塞進他手裡，雙眼盯著，見他終是不耐地仰脖喝下後，便趕緊趁他放碗時，撚了顆果脯餵進他嘴裡。

「晚上和早上你能在家喝藥，中午當差怎麼辦？」為著他男人的臉面，佟析秋乾脆出主意道：「要不問問你那位朋友，看能不能把藥做成藥丸，你也方便許多。」

亓三郎黑著臉想了想，點頭道：「明日我去問問。」

佟析秋輕嗯，喚藍衣進來將碗收走，又問：「夫君可有想過是哪裡出了問題？」

亓三郎搖頭。「不曾。」飲食上，他與她同吃同喝，午飯在宮中用，與各侍衛同食。而一起當差的侍衛，有人的夫人上個月已懷子，顯然是沒有問題的。

如果問題不是出在吃食，又是出在哪裡？佟析秋也百思不得其解。

當夜兩人相擁而眠時，都未說話，只是靜靜想著事情。

彼時佟析秋聽著亓三郎有力的心跳，突然揪著他的衣服，仰頭問他。「府中有比你身手還好的人嗎？或者有人也命暗衛時刻隱藏在這裡？」

話落，她隨即搖頭。這說不通，若真是躲在蘅蕪苑下藥，就算他武功高得府中護院發現不了他，可她跟亓三郎始終同食一桌飯菜，有時還會相互餵食，不管是下在菜裡、湯裡，還是塗在碗上，她都有機會沾到。

想到這裡，她緊接著又問了句。「我會不會也中了你身上的毒？」說完，又覺不對。「應該不可能，每月我都有與婆婆一同把平安脈呢。」若中毒，早診出來了。

亓三郎聽了，緊摟她，皺眉留了個心眼道：「明日我下朝，帶妳出去見見沈鶴鳴，讓他幫妳瞧瞧。」宮中太醫向來只求穩妥，有時就算有病，也不見得會說實話。為保她安全，還是去看看為好。

佟析秋窩在他懷裡點頭，頭向他胸前湊時，頓覺今兒他身上的味道又不同了。

想著自同房以來，他身上總有兩種味道換著出現，一種是沈韻自然之味，另一種是冷梅淡雅香氣。她說了幾次，都被他極壞地「懲罰」，便再不敢提了。
如今想來，或許是他暗中也愛美吧，只是礙於男人面子，才不願她說他香。
佟析秋暗暗嗟嘆，閉了眼，腦子裡似有東西閃過，卻累極地沒去想，睡了過去……
著青色小帽的蕭衛悠悠駕著青油馬車停在一處暗巷前，轉頭小聲對車裡稟道：「爺，到了！」
隨著話落，一隻帶薄繭的大掌掀起車簾，著帶刀侍衛服的亓三郎表情冷峻地下車後，再伸出手，接過自馬車裡伸出的纖白玉手。
待戴帷帽的女子也下了車，亓三郎這才對蕭衛吩咐道：「把車駛出巷子，半個時辰後再回來。」
「是！」蕭衛拱手，轉身上了車轅，揮鞭將馬車趕出巷子。
佟析秋望向眼前緊閉的黑色大門，透過帷幔看亓三郎，示意他前去敲門。
卻見亓三郎搖頭，伸手輕摟她的腰，走到一邊的牆後，一個大躍，便跳上了牆。
這一跳，讓佟析秋的心臟差點蹦出嗓子眼，還未來得及脫口尖叫，已穩穩地落地。
佟析秋伸手輕按胸口，瞟了男人一眼，卻見他一臉鎮定地牽起她的手，向階上的主屋行去。
此時，主屋屋門大開，迎著冰雪天氣，竟連遮門的門簾也無。
放眼望去，見一著青袍襖、未束髮的清俊男子，正一邊從爐上拿下酒壺、一邊單手捋髮，笑得好不妖冶。

看到兩人時，他優雅地放下酒壺，起身拱手一禮。「嫂夫人。」

亓三郎不動聲色地看向那難得有禮之人，拉起正要福身的佟析秋，冷道：「無須跟他多禮。」熟了後，就會知他有多惡劣。昨兒讓他分藥鋪抓藥便是例子，若真有心，寫方子時就會分開寫了。

沈鶴鳴輕笑，也不辯解，伸手請兩人進屋。

佟析秋進去，見桌上已擺了三只酒杯，就挑了下眉。

三人落坐，待沈鶴鳴為他們斟酒，舉杯同飲後，才聽他淡笑開口。「兩位前來，是已經找到藥了？」

佟析秋搖頭，亓三郎則拉起她的手放在桌上，又細心為她搭了條絹帕。

孰料，沈鶴鳴對他這動作不屑地撇了嘴。「醫者眼裡，病患從無男女之分。」

「患者眼裡有！」亓三郎極霸道地瞪他。

沈鶴鳴無語，懶得跟他鬥嘴，伸出骨節分明的纖長手指，輕搭在佟析秋腕上。不過一盞茶工夫便收回手，飲酒搖頭。見對面的亓三郎急得有些坐不住後，才惡劣地輕笑開口。「嫂夫人無事，身子康健。」

亓三郎暗吁口氣，放了心。佟析秋雖然安心，但仍有些疑惑，遂問道：「我既然沒事，可夫君又是如何中毒的？平日裡我們同食同住，若有人下藥，我不可能沒事，難道此藥只對男人有用？」

「可能吧。」沈鶴鳴點頭，又道：「有些藥不一定要下到食物裡，可以利用用的、穿的，或者熏香氣味之類來下，方式有很多種。」就看是哪一種了。

佟析秋搖頭。「我向來不愛熏香，衣物有時會烘些花香，不過夫君身上倒是偶爾會有點冷梅香。」

說到這裡，她驚了下，隨即看著沈鶴鳴問：「會不會是這冷梅香？」

沈鶴鳴蹙眉。「或許是。」

佟析秋轉眸，再次問亓三郎。「夫君，你可有用過熏香？」

亓三郎不悅地皺眉，這事已說過多遍了。「我說了，我不用香！」

「你有！」看著他的冷臉，佟析秋極肯定地點頭。那味道雖然極淡，可只要裸身貼近，她就能聞到。

想著的同時，她便靠近去聞他的胸，不想卻被他的大掌一把揢開。

對面的沈鶴鳴看得眨眼，見亓三郎窘迫得紅了臉，愉悅地勾唇道：「既然找到源頭，就順著查查吧！」

佟析秋輕嗯，慎重地點點頭。

待要走時，亓三郎又問沈鶴鳴，能不能將藥做成丸狀？

沈鶴鳴點頭，喚他隔天來拿，便讓兩人離開了。

待到與青油馬車會合後，小夫妻倆又去了芽菜鋪子，換乘由藍衣趕的馬車回府。

一回衡璽苑，佟析秋便跟藍衣、綠蕪將亓三郎的衣物並所用掛飾全翻出來。待她一一聞過後，卻未發現那熟悉的香味。

佟析秋正疑惑，卻聽已將衣物收拾好的藍衣出來問她。「少奶奶，前院書房還有三少爺的衣物，要不要也搬過來？」

佟析秋一驚，這才想起，有時亓三郎下朝，會在前院待到天黑，但大多時候會直接在前院換朝服，再回後院。

藍衣見她愣神，又喚了聲。「少奶奶？」

佟析秋回神搖頭。「暫時不要。」說著便掀簾去了暖閣。

進去後，見亓三郎正在看兵書，就上前偷偷跟他耳語了幾句。

亓三郎亦是一怔，瞇眼自書中抬頭相問：「確定？」

佟析秋輕輕搖頭。「妾身也不敢肯定，但你的衣物不是一直都由貼身小廝桂子打理嗎？」

亓三郎頷首。「他跟我近十年了。」

意思是應該不會？佟析秋也疑惑了，不過仍笑道：「查查吧，寧可細一分，也不要再漏一處。」那藥實在太恐怖了。

亓三郎僵著臉點頭。佟析秋見狀，便吩咐藍衣幾句，命人擺飯，與亓三郎用膳。

翌日，送走上朝的亓三郎後，佟析秋讓藍衣去前院說一聲，要取了亓三郎的舊衣，換些新衣物進去。

待藍衣回來後，佟析秋就領著她與綠蕪，並幾個二等婢女，用托盤端著新衣，去了前院。

桂子聽到佟析秋來後，急急迎出來，彎身行禮。

佟析秋免了他的禮，問道：「舊物可是從箱籠裡拿出來了？」

見他連連點頭，佟析秋便讓藍衣她們進去放置新衣，她則裝出自在模樣，在亓三郎的書房轉了一圈。

待收拾完，一行人拿著舊衣回了內院。

進了內室，佟析秋只留藍衣下來。見其他婢女都已散去，藍衣才從袖口掏出一條絲帕，緩緩打開後，原來是一粒如丹藥大小的紅色藥丸。

佟析秋伸手接過，輕嗅了下，便立即皺眉拿開。這藥丸香得太過刺鼻，令人十分難受。她將絹帕遞給藍衣，又聞聞拿帕的指尖，發現隔著絹帕竟也能染上香氣，雖淡了點，但依然刺鼻，不過卻能隱隱嗅出冷梅味了。

佟析秋命藍衣拿盒子裝好藥丸，便問起事情經過。

藍衣上前，悄聲道：「剛才婢子偷溜進書房時，翻了半天，並未查到任何蛛絲馬跡。不過放下衣物時，不經意發現箱籠底部有異狀，輕敲才知裡面另有乾坤。抽開木板後，發現這些紅色藥丸整齊地排在箱底，上面有用絹布蓋著，想是香氣太濃，怕傳出去。」

佟析秋哼笑，當真是好陰的手法，用木板相隔，誰能想到下面有玄機？

「後來放新衣時，妳可有再翻查看看？」

藍衣點頭。「婢子取了藥後，就潛出書房，故意從院外走過，跟桂子說要換舊衣。後來我們去放箱籠時，婢子趁大家不注意，裝著整理箱籠的樣子，悄悄打開暗格，發現藥已經被拿走了。」

佟析秋點頭聽完，冷著臉揮退藍衣。

她轉眸看著桌上的紅丸，譏諷的同時，又怪自己太過大意。之前為何沒有半點戒心？真是安逸日子過得久，使人鬆懈了……

第六十三章　絕育

待亓三郎回來，佟析秋便將找到的藥丸遞給他。

「明日你送去驗驗，好對症下藥。」

亓三郎凝重地伸手將那盒子打開，待湊近輕嗅，又如同佟析秋一樣皺眉拿遠，迅速蓋上。

佟析秋仰眸問他。「可是要跟公公、婆婆說一聲？」

「待驗定再說。」亓三郎沈臉。沈鶴鳴說過，這毒裡可能有秘製之藥，大房還沒那般大的能耐。下毒方式越是隱密，表示這藥越是珍貴難得，此藥隔著木板還能發揮作用，可見用藥的人心思之毒。

想到這裡，他暗中握拳，有些事情，怕是越來越複雜了……

隔天，沈鶴鳴看著亓三郎拿來的紅色藥丸，細細觀察後，便拿出一把極鋒利的小小薄刃，慢慢切下一小塊，以食指拈開，再用水化了。待湊近聞後，便笑出了聲。

亓三郎黑臉。「好笑？」

「好笑。」無視他的表情，沈鶴鳴不怕死地點頭後，又忍不住大笑。「哈哈哈……」

亓三郎不動聲色地看著他笑。

待沈鶴鳴笑夠，良心發現地停下時，一時忘了手上有藥，抵唇咳嗽一聲，隨即變了臉色，又猛力咳起來。

亓三郎冷冷瞧著，等他折騰夠了，才聽他尷尬地道：「你該慶幸未讓你直接服用這藥，不然，怕是大羅神仙也難保你能繼續做男人了。」

話落，見亓三郎眸光如利箭般射來，沈鶴鳴趕緊住口。自從佟析秋被下藥後，他就一直被亓三郎困在這裡。本是外出歷練，如今倒成他的專屬大夫了。

想到這裡，他忍不住暗嘆，誰叫他功夫不如人呢？

於是，沈鶴鳴把藥放進厚木盒裡，正經了臉色道：「這藥是集所有奇珍雄性之鞭，又混了世上極珍的草藥煉製。因味道太過濃烈難聞，才加了大量香料掩蓋。想來嫂夫人聞到的香氣，就是裡面的香料所致。」

「這般隔板相熏，一日、兩日雖無大礙，卻能讓你無法得子。日日相積，不出半年，你就會完全失了得子的能力。」又搖頭嘆道：「屆時便是吃再多好藥，也救不了了。」

佟析秋聞到他身上的冷梅香時，怕藥已入裡。又因只穿前院的衣服且藥濃時才會聞到這極淡之味，便證明還未病入膏肓。

亓三郎表情沈重，心下卻嘲諷至極。

若是半年之期，怕自他成婚就被下了藥，之所以還未病絕，大概是因他未經常留在前院之故。這半年來，他下朝後多半直接回內院去。

想到這裡，他咬牙問道：「那你為何又說我該慶幸？」這藥如此陰毒，如何就能慶幸了？

沈鶴鳴聽了，邪笑挑眉。「若直接服用這藥，你會立刻腹痛難忍，如刀絞腸肚，難以承受。雖半刻鐘就能恢復，不過……」

「如何？」

見亓三郎黑臉咬牙，沈鶴鳴不好再逗他，正色道：「會再近不了女色！」這意思夠明顯了吧？就是終生無法行房。

亓三郎瞬間白了臉。

沈鶴鳴卻覺他還不夠慘似的，又道：「想來他們怕直接服藥太過猛烈，容易引你懷疑查出來，才會選了細水慢流之法。」說完，拿起桌上的藥盒。「這藥於你是害人之物，不如放在我這裡。關鍵時，說不定能救人一命。」

亓三郎陰著臉，並未拒絕，讓他對症開藥方後，做成藥丸，好方便攜帶服用。

沈鶴鳴自是沒有異議，點頭同意了。

回到鎮國侯府後，亓三郎照常在前院書房換下朝服。只是走時，從暗格裡偷拿了兩粒藥丸。

回內院後，亓三郎直奔主屋，去淨房脫下衣服。待換過衣裳，便取出偷拿的藥，對佟析秋道：「把藥裝好，待天黑，我去找父親商量一下。」

「怎麼了？」佟析秋懸了心。「可是有什麼發現？」

他點頭，眼中有利芒閃過。「這藥不會是府中之人所有。」長年在內宅的婦人，不會這般容易得到如此珍貴的藥。

沈鶴鳴走時跟他提過，部分藥材可能出自宮中。若真是這樣，事情就越來越複雜了。

佟析秋亦是面露愁色，不知怎的，想到了拜年時亓容泠姊妹的異狀。連明鈺公主都覺得不對勁，想來定是有古怪。

之前未細想，如今回憶起來，才發覺那天拜年時，雖看不出亓容漣有什麼不對，可亓容泠明明想出聲刺她，都被亓容漣暗中壓下去。她以為是亓容漣不想生事，如今看來，怕是讓亓容泠別開口？

想到這裡，佟析秋便把那天的事和所發現的異常，告訴了亓三郎。

亓三郎亦沈了眼色，想了想。「等會兒我與父親商量，命人暗中查探，看她們最近都跟何人走動。」

佟析秋輕嗯，只覺古代家族權位之爭當真好生恐怖。前世就算在商場爾虞我詐，也未見有人這般陰毒過！

當天晚上，亓三郎去了鎮國侯的書房，將藥丸呈上，說了事件的經過與利弊。

鎮國侯聽了，表情凝重，交代道：「此事我已知曉，會著人去查。」

亓三郎點頭，告辭回院。

待他回去，佟析秋又與他說起桂子之事。

「不如暫時靜觀其變吧，免得橫生枝節。最好讓他們自己生疑，自己動手。」

若明目張膽地鬧出來，對那房人不過是雷聲大、雨點小。加上亓三郎並未病到無藥可救，與其不了了之，再給他們使暗手的機會，不如靜待，讓他們以為得逞，自露馬腳。

「嗯。」亓三郎沈臉點頭，摟著她的纖腰，未再多說什麼，滅了燭火，與她睡下了。

日子照舊過著，可亓三郎卻不知怎的，下朝後，很少再去前院書房。

一日、兩日還行，三日、四日後，便流言四起了。

有婢女、婆子暗中傳說三少爺跟三少奶奶感情甚好，連半刻也不願分開，一下朝，三少爺連朝服都未換就急奔內宅，可見兩人情比金堅。

這話說在別人嘴裡是羨慕，聽到主人耳裡就是不務正事，貪了歡。

半月後的相聚，蔣氏故意說了下人之間的傳話，本以為鎮國侯會不喜，孰料鎮國侯只淡淡掃她一眼，讓她不會說話就閉嘴，氣得蔣氏臉上的笑當即有了崩裂之勢。

明鈺公主雖沒有當場發作，卻在第二天時，喚佟析秋去清漪苑。

佟析秋剛行完禮，明鈺公主卻一改往日招她上前的態度，命她規矩坐在下首，問道：「這半月多來，卿兒似乎每日下朝就直奔內院？」

佟析秋點頭稱是。明鈺公主不好說她什麼，絞著絹帕，提醒道：「還是以差事為主的好。這府中下人的嘴，並不是想堵就能堵的。」

「兒媳明白。」

「嗯。」見佟析秋聽話，明鈺公主滿意了。「屆時卿兒回來，妳與他兩人好好相商吧。」

「是。」佟析秋福身，裝著乖巧地糊弄過去。

日子進入二月後，天氣已經暖得融雪，每日裡，各房各院的灑掃與粗使下人幹得最多的活兒，就是除冰及引水。

近日，明鈺公主對佟析秋越發冷淡起來。只因上回她答應之事，並未實際去做。

亓三郎依舊每日下朝後直奔內院，府中下人的流言甚至流向了府外。連敏郡王妃都來信問佟析秋是怎麼回事，說外面都在傳他們夫妻伉儷情深，連半刻分離都嫌長。亓三郎更被傳成只愛美人、不理差事的好色之徒。

佟析秋看完信，只覺荒誕可笑，看來，有些人散播謠言的本事，又精進不少了。亓三郎不過一個帶刀侍衛，有什麼可忙的？不過是立在御前站站崗罷了。遂暗諷著將信燒掉，不予理會。

過了二十多天，終於有人忍不住了。

這日下午，桂子見亓三郎要進內院，便小聲上前問道：「今兒三少爺要不要去前院待一會兒？」

亓三郎轉眸冷眼向他看去，桂子嚇得趕緊垂眸。「小的逾越了。」

亓三郎沈臉點頭，照樣舉步回了後院。

晚飯後，佟析秋倚在炕上做春衫，亓三郎則說起桂子之事。

「怕是要忍不住了。」

佟析秋點頭，頭也不抬地繼續縫衣服。

之前，亓三郎早命人暗查桂子私下與人來往的事。沒想到，結果竟有些出人意料。這亓容錦也算是個人才，居然利用桂子養暗娼的事，拿住那個女人跟其肚裡的骨血相逼，使桂子不得不聽命於他，為他賣命。

原來，桂子為替那女子贖身，用盡全部積蓄，又為掩人耳目，將她藏在暗娼街裡。本想藉著暗娼巷的混亂，暗中生子，讓其後代脫離奴籍，哪承想被亓容錦發現，抓住了把柄。

如今見亓三郎這般久未去前院，想來亓容錦已經覺得有古怪。憋得這般久，才讓人來探，怕是真要動手了。

佟析秋把繡完的線頭拔掉，重新穿線後，才哼道：「他們應該還不知重新放衣的事。以桂子的精明，想來也不敢如實稟報。」若有稟報，哪會懷疑這麼久？亓容錦能容他活到現在？

亓三郎淡嗯了聲。「明日妳派人暗中說兩句吧，留著他也是無用了。」

佟析秋點頭，繼續低頭刺繡。

亓三郎的眉頭卻皺得更緊，只因鎮國侯那邊也有消息了。說亓容泠跟亓容漣近來去過恒王府幾次；而佟析秋掌家後，亓容錦缺銀子使，跟她們借過幾次錢。

想來，亓容錦早暗中站在恒王那邊，亓容泠姊妹應是借銀時知道這事，所以近日才去恒王府。

亓三郎忍不住嘲諷地勾唇，父親不願選邊站，不想自己的兒子早已暗中投靠了恒王。對他下藥，一來應是亓容錦看他起復，心有不滿；二來大概是因為佟析秋跟謝寧的姊妹關係。為了不讓慶王得到好處，這藥怕是出自恒王之手！

亓三郎冷笑咬牙，如今這事牽扯太大，只能暫時忍下來。亓容錦這渣滓，也因此還能繼續蹦躂。

佟析秋見他皺眉出神，便喚道：「還有憂心事？」

亓三郎回神，見她正疑惑地看他，就拿開她正在繡的衣服，摟她入懷。「就怕他起疑後，還有暗手。」

佟析秋窩在他懷裡，回抱著他道：「這事過後，你每日從前院回來後，衣物還是全換掉吧！至於浣洗之事，我讓咱們院中的婢女去洗，除了花卉還不能完全放心外，其餘都是可用的。加之內院會互相監督，想來比前院安全得多。」

亓三郎笑了，將下巴抵在她的頭頂道：「有勞妳了。」

「你我乃夫妻。」

佟析秋一本正經地將他用過的話奉還回去，惹得亓三郎莞爾，低笑出聲。

「對，妳我乃夫妻。」

這日，鎮國侯府中忽然傳來一陣高聲尖叫——

「不好了！不好了！前院死人了！」

後院的婢女與婆子聽了，俱人心惶惶。

有膽大的婆子跑去看了一眼，臉色煞白地回來，哆嗦道：「屍體都硬了呢！」

其他婢女聽了，趕緊跑去衡璽苑稟報。

佟析秋聽說後，裝出很驚訝的樣子，命前院管事將所有管事及下人好好查問一遍，看看能不能問出有用的消息，或是蛛絲馬跡。

而她則親自帶人，去了出事的書房巡視。再以晦氣為由，將書房裡的東西全搬走，換上新的。至於亓三郎放衣的箱籠，則要求搬去後院擱著。

一天忙碌下來，終是得空的佟析秋端坐在暖閣，看著放在地上的箱籠，讓藍衣打開。待將所有衣服都拿走，抽出下面的暗格時。果不其然，裡面已經空了。

「少奶奶，現在要怎麼辦？」

佟析秋哼笑。「自是把這些衣物暗中燒了。」

藍衣應聲點頭，隨即與綠蕪一起將那些衣物悄悄搬出去。

佟析秋垂眸，輕刮茶盞，哼了聲。「手腳倒是夠快。」好在她們有放假藥進去填補，應該不會被發現才是。

當天下午，亓容泠姊妹忽然來了侯府。不過因鎮國侯有交代，並未讓她們進門。

聽說亓容泠被氣得夠嗆，當即掀起車簾，對著侯府門房大罵。

佟析秋聽說後，只輕笑著搖搖頭。她們能來得這般快，怕是得到消息，想來打探有無異狀吧。

因府中出了人命，晚上主子們全聚在雅合居用飯。

席間，董氏明裡暗裡說著，進府這般久，頭一回見下人不明不白地死了。

蔣氏亦說，自她掌家以來，府中從未冤死過一人。

話落，明鈺公主便嗤笑不已。

鎮國侯依然不理會，繼續吃飯。

飯後，鎮國侯喚亓容錦跟他去練功房。

「近來要行兵操練，我見你懶散許多，從今日起，你每天跟在我身邊，到時好指點你一二。」

亓容錦自是不好說什麼，答應下來。

其實，幾天前鎮國侯便開始將他扣在身邊，讓他不得不懷疑，父親是不是知道了什麼？再加上昨兒他得知二房去前院換過新衣之事，且亓三郎這段日子不回前院的表現，讓他不得不把桂子給殺了。

還有今兒大姊派人來問他的事，再來，他回府時，二房把前院書房裡的用物全換掉……這一樁樁、一件件，令他懸心許久。

看著如今還風平浪靜的侯府，他便譏諷地說：「二嫂掌家以來，不是一向得心應手？為何府中下人死得這般久了，也未發現半點跡象？」

「她只管內宅，外宅之事，向來是父親身邊的管事代管。你問這話是何意？」亓三郎皺眉，沈下眼看他。

亓容錦冷哼。「不管怎麼說，都死了人，如今府中人心惶惶，難道就這樣過去了？」

「錦兒這話在理。」蔣氏笑得得體，故作公平地說：「按理，這也算失職之罪，雖然奴才的命不值錢，總得有個交代才是。」

「妳想要什麼交代？」

鎮國侯冷眼看她，蔣氏立時語塞。

佟析秋則起身賠罪。「這事兒，真是析秋失職，不如公公給個懲罰吧。」

鎮國侯深不可測地盯了她半晌後，才故作沈吟地點頭。「既如此，那妳便歇了手，將管家權交出來吧！」

此話一落，滿座皆驚。

佟析秋沒有異議，福身道：「謹遵公公安排。」

亓容錦則皺眉，見父親並未幫襯，也未訓他，難道真是不知情？可二房的反應未免太過平和了吧，都被下權了，還不暴怒？

因著一個下人而被迫交出管家權，是人都不能忍才是，更何況那下人還給主子下過毒！

想到這裡，亓容錦又去看佟析秋的臉色。

果然，佟析秋臉上雖平靜，眼中卻有怒火在閃。

這種怒意，不是讓人氣到極致的惱恨，是一種被人拿著錯處、不得不忍的無奈。

亓容錦見狀，才放了心。想來應是不知吧！不然這時候了，不會不說出原由來。

第六十四章　聾啞

回衡璽苑的路上，明鈺公主很不滿。

她看著身後那雙相拉的手，皺了眉問：「你們是不是有事瞞著我？」為什麼總覺得蹊蹺得慌？

亓三郎搖頭，佟析秋亦是搖頭。

明鈺公主見狀，冷了臉。「你們……」抬起纖手指著滿臉無辜的兩人，卻見他們直對她笑。那種就是不說的表情惹得她更覺不爽地黑了臉，冷哼一聲，再不說話，快步與他們分了道。

看著走遠的明鈺公主，佟析秋嘆道：「婆婆生氣了。」

「無事。」亓三郎的大掌輕撫她的纖手。「委屈妳了。」

佟析秋搖頭，這事應該數他最委屈才是。被人下了毒，卻不能明著戳破。而她為了不讓對方起疑，遂裝作暗怒地交出掌家權。

對方想看她會不會為管家權將事情指出，她豈能為了這點蠅頭小利，讓自己置身於更大的漩渦中？

不過，這掌家之權，幸好也未落於大房之手。

想到這裡，佟析秋忍不住莞爾。想不到，鎮國侯也有這般賴皮的時候。

在她被宣布卸了管家權時，大房眾人臉上的興奮之光，險些閃瞎了大家的眼睛。

尤其是蔣氏，在鎮國侯話落後，凝聚滿眼柔光看著他，以為管家權會重回她手裡。

孰料，鎮國侯卻是話鋒一轉，把管家權交給明鈺公主。

明鈺公主當即推拒，還諷了聲。「本宮可沒甚興趣為他人掌家。」

不想，鎮國侯竟回了一句。「妳為我掌家，又怎是為他人？還是妳未當我是夫君？」

夫君二字，當即讓明鈺公主的臉唰地暴紅起來。

蔣氏看得咬牙切齒，幾番咬牙，才終是沒有大鬧出聲，笑道：「公主還得管理公主府，應是忙不過來。不若讓妾身……」

話未落，就見鎮國侯冷了臉。「老三家的自知失職，主動邀懲。妳也有失職失德之過，如何還厚了臉皮來要？」

蔣氏聞言，面色當即青白交錯，流了一臉淚，看著鎮國侯，委屈不滿地控訴道：「我在你眼中就是個厚臉皮？」說罷，似再忍不住地捂臉起身，嚶嚶向內室跑去。

董氏見狀，臉色雖不好看，卻不得不跟進內室安慰蔣氏。

待廳中只剩亓容錦跟佟析秋他們這房後，鎮國侯又若無其事地對明鈺公主道：「妳辛苦點，待老三家的罰滿半年後，妳再撂了擔子。」

「半年?!」明鈺公主諷道：「屆時秋兒說不定已懷子，如何還能掌家？」

「也是，若真是這般，屆時妳再辛苦點，多管一年吧。」鎮國侯滿眼笑意，看著一臉不滿的明鈺公主，直看得她有些受不住地轉開眼，冷哼了聲，才算接下這事。

兩人旁若無人說著懷子之事，令佟析秋生出幾分不自在地低了頭，扭著絹帕，不知該如何是好。

亓容錦見狀，心徹底地落了地，隨即詭異地勾唇。算算時間，應該差不多了，若一直未發現，也未看醫，二房這輩子不會再有孩子了。

這詭笑，聽中除明鈺公主以外的人，全都看進了眼，冷哼不已。

進入三月，京都的冰雪早已化完，光禿的樹枝抽出嫩芽，早春的花也結起花苞。高門貴府並平民百姓換下冬衣，穿上亮麗飄逸的春裝。

三月三，又迎來一年一度的上巳節，只是已為人婦的佟析秋早沒了賞花相親的理由，遂陪著明鈺公主去相國寺，點了兩盞長明燈。

見滿山桃花並不似去歲那般盛開，大多還是花苞，兩人逛了一會兒後，便失了興致，早早回府。

三月亦是亓三郎最後服藥的月分。自桂子死後，亓三郎又裝模作樣地回了後院幾天，最後明鈺公主實在看不下去了，特意等在二門，將他攆至前院書房後，又派個公主府的小廝監督他，才算完事。

除此之外，派去暗盯亓容錦的人手，未再發現他有異狀，小夫妻倆才真正鬆了口氣。

不過，這事一直拖著，絕非長久之計。近一個月來，佟析秋跟亓三郎每天都在想，要如何讓亓容錦跟恒王分開，只剩亓容錦，就好辦得多。

操心這事的同時，沒想到，另一件事的結果也出來了。

這日下午，亓三郎回府，讓人帶信進內院。

佟析秋得了信，便去清漪苑，跟明鈺公主耳語幾句。

明鈺公主聽後，允了她拿對牌出府。

佟析秋謝過，隨即回院，準備出門。

馬車出府後，停在離鴻鵠書院不遠、平日學子喝酒的酒肆旁。

佟析秋坐在車裡等了兩刻多鐘，才見簾子從外掀開。

著一身灰白書生袍的佟硯墨看到她時，回頭看身後的亓三郎，得到他的允許後，才進了馬車。

一進去，他就坐在往日婢女常坐之位，遠遠向佟析秋作個揖。「堂姊。」

佟析秋點頭，待亓三郎上車後，便命馬車往京郊駛去。

佟析秋給兩人斟了茶，這才聽亓三郎說道：「人是在郊外的庵堂找到的，你心裡要有個準備。」

見佟硯墨眼露疑惑，亓三郎直接道：「聽說人被毒啞，耳也聾了。」

話落，佟硯墨手一抖，茶盞跌落，茶水在昂貴的褥墊上暈染開來。

他立時回神，自知失態，忙抬起寬大的儒袍袖子去擦。

佟析秋見狀，趕緊從車上箱格裡拿巾子出來，阻了他拿袖去擦的手，將巾子墊在濕處，又撿起茶盞。

佟硯墨面色尷尬，臉皮燒紅，眼中卻溢滿擔憂地作揖告罪。「還請堂姊跟堂姊夫恕罪，硯墨失禮了。」

「無事。」佟析秋搖頭，重新給他斟茶。遞過去時，不經意碰到他的手指，見他雖飛快縮手，可指尖的涼意還是清晰地傳了過來。

佟析秋低眸，不知該如何安慰。對於劉氏，她是同情不起來的。

馬車駛至京都繁華的東大街盡頭，在一間簡樸得不能再簡樸的小四合院前停下來。

車夫拉住馬，跳下車後，前去敲門。

待幾人下車，見開門的是一個五十來歲的婆子，著灰布粗棉衣裙，見到他們時，便有禮地福了個身，口中道：「爺、少奶奶，你們來了。」

亓三郎輕嗯點頭。「人呢？」

「在屋子裡關著呢，鬧得厲害，飯也不肯吃。」她未出口的是，劉氏的叫聲太過難聽，如嘎嘎的烏鴉叫一般。若不是這裡居民較少，怕早惹了鄰里不滿。

佟硯墨一聽劉氏被關著，就有些站不住了，忙轉首對亓三郎夫妻告罪後，抬腳就向院裡跑去。

佟析秋與亓三郎在婦人的帶領下，也進了院子。

不想，幾人才行到院中，就聽到一陣粗嘎淒厲的哭叫，伴隨佟硯墨痛苦哽咽的呼喊。

「娘啊！兒子不孝！」

佟析秋跟亓三郎面面相覷，停了腳步。待那對母子的哭聲漸小後，才相攜著走向那間小小廂房。

一推開門，就見劉氏如受驚鳥兒般驚跳起來，待見到佟析秋後，更是瞪大眼睛，不可置信。

佟析秋抬腳進屋，看著她，笑容得體道：「大伯母，好久不見。」

此時劉氏已然傻眼，看著面前著鵝黃金絲線石榴裙的女子，只見她眉目如畫、膚若凝脂，頭梳富貴雲仙髻，配赤金髮釵、寶石珠鍊，額間的花鈿更是襯得她妖冶豔美。如此富貴之人，哪還是當初那個瘦弱不堪、穿蘆花破襖的鄉下女子？再見她挽著披帛、平放於腹間的雙手，潔白如玉，哪還有半點凍傷的痕跡？

劉氏頻頻眨眼，不敢相信，只覺眼前女子已高不可攀，便有些害怕地躲在佟硯墨身後。

佟硯墨拉著她已瘦如雞爪、裂似松皮的粗手，安撫道：「娘，這是析秋堂姊，是她找到妳的。」

「呃呃……呃呃！」劉氏一邊叫著、一邊躲藏，不停搖著髮如稻草般蓬亂的頭。

佟硯墨黯了眼色，拉著她，哽咽喚道：「娘，她是析秋堂姊啊！」

佟析秋抬眼看向亓三郎，只見他搖頭道：「找著時，她被關在庵堂看門的狗圈裡，聽來人稟報，為了活命，只得日日於狗嘴裡搶食。」

佟析秋點頭，再去看衣衫襤褸的劉氏，只覺昔日多囂張的人，如今卻臉如骷髏、身子畸形，不僅聾啞，連見到人都有膽怯之心，佟百里跟王氏真是夠毒的。

另一邊，佟硯墨抓著劉氏的雙手，小心地一遍一遍幫她順背，安撫她的心緒。

亓三郎見狀，轉身出去，掏出一錠銀子給那婆子，悄聲吩咐幾句後，她便點頭退下。

「你去哪兒了？」佟析秋看著亓三郎，好奇地問了句。

「讓人幫她買兩身衣服回來，等會兒替她清洗一番。」

「多謝姊夫。」

對於佟硯墨有意的親近之語，亓三郎只挑眉輕嗯了聲，沒有多說什麼。

待婆子買了衣服回來，佟析秋又請她燒熱水，幾人費盡力氣，才將亂叫不已的劉氏推進淨房。

但劉氏驚恐太甚，嗚嗚大叫，伸手亂揮不說，尖利污黑的指甲還險些刮上佟析秋的俏臉。

佟析秋拿她無法，最後只得求助亓三郎點她的穴，才將她抬進浴桶，清洗起來。

幫劉氏清洗時，佟析秋伸手拔去她頭上唯一的木簪，見她驚恐地死死盯著她的雙手，那樣子，似恨不得吃了她般。

佟析秋雖覺奇怪，倒也沒在意，幫她清洗乾淨後，絞了髮，又幫她簪上木簪。

劉氏見狀，這才收回瞪她的目光。

當晚，怕佟硯墨離得太久引人懷疑，亓三郎便讓他早些回去。

佟硯墨走時，死死抓著劉氏的手，拍了又拍。

劉氏似乎也感受到了，亦死死抓住他，不停粗嘎叫著。

佟硯墨有心解釋，奈何無從出口，乾脆狠下心，大步踏出小院。任劉氏在後面不停喊叫，也不回頭，紅著眼上了車。

回去的路上，佟析秋問亓三郎，此舉可會引人懷疑？

亓三郎搖頭。「應該不會。救人時，是裝作逃跑來設計的。」

佟析秋點頭，這才稍稍放心。

佟硯墨聞言，又跪下去，雙手抱拳，請求佟析秋能幫忙到底，派人好好看顧劉氏，自嘲道：「如今我無半分本事，還靠著仇人的臉面混著書念。這種有仇報不了、有苦說不出的感覺，當真枉為男兒之身。」

亓三郎冷眼看他，說出的話亦是不鹹不淡。「越王勾踐還能臥薪嘗膽，你若連這點事都忍不了，又算什麼男兒之身？」

佟硯墨僵了臉，又聽他道：「我會著人好生看顧你娘。至於你，也得小心才是，斷不能讓身邊之人發現異狀。」

「硯墨知曉。」佟硯墨低眸，拱手一禮，隨即坐直身子。

回到書院附近，佟硯墨下車後，裝著文人飲酒的樣子，進了那間酒肆。

接著，馬車駛向鎮國侯府，佟析秋看著亓三郎，疑惑問道：「夫君這是想幫他？」

「還有血性，並未泯滅良知。」亓三郎轉眸看她。「他年紀尚小，好好培養，應該能成材。」

佟析秋明瞭地點頭，笑道：「那妾身命人去物色小院子，買下後，派兩個婆子看顧吧。」

數日後，安排好劉氏的事，佟析秋便喚藍衣去給佟硯墨傳口信，讓他安心。

劉氏被救走的第三天，佟府收到庵堂傳來的秘信。

王氏跟佟百里在主院商量對策，佟百里皺眉沈吟道：「她如今又聾又啞，進了京，也不知衙門口朝哪裡開，就算讓她找到，那樣子如何擊鼓鳴冤？」

王氏亦是皺眉，心頭總覺不舒服。「拴她的鐵鍊是怎麼被掙開的？太奇怪了！」

「想來是成日用石子磨的。」佟百里不在意地揮手。「如今主要是派人在京都查看，別讓她給混進來。若哪天跑來府門前鬧，讓硯墨看到，就不好了。」

王氏點頭，隨即擔心地問道：「今年硯墨未去春闈，是不想外放，還是察覺到什麼？」

佟百里亦是一愣，搖搖頭。「應該是不想外放。年前他話裡話外想點庶起士，我雖極力勸他，可他骨子裡還是不願。既然他允了三年後再去大考，怕是已想通裡面的玄機。」

說到這裡，他哼笑一聲。「還算得上有自知之明。若他今年非要去點庶起士，屆時少不得要用點手段了。」

王氏見他那樣，便似笑非笑地哼了聲。「你這樣，可有想過佟家香火？如今二房兒女與你並不親近，若大房再沒了香火，就不怕老太太跟你急？」

佟百里邪笑。「夫人不是將青枝開了臉？屆時產子，不但記在妳名下，亦是我佟家血脈，還愁得不到香火延續？」

王氏聞言冷哼，心中恨極。當初若早用這個法子，如何會走到今天這步？沒承想，棋差一著，滿盤皆輸，只盼著後面還有轉機。

想到這裡，她揚起笑道：「時辰不早了，妾身把青枝喚進來伺候吧。」

「嗯。」佟百里捻鬚點頭，顯然對這樣的安排極滿意。

王氏看得咬牙。男人果然都是喜新厭舊的好色之徒！

四月，明鈺公主又派太醫來給佟析秋把了兩回脈，還是毫無進展，讓她徹底慌了手腳，命人在清漪苑設了小佛堂，初一、十五吃素，以求多積福報，好讓佟析秋成功得子。

大房聽了這消息，每回相聚便要刺個兩句。

佟析秋裝出委屈模樣，亓三郎亦是黑了臉。

鎮國侯見狀，對蔣氏斥道：「與其關心別房，不如想想自己。如今雪姊兒都能跑了，大房還未出一子。論起來，老四家的比老三家的早進府兩年，如何光看到別人的短處？」

蔣氏拿著伊姨娘之事來辯解，鎮國侯就氣得一拍筷子。「種什麼因得什麼果，是誰使毒在先，便是誰又報復在後！」

如此直白地說出蔣氏之錯，讓蔣氏難堪不已。

這時，佟析秋他們注意的還是亓容錦的反應，見他雖惱鎮國侯的話，卻不急著分辯，還嘲諷地勾唇道：「爹爹放心，我們這房定會有嫡子出生。」

鎮國侯只深看他一眼，淡嗯了聲後，便不再理會了。

四月中旬，照顧劉氏的婆子透過門房來報信，佟析秋喚藍衣將人領進後院。婆子磕完頭，從懷中掏出一支木簪和一封信。「昨兒堂少爺去看劉氏，出來後便將這簪子交給老奴。信也是堂少爺命老奴一起送來的。」

佟析秋點頭，揮手讓她起身，接過綠蕪呈上的信，拆開看完後，命人賞了那婆子幾角銀錢，便打發她回去了。

晚間，佟析秋將信與木簪遞給亓三郎，道：「之前給她淨身時，見她雖不能叫喊，雙眼卻死死盯著這簪子。當時未覺有什麼，不想裡面竟是另有玄機。」

說著，她大力自螺紋處扭開木簪，待簪身分為兩截，中空的簪子裡，立時露出一截白色宣紙。

佟析秋緩緩抽出紙條，打開看完後，不覺搖頭失笑，又遞給亓三郎瞧。「想不到她還留了一處心眼。」

用木簪藏證據，既不起眼，又不值錢，不會引來貪心之人搶走，亦不會招疑心重的人懷疑。

亓三郎將那紙佟百川寫的證詞放在桌上，哼笑道：「收著吧。現在雖無用，但哪天說不定就會派上大用場。」

佟析秋點頭，親自進內室翻了箱籠，拿出帶鎖的檀木盒子，將證詞鎖上裝好後，又放回去。

亓三郎也跟進去，見她收拾完，便招手讓她近前。

「何事？」佟析秋疑惑地看他。

亓三郎淡笑搖頭，忽然彎身將她打橫抱起，見她驚得雙手摟住他的脖子，便笑得好不曖昧地說：「爺是打算將夫人就地正法。」說完，便挑眉看看四周。

佟析秋搖頭，為著小腰著想，還是柔軟的大床比較好，便低笑著附耳對他輕呵口氣。「妾身近來得知一種能快速得子的法子，爺可要聽？」

見亓三郎看來，她咯咯笑著輕靠著他，指著床道：「那得先聽從妾身的安排才行。」

「小騙子，該罰！」

亓三郎低笑著拍她的臀，卻依言行去拔步床，將她輕輕放下後，便扯落幔帳，身子覆了上去……

第六十五章 徵兆

日子流水般地過著，四月下旬，佟析秋跟著明鈺公主去了兩趟京都高門的賞花宴，其中一場便是恒王府舉辦的，去時遇到了亓容泠姊妹。

彼時兩人看到她們，倒是恢復了本色，尤其是亓容泠，看見佟析秋，張嘴就諷，說她是隻不下蛋的母雞，進門大半年，連一點動靜也無。還當眾問她是不是在鄉下時把身子給損了，落下隱疾，才無法懷子。

這話說得不可謂不尖酸，明鈺公主見恒王妃坐於上首，似沒聽見般，便氣極斥道：「有婦人三年得子，那有福的更是十年才有一子，妳這話說得豈不無知？

「人未有子，自是緣分未到，總好過那些貪圖富貴、不侍夫君之人，嫁去多少年了，別說蛋，連根毛都未見。說別人是不下蛋的母雞，何不看看自己又是什麼樣子？」

明鈺公主也說得相當不給面子，亓容泠姊妹的臉當即脹成豬肝色，氣得不行。

亓容漣恨極，卻不吭聲。亓容泠是個藏不住話的，當場便大叫。「本夫人未生，那是無撒種之人。妳日日有人撒種，也不見得是好種！」

這粗俗不堪之話，引得在座的夫人、小姐臉上羞憤不已，紛紛有了指責之意。

明鈺公主亦是氣得拍桌而起。「妳算什麼東西？竟敢誣衊本宮的兒子。如此口無遮攔，沒有半點高門教養，為著侯府顏面，我今兒要好好教訓妳！」說罷，喚桂嬤嬤上前，就要掌她的嘴。

恒王妃見事情鬧大了，趕緊笑著起身圓場，雖是想將這場鬧劇壓下去，可明裡暗裡的話語卻是向著亓容泠姊妹，讓明鈺公主不要計較太多。

佟析秋聽得冷笑，移步到明鈺公主身旁，伸出纖手扶她的胳膊，淡哼道：「婆婆，想來我們跟恒王府犯沖，既然這裡是大姊跟二姊的福地，我們走便是了。」

明鈺公主本就對恒王妃的話不滿，這會兒聽佟析秋一說，更是不滿，不想示弱。

佟析秋在安撫她時，又看著亓容泠姊妹，詭異一笑。「二位姊姊放心，我的身子向來康健。宮中太醫也說，只要時機到了，自然會有福運降臨。」

亓容泠聞言，冷嗤一聲，道了句癡人說夢。亓容漣卻沒來由地想認真打量佟析秋。

奈何佟析秋已扶著氣極的明鈺公主向門外走去，聲音由遠及近地勸道：「婆婆貴為公主，何必為那些小人氣著身子？正好皇舅母邀您進宮，屆時將我替她畫的畫像送去，保管讓皇舅母看了欣喜不已。」

明鈺公主聽了這話，還有什麼不明白的？當即點頭。「還是妳有心。妳的畫功，哥哥也常誇讚。不如再畫一幅，屆時也送給妳皇帝舅舅？」

「是！」

聽著漸遠的聲音，恒王妃的臉色僵硬，本想藉賞花宴拉攏權貴，不想竟給自己的夫君招來麻煩，遂忍不住斜眼瞟了亓容漣一下。

亓容漣明白事態嚴重，趕緊跟出去，追上明鈺公主時，屈膝行了大禮。「方才大姊魯莽，衝撞了公主，還望公主恕罪。」
明鈺公主挑眉冷哼。「我可不敢當。大姑娘的本事，連侯爺都怕呢！」
亓容漣白了臉，這是要向鎮國侯告狀的意思？憤而抬眼，正想說她們小人之心，卻見佟析秋定眼看她，笑得好不和氣。
「二姊，別擋了道！」
見她笑得如此詭異，亓容漣又沈吟幾分，還不待她回神，身子便被人莫名推開。
她回神望去，見桂嬤嬤一臉嚴肅地看著她道：「公主擺駕回程，得罪之處，還請二姑娘見諒。」
桂嬤嬤說著，見佟析秋與明鈺公主已經到了院門口，便趕緊跟上去。
亓容漣被辱，眼中恨光乍現，呆愣半晌，終是壓下怒氣，重回恒王妃那裡……

另一邊，佟析秋與明鈺公主回府後，手骨便泛起了疼。
隱隱的疼痛，讓她以為天要下雨，沒有太過理會。
不想，這一痛竟連著痛了三、四天，不僅沒有下雨，而且天空豔陽高照，晴得詭異。
佟析秋雖奇怪，卻依舊並未理會。
直到晚間，手指骨的隱痛讓她再也承受不住地哼叫出聲，驚醒了一旁的亓三郎，緊張問道：「怎麼了？」
「手骨隱疾，這幾天疼得越發厲害了。」佟析秋也不瞞他，見疼得有些受不了了，便把手指壓在身下，想用重力來緩解疼痛。

亓三郎見狀，伸手將她的纖手扯出來，握在他的大掌中，暗暗用內力給她溫著手指。有了他緩解的熱氣，佟析秋才好過一點，舒服地閉眼輕哼，不久便沈睡過去。

第二日，亓三郎下朝，便帶佟析秋去找沈鶴鳴，讓他好好瞧瞧。

孰料，沈鶴鳴聽完後，只搖搖頭，說這沒法治，得看天氣。說到這裡，還對佟析秋挑眉打趣道：「嫂夫人若跟宮裡那群欽天監搶飯吃，絕對能將他們殺個片甲不留。妳這手骨一疼，肯定就要變天了。」

佟析秋沒空理他的調笑，疑惑問道：「既是變天，如何疼了這麼些時日，外頭還是豔陽高照？」且她的手骨是一日比一日疼。

沈鶴鳴也覺奇怪，伸手幫她把脈，見依舊並無不妥，便沈吟道：「我給妳拿盒藥膏抹抹？」

佟析秋無奈地點頭，也只能這樣了。

亓三郎顯然有些不滿，走時冷臉挑眉，還刺他一句。「你確定你是藥王之徒？」

沈鶴鳴聽罷，氣得差點沒跳腳。要不是看亓三郎已躍出牆頭，少不得又要比劃一番了。

佟析秋回府後，抹了藥膏，雖有熱氣產出，卻不過兩刻鐘就失效。為著不疼，只得每兩刻鐘就抹上一次，當晚亓三郎也陪著她一夜未睡。

翌日辰時，佟析秋強打著精神，去給明鈺公主請安。

回來時，門房派人來傳，說是佟析春上府了。

佟析秋愣了下，以為發生什麼大事，趕緊命藍衣去領人進來，而她也帶著綠蕪和花卉去二門迎。

待看到一身秋香色襦裙的佟析春好好從馬車上下來時，佟析秋這才鬆了口氣，迎上去。「要來怎麼不先打個招呼？」

「是我魯莽了。」佟析春有些羞赧，卻對佟析秋悄聲說道：「有一事想讓二姊解惑。我有些拿不定主意，怕誤了事，這才貿然上府。」

佟析秋哪會真怪她，點頭拉了她的手，帶她回了衡璽苑。

待婢女們上了茶，佟析秋才開口問道：「何事拿不準？說來聽聽！」

佟析春點頭，用絹帕拭了下嘴角，道：「年前二姊不是把二娘送妳的田莊交給我管嗎？」見佟析秋點頭，又繼續道：「我重新命人從人牙市場買了對老夫妻來看管。昨兒老管事求著上府，說京都的天怕是要變了！」

變天？佟析秋愣了下。「為何這麼說？」

佟析春搖頭。「我也不知，管事只說他老伴腰疼得厲害，往年只要一疼，就會下大雨，每回都很靈驗。如今疼得連炕都下不了，怕是會下暴雪。」

說到這裡，佟析春擔憂地看著佟析秋。「也不知這事是真是假。若是真的，京都百姓怕要遭殃了。如今的菜苗與稻苗、麥苗等早已出齊，眼看到了五月，正是生長的時候，如果雪災壓苗，該如何是好？」

不是她菩薩心腸，只是她們也是從鄉下過來的，那種困苦無助加餓肚子的感受，她至今難忘。因此一聽這事，她再不敢耽擱，命人備車來鎮國侯府，盼著佟析秋能拿個好主意。

佟析秋沈吟聽完，想到自己犯疼的手骨。若是一般陰雨，早該下了才是，如今卻仍豔陽高照……

於是，她轉眸看佟析春。「妳別慌，我先讓人去將那管事帶來問問。若真是……」

佟析春不待她說完，便急急截了她的話。「管事跟來了，在門房待著呢！」

佟析秋見她擔憂得不行，只好命人將屏風抬去偏廳隔擋，再喚人把管事領進來。

待管事進來給兩人磕了頭，佟析秋便開口問他。「你老伴以腰疼判斷天氣，從未出錯嗎？」

「回少奶奶的話，從未有錯。」

見管事答得肯定，佟析秋又道：「即便如此，那她怎知是下雪，而不是一場大雨呢？如今風和日麗，哪有半點下雪之兆？」

管事躬著身子，認真道：「回少奶奶的話，我那老婆子的腰傷已近三十年，三十年來，無論颳風下雨，只要按她腰疼的程度，就能立時知道是下陰雨還是下大雨。像如今這樣疼得下不了炕，只在十多年前下暴雪的冬天有過。所以她才敢斷定，這回定是大雪。」

佟析秋頷首，喚藍衣過來耳語幾句。

藍衣聽罷，雖然驚訝，卻並未多說，去內室拿出一個小盒，又在佟析秋的指示下，送給下首的管事。

管事不明就裡地接過，佟析秋才道：「這裡面是二十兩紋銀，你想辦法去買些油布回來，再找人編草簾。做好後，每晚讓人用油布和草簾覆蓋糧苗，以防萬一。」

管事聽罷，當即跪下磕頭。「請少奶奶放心，老奴定能將此事做好。」

佟析秋點頭，見他表情猶豫，便問：「還有什麼要說的？」

「老奴想說，買油布和編草簾用不了這麼多銀子。如今莊上才三十畝地，只需十來兩。」

佟析秋見他不貪，心裡倒是滿意。「剩下的是賞你的。若真說中了，為我減輕損失，屆時我再賞你二十兩銀。」

管事聽罷，只覺心間咚咚亂跳，不停搖頭，直說為主子效力是應當的。

佟析秋看得莞爾，命綠蕪送他出去時，又叮囑道，要他到相鄰的農家說一聲，讓他們早做準備。

管事領命走後，佟析春轉眸問自家二姊。「二姊相信這事？」

佟析秋點頭。「寧可信其有。」老人近三十年的經驗，比前世的天氣預報還準，為什麼不信？

「那這事……」

「我會跟妳姊夫商量的。」

這事雖馬虎不得，可僅憑一個婆子的腰痛加她的手痛，就想讓人信服，有些不可能，得想些說詞才好。

晚間，佟析秋把要下暴雪的事告訴了亓三郎。

見亓三郎沈吟著不吭聲，佟析秋摸著手骨，又道：「若只是一個婆子，我也不信，可我的手骨也正疼著，就由不得不信了。與其遭了災再挽救，不如現在就想法子讓損失降到最低。」

亓三郎抬眸看她，自榻上起身。「我去前院與父親說說。」

佟析秋點頭，送他出去。不到一刻鐘，鎮國侯身邊的小廝便來請她去前院。

她來到鎮國侯處理案卷的書房，鎮國侯坐在案桌後面，問道：「妳能肯定會下暴雪？」

「不能。」佟析秋搖頭，對他行了禮。「兒媳不過是想著寧可信其有，不可信其無。」想了下，又道：「其實，今年的天氣，早有些不正常的徵兆。花朝節時，兒媳陪婆婆去相國寺上香，那時桃花本該盛開，可不知為什麼，卻是冷冷清清、花無幾朵。如今想來，可能真是預兆。是以，兒媳想著，還是早做防範為好。」

鎮國侯見她認真篤定的樣子，沈吟思忖良久，終起身對他倆說道：「去換朝服，隨我進宮！」

佟析秋換上正紅交領冠服，與亓三郎同坐去往宮中的馬車時，緊張得手心冒汗。

亓三郎見狀，不動聲色地握住她的手道：「無事，皇帝舅舅不是那般容易說服的。」

「噗哧！」佟析秋好笑地低了眸，還以為他會說，屆時沒成功，大不了要頭一顆、要命一條呢！

見她露出笑意，亓三郎亦是鬆了口氣，莞爾一笑，捏著她的手，大拇指摩挲她的手背，給她最大的安撫……

宮中御書房裡，洪誠帝雙眼犀利地看著下首站著的人，對佟析秋看得特別久。

「憑著一個婆子的腰傷，你們就想朕下旨讓大越百姓勞師動眾地防雪災？」

洪誠帝一臉荒唐至極的表情，看得佟析秋心下嘆息不已。

亓三郎不為所動，冷硬道：「臣等只是覺得此事嚴重，才特意進宮向皇上稟報。至於真假，自有皇上親斷，臣等不過是做到不欺君罷了。」

洪誠帝語塞，瞇眼看他半晌，又叫旁邊的管事太監近前。「去喚欽天監的人來！」

「是！」

待太監走後，洪誠帝命人搬來椅子，讓鎮國侯坐下。

鎮國侯也不拒，謝恩坐了。佟析秋跟亓三郎則站在他身後。

此時，一名著官服、留八字鬍的男子進到殿內，叩首完，洪誠帝便問他——「近來天象如何？可有異變？」

「回皇上，近來晴空萬里，風和日麗，並無任何異象。」

洪誠帝笑，轉頭看向佟析秋時，似乎在說：看，連欽天監都說晴空萬里，並無異象，可見妳說的不是真的。

佟析秋低眸，只覺不管是不是真，上首那人是皇帝，她還敢辯不成？

洪誠帝又問了幾句，得到一堆馬屁話後，這才揮手讓那官員下去。

待人走後，洪誠帝看著鎮國侯等人，別有深意地笑道：「你們可還有什麼話要說？」

第六十六章　暴雪

鎮國侯搖頭起身，帶著亓三郎夫妻叩首，準備回府。

洪誠帝顯然還不想放他們走，故意問佟析秋。「原本妳打算怎麼做？」

佟析秋低眉，屈膝行禮。「臣婦的莊子只有三十畝的田地，已命人編好草簾、買了油布，屆時只需蓋上便可。」

「三十畝地，需要多少錢的油布？」

佟析秋恍然，敢情洪誠帝是不想把銀子用在還說不準的事情上？便笑著說：「三十畝地的油布，花不到十兩銀，加上有草簾可用，也能省些錢財。」

洪誠帝哦了聲，又道：「大越皇室向來體恤民情，已近十年未增過賦稅了。」

意思是國庫沒錢？佟析秋挑眉，心裡腹誹不已，恭敬道：「油布雖不貴，可布莊未必有這般多存貨，屆時少不得還得買些次等布料，刷上桐油才能用，倒是麻煩。」

說到這裡，她話鋒一轉。「如今臣婦的芽菜鋪子多虧皇帝舅舅照應，才讓臣婦賺得盆滿缽滿。不如，臣婦出五千兩銀子，幫皇帝舅舅將油布備好，可行？」

前面一段話，是讓他知道買足油布不易，若要全權交給她，總得讓他知道她的功勞吧！

鎮國侯也聽出了洪誠帝的意思，趕緊拱手說道：「臣亦可拿出一萬兩幫忙準備。」

「若未下雪，兩位豈不是虧了？」

言下之意是，如果沒下雪，他可不會認帳，到時銀子就白花了。

鎮國侯暗中咬牙，面上卻正氣凜然道：「為皇上分憂，乃臣分內之事。」

洪誠帝見狀，輕輕點頭。「如此，此事便交由佟氏去做。若做得好，朕重重有賞！」

佟析秋心裡撇嘴，要是沒成，她是不是就虧大了？她的五千兩和鎮國侯的一萬兩，堆起來砸人，也能砸死一大堆了。

想到這裡，佟析秋心痛，只盼那婆子沒有騙她才好。

從宮中鬱悶地回來後，佟析秋便開始計劃起來。

亓三郎陪著她，只聽她邊寫邊道：「其實也就京都偏南一帶可能會嚴重點，最北邊如今才開始育苗，大不了晚幾天插秧就成。」

說到育苗，她抬頭看亓三郎。「這事想來不會有多少人相信，若屆時真發生雪災，百姓沒有新的秧苗可插，那今年豈不沒了收成？」

如今老百姓家中就算有餘糧，想來也沒多少，畢竟這個時候了，大多會賣掉舊糧等新糧。要是雪災來襲，糧鋪便是第一個抬價的地方。

佟析秋傷感地垂眸，這事，她也無法控制。

亓三郎伸手摟她入懷，嘆道：「無事。育苗之事交給我，妳只管做妳的便可。」

佟析秋點頭，窩在他的懷裡，繼續計劃接下來的事情……

第二天，鎮國侯派了幾個田莊管事來幫佟析秋的忙。

因侯府還有近千畝的田地需要人手耕種，是以佟析秋便將府中所有採買管事及莊子上的管事聚在一起，派他們去買油布，還買進大量次等布料。

趁著日頭正毒，佟析秋又命人在次等布上分次刷滿厚厚桐油，待油乾後，便搬進各個莊子的庫房存上。

除此之外，她還喚人找農家人按各戶的田地畝數編草簾。當然，不會讓他們白編，只說時候到了，會上門付錢收取。

有銀子可賺，大家當然積極，但不知為何要編草簾，見侯府奶奶這樣浪費銀子，就生了不少閒言碎語。

因此，蔣氏再次找到由頭，向鎮國侯明裡暗裡說了這事。

孰料，鎮國侯被她唸得煩了，再也不願踏入雅合居的主院一步。

為此，蔣氏氣得沒少生了悔意。

另一邊，佟析秋找來明子煜，拿出帳冊對他說道：「如今銀子沒法分你了，當是我借的可行？這事過後，說不定便有錢還你了。」要真能成功，她就不信皇帝給的賞，還能少過她花出去的銀子。

明子煜倒是無所謂，聽了她所辦之事後，還主動問有什麼可幫的。

佟析秋告訴他，京都的油布存貨不多，大部分得買布刷桐油來做。

明子煜聽了，倒是痛快，當即答應讓賢王府的人來幫忙。隨後，又派人將庫中不要的布疋搬過來，讓佟析秋看著辦。

佟析秋傻眼地看著堆得如小山般、一疋疋油光水亮的綾羅綢緞，只覺這世上沒人比明子煜還要來得敗家。無語地找他來，強行讓他將這些布收回去，見他實在想幫忙，乾脆命他去京都以外的地方再買些油布或次等布回來。

佟析秋這樣大的動作，當然引起不少人猜疑，連敏郡王都暗暗問過亓三郎好幾回。但亓三郎也不敢肯定，不想將他拉下水。是以，對於敏郡王的暗示，亓三郎都好心地裝糊塗，只說他也不明白佟析秋為何要這樣做。

前前後後忙了近四天，農家早已編好草簾，喚人來問什麼時候前去收取？除此之外，有些人甚至開始埋怨，認為佟析秋是有意欺騙，想耍無賴。

佟析秋也急得不行，手骨越來越疼，似要裂開般，明顯覺得時候差不多了。可到底是哪一天，她也說不準。

為了安撫百姓，她只得命人去宣布日子，屆時定付銀錢將草簾全部收走，否則，大家可上門來鬧，弄臭她的名聲。

眾人看她敢起這般毒的誓言，便壓下焦躁的心，且等待著。

而佟析秋則每日都在祈禱與焦急中度日……

終於，這天下午，天空突然陰沈得厲害。不僅如此，還冷得不行。

彼時，佟析秋的手骨已經難受得一整天未曾離開湯婆子，看窗外雲層厚得似壓著屋頂一般，便趕緊轉首吩咐藍衣。「快派人到莊子上說一聲，讓他們搬出油布，給附近村莊發去！」

「是！」藍衣福身，快步退下。

當天半夜，天空飄起了雪花。

院子裡的守夜婆子驚奇地紛紛披衣去看，聽到騷動的佟析秋也跟著起身，推窗望去，見鵝毛大雪不斷飄下，便嘆息著，狠狠鬆了口氣。

這一晚，亓三郎跟鎮國侯都沒有回府。

第二日天亮，婢女進屋伺候佟析秋起身，綠蕪拿著烘暖的衣物，一邊替她更衣、一邊道：「如今都五月了，居然下起暴雪，好在咱們少奶奶有先見之明。說不定因為這事，京都百姓會讚少奶奶是善心菩薩呢！」

佟析秋並不吭聲，只問挑簪子的藍衣。「昨晚三少爺可有回來過？」

因下了雪，她的手疼舒緩些，昨晚竟睡了過去。怕亓三郎半夜回來看過她，是以才問了一句。

藍衣搖頭。「未曾。」

佟析秋頷首，洗漱完用過早飯後，便去了清漪苑。

路上，下人們不停清掃著院中厚厚的積雪，有婆子、婢女在旁邊小聲討論，說府中西院的一座小屋，昨兒居然被大雪壓塌了。

佟析秋聽了，眼皮猛烈一跳，去給明鈺公主請安回來後，便趕緊命藍衣去外面打探情況。

不想，藍衣這一去，竟過午時才回。

她披著一身雪進衡璽苑，也來不及去換乾衣，直接進了暖閣，向佟析秋稟道：「昨兒晚上的大雪壓塌不少民房，京都城中已有災民湧進了。婢子回來時，看到慶王、恒王已命人搭起粥棚，災民現在被引到城門外，正排隊領粥呢！」

佟析秋皺眉點頭，見她髮上和衣上的雪已經融化滴水，趕緊命她快去更衣。

待藍衣走後，佟析秋一臉凝重地看著還在飄飛的大雪。

本以為只要護糧就好了，她卻忘了，這個時代根本沒有多少青磚大瓦的房屋，大多是以土木搭成的小房，被這般厚的積雪相壓，不倒才怪。

至於慶王與恒王搭的粥棚……雖覺諷刺，但只要百姓能獲利，管他們是為了什麼目的呢？

當日，亓三郎回府時，已是後半夜了。

彼時佟析秋雖已窩在溫暖的大床上，卻全然沒有一絲睡意。

聽著外間守夜的綠蕪輕輕喚人的聲音，她趕緊披衣起床，點亮了床頭的燈燭。

亓三郎本不欲吵醒她，遂失笑搖頭，帶著一身寒氣進了內室。

佟析秋迎上去時，還不待開口，便衝進他的懷抱，將他緊緊摟住，軟糯喚道：「你回來了。」

亓三郎有些懵，感受著懷裡小小的嬌軀，沒來由地心軟，一掃疲憊之態，漾起最暖心的笑，點頭回抱她。「嗯，回來了。」說完，卻皺起眉，趕緊將她推開。

見佟析秋眼中生出委屈，他不自在地轉頭咳道：「衣服有涼氣。」怕她因此著了涼。

好吧！佟析秋嘟嘴點頭，一手抓緊披著的外衣、一手拉他的大掌，將他領去淨房，替他換乾淨的便服。

亓三郎由著她去，似在解釋未歸的理由般，道：「昨日下午，皇上緊急命我跟父親帶著人馬，前去發放油布跟草簾。只是沒想到雪會這麼大，如今邊郊有不少因房屋倒塌而流離失所的百姓。今日回去覆命時，與皇上商議，是不是要修建災棚，讓災民暫時歇腳。」

佟析秋點頭，表示理解，又問除京都以外，可有受災嚴重的地方？

沒想到，亓三郎竟點了頭。「其實我們所備的油布和草簾根本就不夠，好在京都以北雖然也下大雪，但因農人早早撒了草木灰、蓋上草簾，秧苗並未遭到災害。如今就怕雪持續久下，那樣的話，怕是厚簾也無甚作用了。」

佟析秋聽得輕嘆，又跟他說了慶王和恒王搭粥棚的事。

「與其跟他們爭功，不如捐銀子的好。京中富貴人家，誰家沒有幾床不用的舊被？不如讓皇帝舅舅發動他們捐銀捐物。災棚建好時，好讓那些流離失所的百姓有條禦寒之被。」

亓三郎聽得愣怔。佟析秋出了淨房後，向放置箱籠的暗閣走去。「妾身這裡雖無多少舊衣，可舊被卻是有幾條的。比起農家，高門的厚棉被可要好上幾倍。如今無地可歇，冰天雪地的，沒有禦寒之物，讓他們怎麼過呢？」說著，便將被子搬出來。

亓三郎終於回神，移步走向她，道：「我得與父親進宮一趟，妳且先睡。」說罷，便匆匆抬腳走了出去。

佟析秋愣住，待反應過來時，趕緊追出屋，對他道：「一切小心，還有，屆時別穿得太招眼了。」

如今災民蹲在冰天雪地中挨餓受凍，若他們穿得富貴靚麗，可就要惹人嫉妒了。

彼時已行到院門的亓三郎聽罷，回頭衝她勾唇一笑。「知道了，妳安心便是。」

佟析秋點頭，這才懸著心回屋。

這一夜，她睜眼到了天亮。

翌日，明鈺公主得知宮中傳來的消息後，便趕緊命全府將不用的舊衣、舊被找出來，整理好，派桂嬤嬤送去。

而京都上層因得了洪誠帝的旨意，皆有銀出銀、有物出物。朝堂上，更有一些官員當場承諾捐銀多少。

不僅如此，敏郡王還主動請纓，要代為建造災棚，替洪誠帝前去發放暖心之被，慰問百姓。

這一舉動，惹得洪誠帝對他刮目相看。敏郡王說的是代，並未自己攬功，洪誠帝心下滿意，便將這事交由他負責。

而慶王和恒王雖未得到這個機會，卻因最先體察民情，立即施粥救民，也得了洪誠帝的讚許。

有了眾人捐錢、捐物，國庫因此省了不少銀錢。

洪誠帝去棲鸞殿跟皇后用膳時，提起鎮國侯府的獻策，說到佟析秋，洪誠帝更是別有深意地嘆了句。「想不到佟百里還有這般聰慧的女兒。」

皇后亦微微點頭。「煜兒向來不親近幾位兄長，對他倆卻是親熱有加，可見是得他信任之人。」

亓三郎夫妻極為聰明，懂得拿捏分寸，兒子與他們親近自然是好，就怕屆時他們也會如那些眼淺之人一樣，早早選了邊站。

洪誠帝見髮妻暗了眼色，便伸手拍拍她的柔荑。「煜兒向來瀟脫，定不會如大皇兒與二皇兒那般。」

皇后輕嗯垂眸，眼中卻生出嘲諷之意。

在這個宮中，再是瀟脫，頂著嫡子的名頭，又有幾人未當他是宿敵呢？

第六十七章　陰謀

雖及時有了賑災銀子和施粥棚，可大雪卻連下七天才變小，因此，越來越多的災民湧進京都。

恒王府跟慶王府也在這時不停暗中較勁，想在百姓心中贏得良善名聲。兩座王府每天都在比著施粥濃稠，災民發現今日恒王府的粥較濃，就會先跑來這邊領粥。隔天，看慶王府的粥又濃些，便會先去那邊排隊。

在災民一天多似一天的日子裡，粥濃雖是不錯，可架不住每日銀子如流水般花出去。為維持粥棚正常供應，各王府的王妃與側妃更是卯足了勁添私房進去。這大筆的開銷，自是少不了娘家幫扶，可就算這樣，糧米也有盡的時候。

京中糧鋪早供不應求，因大雪封路，外地的糧米不好進來，兩府眼看就要陷入無糧米可用的境地。

為爭奪最後一點存糧，兩府的人甚至差點在米鋪大打出手。

最後還是慶王搶先一步，以原價兩倍的高價，將糧米全部收入囊中。

這樣一來，恒王府就無米可施了。

恒王遂緊急找來府中謀士相商，有人悄聲向他出了個主意。

恒王一聽，立時半瞇雙眼，點了頭，當日下午便派人送信去西北大營。

傍晚，一名著正六品武官服的男子進了齊寶來包廂。

他與恒王見過禮後，兩人便落坐吃飯，其間，恒王更是親自幫他斟酒。

待酒過三巡，恒王順著說了幾句近來的困擾，提到因缺糧輸給慶王時，更是嘆息連連。

武將聽了，當即拍著胸脯打包票，說他有辦法。

恒王問他如何解決，武將說可暫借軍糧，幫他度過危機。

於是，恒王親自斟酒相謝，又說已命人前去外地運糧，屆時定能及時補上，不會讓他受罰。

武將已喝得醉了五分，又得到恒王給的承諾，便起身叩首，允諾立即辦好此事，定不會讓恒王輸給慶王。

恒王又是一番相謝，甚至在武將要走時，起身拱手相送。

武將得此大禮，當即志得意滿地步出包廂。

見人走遠，恒王這才詭異地勾起了嘴角……

自那日亓三郎晚上進宮後，就很少見他回府，即便回來，也只是換件衣裳，又立刻出府。

這幾日，雪雖小了，可仍然下著，有些地方實在過於寒冷，即便有草簾和油布覆蓋，秧苗也開始有了凍傷之勢。因著天冷，育苗之事也不太順利。

這日深夜，好不容易回家一趟的亓三郎跟佟析秋說了這事。

佟析秋聽完後，便問他可不可以以炭爐暖房。雖然本錢多些，也好過無一棵苗能供上的窘況。

亓三郎點頭，倒可一試，便又匆匆去找鎮國侯相商。

對於他這一去，再次未歸，早已習慣的佟析秋，吹熄燭火後，便迷迷糊糊地睡了過去。

當京都的人都在為救災焦頭爛額時，慶王府突然傳來消息，寧側妃因命人抬粥，不慎摔倒，如今正臥床不起。

佟析秋聽聞此事，知道於情於理，她都該去一趟，便向明鈺公主稟了聲，派人備了馬車出門。

到了慶王府，佟析秋在婆子的帶領下，先去拜見慶王妃，再由慶王妃喚人領她去謝寧住的院落。

彼時謝寧正一臉蒼白地躺在床上，看到佟析秋時，雖暗中不喜，面上卻極力裝出親熱的樣子，叫婢女搬凳子放在床前，請她坐下。

待佟析秋落坐，將帶的禮交給謝寧後，兩人便開始說些心口不一的話。提到賑災的事，謝寧的話鋒便跟著一轉。

「想不到妹妹還有那等本事，知道將有雪災，早早準備草簾與油布，倒是讓京中百姓好生稱讚呢。」

佟析秋笑得不動聲色，摸著小指骨道：「我哪有那等本事。若姊姊也在鄉下待過，將指骨凍壞，想來定能和我一樣，能預知天氣呢。」

謝寧暗哼，盯著她的小指，又道：「妳我向來姊妹情深，妳有此疾，該早些告訴我才是。就算我不能替妳承受痛苦，好歹也能表表關心不是？」

呵，就算告訴她，她也不一定相信吧。

佟析秋無聲地勾笑，換了話題問道：「姊姊又是如何摔的？好好的，怎麼去了施粥棚？」

說起這個，謝寧止不住地咬牙，眼中立時湧滿了恨意。當時她命人抬粥時，地上積雪分明早被下人掃乾淨，不想，轉身之際，就被人使了暗手。

至於是誰，不用猜也知是恒王府的人。可憐了她的孩子，還未過三月，就這樣歿了。

佟析秋見她那樣，即知不是摔一跤那般簡單，陪著說了幾句話後，便不再相理，起身告辭。

待佟析秋走後，慶王妃身邊的管事嬤嬤便去找謝寧。

待得知佟析秋能預知天氣，不過是因為手骨刺痛引起，慶王妃不由嘆了聲。「當真是極好的運道。」也怨不得人家能搶功了。

佟析秋一出慶王府，綠蕪就稟了從慶王府掃灑下人那裡打聽來的消息。

「寧側妃好似滑了胎，想來未足三月，又不曾對外說過，怕是要不了了之。」

佟析秋點頭，便命快快回府。

馬車剛到侯府門前，又碰上敏郡王府的下人來送口信。

車夫見那婆子面上焦急不已，便趕緊稟報佟析秋。

佟析秋命那婆子近前，聽她說完後，當即愣住，臉色發白，待回過神，便命車夫將馬車趕往敏郡王府。出發之前，又叫藍衣拿她的信物去找沈鶴鳴。

原來，送口信的婆子說，敏郡王妃小產了，敏郡王又在京都城外建災棚安撫災民，王府中根本沒有可信的人手。

佟析秋心裡又驚又急，只盼著敏郡王妃有驚無險才好。

待一行人匆匆來到敏郡王府，府中的丫鬟、婆子早已急成一團。

佟析秋踏進敏郡王和王妃的寢室，來不及打量，即匆匆走向床邊，喚道：「王妃？」

「析秋……」聽到她的聲音，敏郡王妃便將手伸出煙紗幔帳，粗啞了嗓子哭喊。

佟析秋趕緊上前握她的手，敏郡王妃反手抓緊，臉上汗如雨下，面色蒼白不已地喘息道：「府中無人可信，我只盼妳能救救我的孩兒了！」

敏郡王妃有氣無力地哀求著，蒼白嘴唇如缺水魚兒般不停張合，眸中濃烈的渴求祈盼，讓佟析秋的眼眶不由跟著濕潤起來。

看著被錦被蓋著的隆起小腹，佟析秋點頭。「妳放心，我已派人去找藥王的徒弟來，一定救得了！」又疾聲喚來綠蕪。「快去備了熱水。」怕引了敏郡王妃傷心，遂安撫道：「等會兒大夫來，得先淨手。待保下孩兒，妳也要洗洗身子。」

敏郡王妃聞言，絕望地閉了眼，眼淚止不住地滑落，手捂著絞痛的小腹，口中不停喃喃。「為什麼，為什麼……」

佟析秋亦是無言以對，低了眸。

另一邊，沈鶴鳴原本不想來的，奈何好男不跟女鬥，加上藍衣又是個功夫不弱的女子，胡攪蠻纏到最後，讓他不得不提了藥箱匆匆趕來。

可兩人剛進二門，就有婆子攔道，說敏郡王不在，外男不得進內院。

沈鶴鳴聽了，眼中生出嘲諷，道：「京中之人就愛多此一舉。真想通姦，即使隔了銅牆鐵壁，也照樣通。」

這等粗俗之話，惹得院中的一眾婢女臉紅不已。

藍衣白他一眼，扠腰指著攔路的婆子喝道：「妳是什麼東西？侯府派來的大夫，如何就算外男？如今你們王妃生死一線，妳還攔著，若出了事，妳有幾個腦袋賠？」

婆子聽了，雖然膽怯，卻依然強橫攔著，不讓沈鶴鳴進去。

聽到吵鬧的佟析秋走出來，瞇眼看著那攔路的婆子，逕自走過去，二話不說，便搧了她一巴掌。

婆子被打得趔趄，佟析秋拿出絹帕擦手，見她想鬧，就對藍衣下令道：「將她綁了。耽誤王妃診治，待敏郡王回來發落。」

「是！」藍衣上前，扭手要綁那婆子。

婆子高聲大叫。「妳們無權綁我，我是敏郡王府的奴才，輪不到你們來教訓！」
「給我堵了她的嘴！」
藍衣應下，大力將那婆子的下巴扭得脫臼，立時慘叫連連。
沈鶴鳴瞧著那合不上、直流口水的嘴，不由摸了摸自己的下巴，瞬間覺得嘴痛不已。
藍衣又一把將汗巾子扯下，一個扭動，就將那婆子的雙手給反剪綁實了。
佟析秋對敏郡王妃的陪嫁婆子說道：「讓人好生看管著，等你們王爺回來處置。」延誤王妃醫治的奴才，她就不信他容得下。
「是！」婆子得令，立時指了幾個人上前，扭著還在不停亂扭亂呼的婆子，向柴房行去。
佟析秋帶沈鶴鳴進屋，也顧不得男女大防，直接命人將幔帳用金鉤掛起，搬來凳子，再給敏郡王妃的手搭了條絲絹後，便讓沈鶴鳴前去把脈。
沈鶴鳴雖不屑，仍規矩地幫她把了脈。只一瞬，就離了手，淡聲道：「引產吧。」
佟析秋愣住。「你不是神醫嗎？」
沈鶴鳴沒好氣地白她一眼。「神醫也救不活死在肚裡的胎兒！」
佟析秋驚得張大了嘴。敏郡王妃聽聞此話，再忍不住，死死抱著肚子尖吼。「不——」
佟析秋見狀，不忍心地別開眼，問沈鶴鳴。「真無其他辦法？」
沈鶴鳴搖頭。「她吃下極寒之藥，又服活血之藥，早引得腹中胎兒沒命了。」
敏郡王妃無法接受事實，仰著蒼白的臉，不停喊叫著。

佟析秋雖心酸，仍趕緊請沈鶴鳴出去開方子，又喚綠蕪去幫忙熬藥。見敏郡王妃還在哭叫，便上前握著她的手，勸道：「妳聽我說，不怕，妳還會再有孩兒的。」

「不！」敏郡王妃不停搖頭哭泣，死死看著佟析秋。「析秋，妳有辦法的是不是？妳那麼聰明，連王爺都誇妳。妳能預知天氣，定也能通鬼神，妳幫幫我，將孩兒救回來好不好？」

佟析秋在她渴盼的眼神中暗下眸色，見她還抓著她的雙手不停哀求，一個響亮的巴掌便摑在兩人交握的手上。

啪！清脆之音響起，讓聞聲趕進來的男子停住腳步。

佟析秋恨鐵不成鋼地對她喝道：「世上哪來鬼神之說？我之所以能預料，不過是在鄉下凍壞手骨留了隱疾，只是拿著自己的身家在拚。我都有這勇氣，妳焉能沒有？誰害了妳，妳就給我堅強起來害回去！

「妳越是這樣，越是讓人看不起，讓害妳之人偷笑，讓人覺得妳軟弱可欺。妳就這般認命不成？今日之痛，焉知來日不能如數奉還？」

佟析秋的大喝，讓魔怔的敏郡王妃流淚不止，正想哭喊出聲，目光一轉，瞟到了熟悉的衣角。

「王爺！」

佟析秋愣住，轉頭看去，只見著黑色大氅、身上沾了不少白雪的敏郡王表情凝重地快步走來，就匆匆福身，向屋外行去。

兩人擦肩而過時，敏郡王眼角瞄了下她帶著香風的衣角，只一瞬，便趕緊向敏郡王妃走去。

敏郡王趕到床邊，伸出大掌，握住敏郡王妃的皓腕。「她說得對。誰害咱們，咱們就堅強起來，還回去！」

敏郡王說著，眼神明明滅滅。敏郡王妃低眸點頭，眼中淚水洶湧不斷……

佟析秋出來時，意外發現亓三郎也來了。

見他伸手，她立時紅了眼，快步迎上去。

亓三郎低嘆，拉住她的纖手，替她擦去眼淚。「無事，會好的。」

佟析秋輕嗯，很想就勢倒進他的懷裡痛哭，可這該死的封建禮儀，讓她在外人面前，只能遵守規矩，不能逾越半步。

沈鶴鳴看不得兩人親暱，起身道：「我開好方子了。胎兒滑下後，再按另一個藥方，吃兩服保身之藥便可。」說罷，拱手朝外行去。

「有勞了。」亓三郎點頭，讓藍衣送他。

待沈鶴鳴走後，亓三郎便帶著佟析秋移去偏廳。

佟析秋見綠蕪將湯藥熬好，便跟在穩婆身後進去。

突然，一聲慘叫傳出，緊接著就是婆子喚著「用力」的聲音。

聽著那一聲高過一聲的慘叫，佟析秋白了臉，又開始落淚。

亓三郎皺眉，緊緊包住她的纖手，無奈地輕嘆。

過了整整兩個時辰，敏郡王妃還未順利產下死胎。彼時天已經大黑，看著來來回回端盆的婢女們，佟析秋的心越揪越緊。

等得太久，久到她的身子發僵，以至於聽到敏郡王開門、步進偏廳的那瞬間，幾乎是立即站起，來不及去看敏郡王疲憊的臉，連禮都忘了行，急急問道：「王妃怎麼樣了？」

「無礙，累極睡過去了。」

佟析秋聽後，整顆心終於落了地。定了定神，才緩緩將今兒之事跟敏郡王說了。

待他明白後，又喚綠蕪將沈鶴鳴開的藥方交給他。

敏郡王接了，卻道：「想不到表哥竟連藥王的弟子都能結識。」

見他望向亓三郎，佟析秋失望地垂眸。

亓三郎拱手說明來由。「不過因一次酒錢結下情誼，也算不得相熟。」

敏郡王點頭，命人送他們出府。

回去的路上，佟析秋問亓三郎，為何要說他與沈鶴鳴不熟？

亓三郎笑了笑，說沈鶴鳴不喜給權貴看病，特意囑咐過他，怕到時人人都拿亓三郎來做人情，屆時會有看不完的富貴病。

佟析秋點頭，覺得可笑。若真是不熟，沈鶴鳴如何就被她請來了？

敏郡王怕也發現這一點了吧，這樣算不算間接給他惹來麻煩？

極。

想著，她靠在亓三郎懷裡，嘆了聲。「這裡好可怕。」為了權勢，這些人無所不用其極。

亓三郎笑著撫她的髮，輕道：「無事，有我。」

佟析秋輕嗯，心裡卻為敏郡王妃感到難過。

剛剛敏郡王拿藥方的表現，不是立刻派人去抓藥，而是還有閒情問沈鶴鳴的事。他想表示什麼？是認為亓三郎瞞了他？還是覺得亓三郎並未將他當交心之友？

想到這裡，她自嘲一笑。「這次敏郡王妃滑胎，會不會跟皇上重用敏郡王有關？」

亓三郎嘆道：「可能吧。」這種皇權之爭，他是無法從中勸和的。

佟析秋黯下眼色，緊抱他精窄的腰身，閉了眼，盼著往後的日子能平安順遂就好。

因敏郡王妃的事，佟析秋心緒低落了好幾天。

出事的第二天，佟析秋又去了敏郡王府，雖然敏郡王妃已經好了很多，也看開不少，可眼中積聚的陰霾，卻是怎麼也揮之不去。

佟析秋見狀，心裡無奈，只略坐了坐，便回了鎮國侯府。

第六十八章 逼迫

如今，雪已經停了，大部分災民也住進災民棚裡。

因著這次的暴雪實在太大，部分田裡的秧苗已有了凍壞之勢。除此之外，苗床上積了厚雪，若天晴了，秧苗幾乎會全泡在雪融成的水裡，如此一來，就算先前蓋簾保住了，之後也會被水淹爛。

如今，京都百姓臉上哀戚不已，只盼著老天爺開開眼，哪怕保得一半秧苗，也是好的。

此時，鎮國侯正在前院書房跟亓三郎商量此事。

亓三郎道：「如今苗已經育出來，雖不能讓收成不減，但保一半還是可行的。」

鎮國侯輕嗯。「皇上正為此事擔憂，你既育成秧苗，明日你我便稟報皇上吧。」

亓三郎應聲點頭，忽聽外面的小廝快快敲了門。

「侯爺，管事說，軍營裡管軍糧的師爺來了。」

鎮國侯皺眉，與亓三郎疑惑地對望一眼，趕緊出屋相迎。

彼時師爺手拿帳冊，身後跟著兩個兵丁走來，見過鎮國侯後，便說起亓容錦以乾草換米糧之事。

鎮國侯聽罷，當即氣得臉色鐵青，立時命人去婷雪院喚亓容錦過來對質。

亓容錦在下人來通傳時，就知道壞了事，去前院之前，吩咐董氏去請蔣氏。

鎮國侯氣得快犯心病，看到亓容錦前來，恨不得打他一頓為好。指著他，臉色難看至極地低吼。「你竟敢私換糧草，犯了軍紀，可知會有什麼後果？」

亓容錦嚇得趕緊跪下，說米糧是被恒王借去。而恒王也承諾過，定會及時送還。

正說著，門房管事來報，說是恒王爺運糧上府了。

亓容錦大喜，高興地對鎮國侯大喊。「爹爹，恒王爺送糧來了，這下糧能補上了！」

鎮國侯咬牙，卻不得不領他們去大門處迎接恒王。

恒王入府，待眾人給他行了禮，還不待他開口，又聽門房來報，說慶王也來了。

鎮國侯聞言，心涼半截，卻聽慶王笑道：「聽聞令公子為救我大越百姓，調走軍糧，如今本王剛命人從南方運糧回來，可先借給侯爺頂上。」

恒王聽了，暗下眼色。「王兄的消息真是夠靈通。」

「哪裡哪裡，比不得恒王老弟來得快。」

兩人別有深意的話語，讓鎮國侯黑了臉，亓三郎皺了眉。

亓容錦更是急得不行，飛快拱手給慶王賠禮，想留下恒王的糧。

鎮國侯見狀，氣極地低吼。「府中何時輪到你來放肆了？」

亓容錦不可置信，紅了眼。不留糧，難不成要他死嗎？

鎮國侯別開眼，上前對兩王作揖。「小兒不懂事闖下的禍，本侯自會讓他去領罰！」

「爹爹！」亓容錦再次震驚，怎麼也想不到，自家老爹竟想讓他去領死！

恒王笑著上前，免了鎮國侯的禮。「此事由本王而起，本王自是要跟侯爺共同來擔。如今米糧已全數奉還，侯爺補上便是，還有什麼可擔憂的？」

鎮國侯不語。

這時，蔣氏匆匆趕來，正好聽見此話，當即對著恒王就是一福。「多謝恒王及時出手，這糧，我們要了！」

「住口！一個婦道人家，這裡何時有妳開口的地方？」

「侯爺！」蔣氏瞪眼，不留糧，難不成真讓兒子去受軍罰？

鎮國侯臉色已經黑成墨，卻聽師爺上前笑著勸道：「既是有糧，侯爺補上就是。我這就勾去錯帳，一切只當從未發生過。」

一切只當從未發生過？鎮國侯瞥向「誠心」賠罪的恒王，再看看真心「相幫」的慶王，心中哼笑，面上卻緩道：「還請兩位王爺進廳中上座稍等，容臣再想想。」

恒王和慶王自是說好，只是走時，皆別有深意地看了他們一眼。

鎮國侯命亓容錦前去招呼兩人，等他們走後，便對亓三郎低語。「去將你夫人喚來。」

亓三郎聽罷，雖有些不願，卻知事態嚴重，便拱手而去。

蔣氏看得心驚，快步上前，拉著鎮國侯的衣袖，眼露乞求道：「侯爺如何能將錦兒的命運交給一個未見過世面的泥腿子？以二房的心思，難保不想將我們這房置於死地。」

鎮國侯冷笑，看著她的眼裡現出從未有過的陌生。「妳生的好兒子，早已選好了靠山。若妳再不識好歹，休怪本侯不顧往日情分！」

「侯爺！」蔣氏悲戚地大叫。

鎮國侯卻轉了身，聲音冰冷地吩咐管事。「從今日起，大夫人禁足，沒有本侯的允許，不得放她出院門一步。若有違背，全府下人，無論是誰，皆發賣出府！」

「侯爺！」蔣氏驚恐，過來抓他的手，滿臉是淚地呼道：「你忘記答應過爹爹的事了？你不能這樣待妾身啊！」

聽蔣氏嚎啕大哭，鎮國侯咬牙生恨，對著愣了的管事吼道：「還愣著做什麼？將人給本侯拖走！」

管事回神，動了手，見胳臂被人架住，蔣氏扭動身子想掙脫。「我爹爹用命救了你，你承諾過要護我一世的，你不能這樣對我啊！」

她的尖叫聲引得鎮國侯心煩不已，怕再惹來正廳的兩位王爺，遂命管事把她的嘴堵了。

直到蔣氏被拖得沒了蹤影，鎮國侯這才鐵青著臉，看向自跟來後就未開口的董氏。

「還不快滾！」

董氏早白了臉，匆匆一福，見鎮國侯已快步向前院書房走去。

看著他行遠的身影，董氏心如死灰，低喃著。「完了，全完了！」

亓三郎回衡璽苑後，便將前面發生的事跟佟析秋說了，表情凝重道：「看來父親是想聽聽妳的看法。」

佟析秋聞言，好笑地搖頭，摟著他的精腰，貼上他的胸膛輕嘆。「你們心裡早已有數，如何還要聽我的？若這時候我開口，不是直接對上大房了嗎？」

「大概是想多要個能說服人的藉口吧。」

聽亓三郎無奈地輕嘆，佟析秋點頭。「那好，我隨你去。」

待兩人相攜來到前院鎮國侯的書房，鎮國侯的眼神已然變了味，望向佟析秋道：「此事，妳怎麼看？」

佟析秋搖頭福身。「與其被人拿捏，不如直接坦白！」

很明顯，恒王想藉軍糧之事綁上鎮國侯，否則單憑亓容錦一個正六品百戶長，如何能輕易調換軍糧？還有管理軍糧的師爺，早未發現、晚未發現，偏巧就在今兒發現？這也罷了，為何他前腳上侯府，恒王後腳就抬糧跟來？除此之外，慶王竟也知情，此時過來，必是想抓把柄，不只借糧做人情，還握住私換軍糧之罪。如此，豈不是將鎮國侯推到兩難之地？

現在，兩位王爺正坐在前廳逼迫，鎮國侯若不想靠邊站，只能選擇向洪誠帝坦白。

不過，洪誠帝那般腹黑，哪裡是個好騙的？雪災設粥棚之事，兩位王爺雖被洪誠帝誇了，卻未得到重用。相反地，竟是平日裡並不起眼的敏郡王得到重用。

由此可見，慶王與恒王為在民間博名聲，搶得風頭，已引得洪誠帝暗生不滿，若再綁上鎮國侯……

佟析秋勾唇，輕聲道：「皇上怕也在等一個機會呢。」

鎮國侯抬眼看她，佟析秋笑著垂眸。「公公手握重兵，即使無心選邊站，也會讓皇上不放心。與其屆時罪加一等，不若趁著事情尚可補救時，自行認錯。」說罷，便不再言語。

洪誠帝並不是個糊塗的，軍糧被換是多大的罪，就算補回去，也逃不過被罰的命運。與其將命運交給前途不甚明朗的兩位王爺，不如緊抓洪誠帝這棵大樹不放手。當務之急，最好先去表忠心。要是晚了，憑再大的功勞，怕也補救不了。

鎮國侯聽了，陷入沈思。

半晌後，他沈臉起身，讓佟析秋回院後，領著亓三郎向前廳而去。

彼時，慶王跟恒王早已打了幾十回合的太極，看到鎮國侯來，皆起身拱手。

不想，鎮國侯彎身大禮，將亓容錦喚到身邊，對兩人說道：「此事，本侯不敢擅自作主，多謝兩位王爺的抬愛，還請兩位王爺先行回府，本侯這便帶逆子進宮請罪。」

這是不要了？慶王和恒王對視一眼，皆笑得溫和道：「侯爺不再考慮一下？」

鎮國侯搖頭。

亓容錦在聽到鎮國侯要帶他入宮時，就傻了眼，此時再看鎮國侯搖頭，不由尖聲大叫。「爹爹，你真要孩兒去死嗎？」

「住口！」鎮國侯低吼，額角青筋暴凸，極力忍耐，再次給兩位王爺行了大禮。「兩位王爺，請吧！」說罷，伸手相請。

亓容錦慌道：「等等！恒王爺，我們要糧！」

「你這個逆子！」鎮國侯轉眼，冷厲看著慌神的亓容錦，滿面寒霜。「你若敢接下這糧，從今兒開始，你滾出侯府，再不是本侯之子！」

「爹爹！」亓容錦暴紅了眼，一撩衣襬，大力跪下。「兒子給你磕頭了，求你給兒子一條活路吧！」

鎮國侯見狀，臉色難看不已，很想低吼，接了才是沒有活路！可當著兩位王爺的面，又不敢說出口，一時僵在那裡，惱得氣息紊亂。

這時，恒王又笑著開口。「既然令公子都說留了，不如鎮國侯再考慮考慮？」

鎮國侯沒說話，亓三郎便走過來，雙手抱拳，躬身行禮。「還請兩位王爺移步。此乃家事，家父自有定奪。」

一句家事，將兩王說成了多管閒事，令慶王與恒王尷尬不已。

亓容錦眼露恨光，譏諷道：「怎麼？就這麼等不及看我遭殃？」

「夠了！你這個逆子！」鎮國侯忍無可忍，一腳往他的心窩踹去。既然亓三郎都說這是家事，那他教訓自己的兒子，也不是不可。

亓容錦被鎮國侯踹得氣血攻心，捂著胸口，半天緩不過來，瞪著一雙英氣之眼，怎麼也不敢相信，從小到大，鎮國侯從未動過他一根手指，為何現在對他發了這般大的火氣？

想到這裡，他恨恨看向亓三郎，見亓三郎已經請兩位臉色不佳的王爺出了廳門，更是恨極，定是二房那群小人逮著機會，給父親灌了迷湯，想置他於死地！

亓三郎送走兩位王爺歸來，鎮國侯便吩咐他。「我現在就拎他進宮面聖。你好好看著府裡，別讓有心人暗中使壞。」很顯然，指的就是大房。

亓三郎點頭，鎮國侯遂拎著臉色蒼白的亓容錦，連朝服都未來得及換，直接命人備馬車，向宮中而去。

另一邊，被禁足的蔣氏聽來人稟報，氣得將屋裡所有能砸之物砸了個遍，不但如此，她一邊砸、一邊大罵二房，罵他們是一群缺了良心的渣滓。

董氏亦聽說前院之事，灰了臉，癱坐在炕上。一會兒後，忽然起身，喚來貼身婢女清林耳語幾句。

清林匆匆退下後，不過一刻鐘又跑回來，對她搖頭。「府中各門緊閉，任何人不得外出。婢子回來時，連巡邏的護衛都多了好多呢！」

這是連最後一點機會也不留了！

董氏再次癱坐下去，眼神絕望不已……

第六十九章　卸權

佟析秋看著自回來後就一直抿唇不語的亓三郎，便走過去握他的手，寬慰道：「放心，不會有事的。」

亓三郎點頭，反握她，順勢將她拉入懷中，聽她又道：「天亮後，你就能拿育苗之事前去了。」

看在育苗的大功上，洪誠帝應該不會做得太過才是。

亓三郎沒吭聲，只輕輕摩挲她的纖手，眸光晦暗難辨。

這回，怕自家父親怎樣也得先受點罰了，不然難消洪誠帝的怒氣。若立刻拿秧苗進宮，除了有威脅皇帝的嫌疑，洪誠帝心裡大概也不會舒坦。

亓三郎垂眸，只盼著天快些亮，鎮國侯能少受點罰。

此時，自被宣進宮後，鎮國侯與亓容錦就被罰跪在勤政殿殿外。

夜裡更深露重，加之雪未化盡，刺骨寒風直直吹進鎮國侯未披大氅的身子裡。二十年前落下的隱疾，此時亦有隱隱發作的跡象，腿骨寒痛讓他臉色變得僵硬，額角冒出汗珠。

亓容錦面如死灰般趴跪著，完全不想關心鎮國侯，一心認為他想讓自己去死。對於這個狠心父親，已恨之入骨。

此時，總管太監給還在批閱奏摺的洪誠帝悄悄遞了話。

洪誠帝放下摺子，側首看總管。總管低了眸，趕緊後退幾步。

洪誠帝犀利的桃花眼中，這才閃過讚賞，哼笑一聲。「亓無愎這個老狐狸，倒還有點自知之明。犯了這般大的過錯，焉能因著一點腿疾就放過他？」敢私換糧草？想活命，吃點苦頭算得了什麼？

總管太監不敢多言，只道：「皇上聖明！」便不再出聲了。

三更天將過，亓三郎就起身。

佟析秋拿來大氅替他披上，見他眼中滿布血絲，不由心疼，一邊替他繫好帶子、一邊再次安慰道：「沒事的。沒有消息，就是好消息。」

亓三郎沙啞著嗓子點頭，令佟析秋心中又是一嘆，送他出門時，忍不住抱了他，發覺他身子僵住，便埋首在他胸前，嘟囔道：「一定要平安歸來！」

亓三郎眸光一深，點頭回抱她。「嗯。」

見他應諾，佟析秋便放開手，看他趁著未亮的天色匆匆出去，才心事重重地回了暖閣，暗暗祈禱，希望他們手中的籌碼能順利救回鎮國侯才好……

彼時，宮門將開，亓三郎拿出腰牌在宮門處登記後，便快步向宮中行去。

依然跪在殿外的鎮國侯，已是滿頭霜露，雙腿除了刺骨寒痛，也變得僵硬不已。

亓三郎瞧得心酸，快步過去，將大氅脫下，為鎮國侯披上。

鎮國侯抬眼看他，只輕輕點了頭。

亓三郎頷首，單膝跪地，雙手抱拳對裡面稟道：「臣亓容卿有事啟奏！」

早得了信兒的洪誠帝，剛自寢殿起身，只平靜命宮女繼續為他更衣，待慢條斯理地梳洗完，才喚人將亓三郎傳進殿中。

亓三郎一進去，二話不說，立即跪下。

洪誠帝挑眉。「這般早，容卿有何要事相稟？」

「啟稟皇上，乃災後百姓育苗之事。」

洪誠帝眼皮輕跳，不動聲色地哦了聲。「你有辦法？」

「是！」

「什麼辦法？」

「臣的夫人在備草簾時，就想到這些，是以臣便替皇上將秧苗育上了。如今秧苗長相齊整、根肥葉茂，正是下土的好時機。」

洪誠帝聽了，又挑眉。「替朕育的苗？」

「是皇上命臣育的苗！」

亓三郎面不改色地立即改口，讓洪誠帝滿意地點頭，側首對身邊的總管太監道：「去宣鎮國侯跟亓百戶進來。」

「是。」總管太監應聲，立即向殿外行去。

辰時末，進宮一宿的鎮國侯父子與宣旨的太監回了府。

明鈺公主苦守一夜，本想著再無消息，便親自進宮打探，這時聽門房來報，趕緊喚全府上下，連著禁足的蔣氏，齊聚到府前大院等候。

待總管太監高舉兩卷明黃聖旨，領著行動不便的鎮國侯，還有臉色灰敗的亓容錦進府時，明鈺公主等人來不及心疼他們，便齊齊跪下，口中三呼吾皇萬歲。

總管太監待他們呼完，才一甩拂塵，打開聖旨尖聲道：「亓容錦接旨——」

「臣在！」亓容錦早已心如死灰，跪趴下去。

總管太監唸道：「奉天承運，皇帝詔曰：亓容錦在雪災時私換軍糧救民，雖其心可嘉，但國法難容，犯軍中法紀，理應當斬，但朕念其年幼無知，又有功於民，免其死罪。今剝去其百戶長之職，永不錄用，以儆效尤。欽此！」

待宣讀完，總管太監將聖旨捲好，聲音涼涼尖尖地道：「接旨吧！」

「吾皇萬歲萬歲萬萬歲！」

亓容錦一副快沒氣的樣子，三呼萬歲，蔣氏與董氏早已紅了雙眼。

佟析秋細想聖旨的內容，說亓容錦年幼無知，有功於民，怎麼看都是洪誠帝在打臉，難不成是不滿他們以秧苗頂罪？還不待她想完，又聽總管太監喚鎮國侯接旨。

全身僵硬的鎮國侯忍著痛，跪下磕頭。

第二封聖旨，大意是鎮國侯疏於職守，讓人有偷換糧草的可乘之機，還教子無方，再難堪大用，命卸去其西北大營統帥之職，責令賦閒於家。也就是說，從今以後，鎮國侯再無實權，只是個閒散侯爺了。

鎮國侯平靜地接旨，在明鈺公主的攙扶下起身。

待送走宣旨的太監，明鈺公主趕緊命人抬軟轎來，要送鎮國侯回房休息。

沒想到，鎮國侯蒼白著嘴唇，抓住明鈺公主的手，勾起長年緊抿的嘴角，笑道：「從今以後，妳我便是一對閒散夫妻了。」

明鈺公主聞言，愣了下，旁邊的蔣氏則恨得咬牙切齒。

亓容錦更是灰白著臉，嘲諷一聲，逕自轉身回婷雪院。

董氏見狀，急急跟上。蔣氏擔心兒子，匆匆瞪明鈺公主一眼，也追去了。

鎮國侯望著那群沒心沒肺之人，眼神冷硬。

明鈺公主自是也看出來，冷哼一聲。「無人相理，就想起我了？」

鎮國侯回神，藉著她扶他上轎的姿勢，靠近她，嘀咕一句。

明鈺公主聽了，羞紅了臉，低下眸，手腳無措起來。

一旁的佟析秋無語地轉身，指揮抬軟轎的婆子快回清漪苑，又命人去請新聘的府醫來替鎮國侯診治。

眾人進了清漪苑，待聽府醫說鎮國侯只是舊疾復發，並無大礙後，明鈺公主才鬆口氣，喚下人跟他去拿藥，又轉首對佟析秋說：「既然無事了，妳便回院吧。」

佟析秋點頭福身，本還想問問亓三郎的，不過看鎮國侯正難受著，就忍下來，先回衡璽苑。

待送走佟析秋，明鈺公主回到內室，發現鎮國侯正躺在床上看著幔帳發呆。聽見她的腳步聲，便回神轉頭，朝她招手。

明鈺公主卻裝作沒看見，坐在床頭。「可還需要什麼？」

鎮國侯搖頭，想著大房的無情，不由自嘲一笑。想不到，他呵護了幾十年的髮妻與兒子，如今竟為權勢拋棄他，當真令人心寒。

想到這裡，他抓過明鈺公主的纖手，緩緩摩挲，低啞道：「今後容我慢慢補償可好？」

明鈺公主不吭聲，只淡淡看他一下，便轉開眸子。

鎮國侯見狀，眼色黯了下去……

亓容錦回到婷雪院，砰的一聲，一腳踹倒了偏廳裡的花鳥屏風。

巨響傳來，董氏等人嚇得心肝直抖，正要提腳進屋，便聽守門的婆子高聲通報。「大夫人來了！」只好轉過身子，去迎蔣氏。

蔣氏擔心亓容錦，未搭理她們，逕自進了偏廳，就見亓容錦面色鐵青地坐在上首，眼神陰鷙，大掌死死捏著太師椅的扶手。

她繞過碎掉的屏風，快步走去，眼中滿是淚光，哽咽地喚了聲。「錦兒……」

正在冒火的亓容錦，聽到蔣氏喚他，便回了神，臉色難看地起身。「娘親，妳怎麼來了？」

「我來看看你。」蔣氏伸手撫他的臉龐，僅僅一夜，兒子竟變得如此憔悴，罪魁禍首正是二房，焉能不恨。「都是那賤人出的餿主意，擺明想藉此踩死我們呢！」

亓容錦眼中冒出火光，想起昨日亓三郎強行趕走恒王與慶王的樣子，不由恨道：「不過一個廢物，也想把我踩死？」

蔣氏疑惑地抬眼，亓容錦則不耐地揮手。「我沒事，娘親回去吧。」如今沒了官身，父親又被奪權，不知恒王爺還要不要他。

想著，他便回上首坐了，尋思著還有什麼法子能攀住恒王。若恒王不要他，也得讓自己不輸給二房。

於是，亓容錦抬眼看向進廳的董氏，勾唇道：「當務之急，妳得先給爺把嫡子生出來。」

董氏愣怔，蔣氏則小步上前，好奇道：「錦兒，你是不是有法子治了那房？」

亓容錦瞇眼，陰鷙地哼笑道：「就算我沒了官身，失去被器重的機會，鎮國侯府也只能是我的！」

蔣氏聞言，驚訝地張大了嘴，隨即興奮地坐在他對面的椅子上，追問道：「這話是何意？是不是對那房……」

亓容錦搖頭，邪佞地看著董氏。「如今府裡能生出孩子的，僅有我們這房！」

董氏大驚，蔣氏則是一頭霧水，卻抑不住興奮之意，催亓容錦快說清楚是怎麼回事。

亓容錦冷笑著，將他籌謀已久的計劃緩緩道出……

另一邊，佟析秋回衡璽苑後，便對藍衣耳語幾句，隨即揮手讓她退出去。

接著，她坐在暖炕上，猜想著，如今鎮國侯平安回來，亓三郎定會沒事。若她所料不錯，今日下午或明日，就該有消息了，亓三郎應是被派去安排發秧苗的事了。

想到這裡，佟析秋拿起炕上的針線簍子，又開始做起衣衫。

為今之計，也只能等了。

翌日，綠蕪自箱籠裡找了件較薄的小夾襖，一邊拍平皺褶、一邊道：「今日早早就有太陽露臉，想來定是暖天。眼看著五月過半，雪一融，怕立時就會熱起來呢！」

佟析秋順著她的手，將那件煙紅錦花夾襖穿在身上，命藍衣梳好髮髻，就給她遞個眼色。

藍衣點頭，轉身退出去。

而佟析秋吃了早飯後，就去給明鈺公主請安。待從清漪苑回來，就看見藍衣已等在主屋的遊廊上。

看到佟析秋，藍衣趕緊移步過來，喚了聲。「少奶奶。」

佟析秋點頭。「如何？」

「剛才婢子去城門口時，見百姓正擠成一團，就拉著人問。」她順勢扶她，向暖閣走去。「原來是皇上頒布聖旨，說如今天暖雪化，怕秧苗被毀，已提早育好苗了，若受災的百姓有秧苗被毀的，可拿著自家的土地冊子，到府衙前領苗。」

進了屋，待佟析秋落坐後，她又道：「婢子回來時，全城百姓都在歡呼讚著皇上聖明，是難得的明君。更有甚者，還當街朝皇城方向跪下，高呼萬歲呢！」

佟析秋聽罷，止了她的話，手拄下巴看著窗外滴滴答答、不停掉落的雪水，嘴角勾了起來。

這個腹黑皇帝，總算靠這一著，將兩個兒子的功勞蓋下去。

如今，洪誠帝已在百姓心中占了極重分量，至於恒王與慶王貼的那些銀子、施的那些米粥，怕是白捨了。畢竟，現在不是餓肚子的時候，洪誠帝授他們以漁，可比送粥有用多了。

佟析秋挑眉輕笑，看來如今她要等的，就是事後的論功行賞。她跟鎮國侯府花了上萬兩銀子，若不補齊，洪誠帝就真有點不厚道了。

因雪停天暖，不過兩日工夫，堆在院中的積雪便融得乾乾淨淨。

可這一融，地上到處積水、泥濘不堪，後院的婆子們除了要挖溝排水，還得去運乾泥來填坑窪之處。

亓三郎已經連著好幾天沒回府了，怕佟析秋擔心，便寫封信讓明子煜送來。

信上說，洪誠帝安排他去監督發放秧苗之事。除此之外，他還得去鄉間探查民情，看看狀況。

佟析秋看到這裡，忍不住腹誹，亓三郎不是洪誠帝的御前侍衛嗎？這種外出的活兒何時輪到他來幹了？

為著秧苗和災後重整之事，亓三郎整整奔波七天才歸府。才進門，換過朝服又去了宮裡，再回來時，已是夜半更深了。

彼時，他正跟佟析秋說著災情。「高地倒是好點，開了溝壑，水直接向下流出去。麻煩的是良田裡的低窪之地，即使挖溝壑也排不出水，許多兩指長的苗根都被泡爛了。」如今就算補種秧苗，收成怕也難及往年的七成了。

佟析秋看他一臉可惜，什麼也不願想，直接窩進他懷裡。這事他們已盡了最大的努力，剩下的，就看洪誠帝怎麼做了。

想到這裡，她不由嘟囔。「唉，我還等著論功行賞呢。看來，得再等等了。」

亓三郎好笑，想著這幾天在外奔波，視察民情，著實忙得腳不沾地，忽略妻子，難得這會兒能摟著她嬌小的身子，便生出幾分興致，撫著她圓潤的肩頭，順著她的話道：「應該快了。妳立下這麼大的功勞，應該能得不少賞賜。」

「真的？」佟析秋眼冒亮光，抬頭看他。

亓三郎低笑，一本正經地點頭。

佟析秋見狀，不屑地挑眉。「若給少了，我也不依！」

亓三郎訝異地看她，她則嘻笑地摟住他的脖子。「夫君，妾身有沒有說，這幾天很想你？」

面對她難得的調皮，亓三郎瞬間深了眼色，低頭看她時，眸光漆黑難辨，似恨不得將她吸入。

佟析秋被他瞧得有些不知所措，訕訕地鬆了手。「怎麼了？」

「無事。」亓三郎緊摟她，親了她髮際。「我很喜歡這話。」

佟析秋抿嘴偷笑，窩在他懷中，聽著他沈穩的心跳，甜蜜問道：「那你可有想我？」

亓三郎輕嗯，讓她心裡瞬間騷動，伸手回抱他。

不知不覺中，她的心，竟有些鬆動了……

第七十章 行賞

雖然重栽了秧苗，但百姓知曉，今年收成必不如往年。再加上繳稅與修屋，怕下個冬天來臨，又要難以度日了。

洪誠帝為安撫民心，特意頒旨，凡今年受災的州縣，皆可免糧食與賦稅。

百姓得知消息，自是歡呼，大讚皇帝聖明。洪誠帝的聲譽一時盛極，史官提筆記錄，更讓他龍心大悅。

至於救災之人，自然也到了論功行賞的時候。彼時大家立在正殿中，洪誠帝命總管太監宣了旨意。

慶王府跟恒王府施粥有功，除賞給兩位王爺金銀珠寶外，為夫家掙功的王妃與側妃，也都得了玉玩。

洪誠帝誇讚幾句後，道：「屆時貼出來的功德榜上，朕會著人給你們記上一筆。」

兩府的人聞言，齊齊跪謝，行叩拜之禮。

而敏郡王因修建災棚和慰問百姓有功，除去玉玩，還令他與恒王同掌戶部，算得上是重賞了。

恒王與慶王見狀，沈默地對視一眼，隨即低眸隱去眼中的深意。

敏郡王依然是溫和模樣，下跪叩謝。「謝父皇賞賜。為父皇分憂，乃兒臣本分。」

洪誠帝輕嗯，淡看他一眼，便揮手讓他起身。

輪到亓三郎他們時，洪誠帝興味地挑眉看著佟析秋。「論起功勞，無人有妳大。又是預知天氣、又是備草簾與油布，且全派上用場。妳跟朕說說，想要何種賞賜？」

眾人大驚。賞賜還能用要的？

佟析秋聽罷，不慌不忙地屈膝一禮。「皇帝舅舅要獎賞臣婦，就賞臣婦能用的財物吧。若是些只能看的賞賜，不能使的痛苦，著實難受得緊哪！」

洪誠帝聞言，大笑出聲。而一屋子的人卻覺得佟析秋這話簡直有辱視聽，哪有人盡是要些阿堵之物的？難怪是上不得檯面的泥腿子，果然目光短淺，只識銀錢。

不過，洪誠帝卻不這樣想，笑過後，立刻命人去國庫裡抬來一萬兩黃金。

看著那層層堆起的金塊，佟析秋眼中的光都能穿透屋頂，表情興奮得就差沒雀躍歡呼了。她這模樣，自然未逃過洪誠帝犀利的雙眼，又問：「如何？可是夠了？」

「臣婦多謝皇帝舅舅的抬愛。」佟析秋再次屈膝，眼中卻明顯有著不捨和不得不說實話的痛苦。「夠是夠了，怕還有多呢！要不……您拿些回去？」

「哈哈哈哈……」洪誠帝再次抑制不住地大笑出聲，笑得面色通紅，直擺手。「多的就當賞妳了！」

「多謝皇帝舅舅！」佟析秋聽罷，興奮地再次福身，生怕再晚一刻，洪誠帝就會後悔了。

洪誠帝看著她的模樣，又是一陣忍俊不禁，指著亓三郎挑眉道：「甥媳向來如此？」

亓三郎搖頭苦笑。「向來銀子比臣親！臣自知，在她心中不比銀子有地位。」又輕嘆一聲，一副拿佟析秋沒辦法的樣子。

洪誠帝聞言，再度大笑不止。

殿中之人聽了，雖也有些憋笑，卻鄙視不已。

唯有敏郡王若有所思地看著佟析秋，隨即似明白了什麼，低眸嘆道：「其實，兒子手中也有些緊缺，不如兒子將玉玩還給父皇，兌點現銀可好？」

「作夢！」洪誠帝沒好氣地白他一眼。

恒王亦是反應過來，道：「唉，兒子還想跟著要些呢。」

洪誠帝瞥著他們，好氣又好笑，揮手讓他們別打岔，轉首對亓三郎道：「你現在身為四品帶刀侍衛，論著功勞，官階倒是可再往上提。乾脆重做回以前的三品都指揮使，如何？」

亓三郎立刻行禮。「臣遵旨！」

洪誠帝見他應得飛快，愣了下，滿意地點點頭。

行賞過後，洪誠帝又命總管太監擬詔，將這些人的功勞記在黃榜上，屆時命人張貼於皇城，供百姓觀看。

佟析秋聞言，趕緊屈身行禮。「臣婦並無功勞，還請皇帝舅舅抹去臣婦的名字。」

「哦？妳如何就沒了功勞？」洪城帝挑眉，眼中閃過讚賞。「油布跟草簾可是妳出的主意，還預知天象哪！」

佟析秋搖頭。「預知天象的是臣婦莊上一個老婆子腰傷的功勞，臣婦還沒有那本事。」

見她搖頭搖得一本正經，洪誠帝來了興趣，揮手讓她繼續說。

於是，佟析秋又道：「油布和草簾雖出自臣婦之手，可臣婦是商人，不做虧本的買賣。皇帝舅舅剛賞了臣婦一萬兩，已是銀貨兩訖，本著為商誠信，焉能再邀功？」

洪誠帝聽她說完，眼色一深，表情似笑非笑。「的確是這個道理。妳且起來。」

「謝皇帝舅舅。」佟析秋起身。

洪誠帝打量她一下，命人拿出一盒南海東珠，笑道：「去歲賞妳誥命，見妳噘嘴不滿，如今這盒東珠賜給妳，拿去玩吧！」

這下，佟析秋眼中金光閃閃，抑制不住笑意，再次拜謝。「謝皇帝舅舅！」

「嗯。」洪誠帝笑著點頭。

滿屋子的人皆有些不可置信，站在慶王妃下首的謝寧，更是難受得絞壞手中絹帕。她想不通，為什麼她出了那麼多私房，母親也跟著貼補不少銀子，最後卻只得到洪誠帝賞玉玩跟幾句誇獎？

反觀佟析秋，看著那盒滿滿的東珠與光芒閃得迷人眼的黃金，謝寧小月子未過的蒼白臉上，有不甘閃過。

論功行賞完，見時辰已晚，洪誠帝又說了幾句褒獎的話，便大手一揮，讓眾人散了。

從正殿出來時，慶王府和恒王府的人，皆過來恭賀亓三郎與佟析秋。原來臨走前，洪誠帝龍心大悅，又升佟析秋為三品淑人。

佟析秋跟亓三郎虛應著，待到宮門，與他們分開後，準備上車回鎮國侯府，卻聽見一聲輕喚——「容卿！」

亓三郎回頭，隨即拱手。「敏郡王。」佟析秋亦是一禮。

敏郡王微笑。「還未恭賀嫂夫人和表哥榮升，本王在此給二位道喜了。」

「同喜。」亓三郎平淡回禮，表情難得溫和。「如今王爺得皇上賞識，想來定能心想事成。」

「借表哥吉言。」敏郡王笑得和氣，轉頭對佟析秋道：「夏之的身子已經好許多，嫂夫人若有空，能否去郡王府陪她聊聊？如今京都裡，她能信任的人，只有妳了。」

佟析秋頷首。「如果侯府無事，臣婦定會登門拜訪。」

敏郡王聞言，笑著點頭，對兩人拱手後，便上了郡王府的馬車。

亓三郎與佟析秋待他走遠後，才坐車回府。

車裡，亓三郎為佟析秋按捏頸子，問道：「可覺得累？」那般賣力地演一齣愛財之戲，不累都難。

佟析秋聞言，沒好氣地白他一眼，當她願意這麼做啊？

掌權者最忌什麼？不是忌下面的人貪，而是就怕他們不貪，不知道弱點，便沒有控制的把柄。對於這類人，他不敢用，也不會用。

敏郡王和恒王在最後亦開口要銀子，可能是因為想通了這點。

剛才，除了她的貪念讓洪誠帝高興，還有不爭功勞的乖覺，也讓他心生滿意。雪災之事，有功之人雖多，可洪誠帝既然給了同等價值的賞賜，就該乖乖把贏取天下民心的機會讓給他，不能想著兩者得兼，以免受到猜疑，反而不妥。

有時候，自知之明才是生存之道！

另一邊，謝寧剛回到慶王府，就被慶王喚去，對她喝道：「妳們乃姊妹，她能想到的事，妳為何就想不到？」

哪怕謝寧能想到一樣，他們也不用跟恒王爭著施粥，如今大把銀子打了水漂不說，還討不了好，當真得不償失。

謝寧也是委屈至極，想著今日佟析秋不但大放異彩，且亓三郎又做回三品都指揮使，心裡本就不舒服，如今被訓，更是恨極，巴不得咬死佟析秋才好。

不過大半年，就發生如此翻天覆地的變化，如今鎮國侯府大房不堪重用，再這樣下去，亓三郎襲爵怕是遲早的事。

謝寧氣得暗中咬牙。早知道，當初就不悔婚了。

慶王妃看著表情陰鷙的慶王，挑眉道：「如今鎮國侯成了閒散爵爺，侯府大房的亓容錦終生不得再做官，但二房的亓三郎卻重得父皇賞識，且皇姑姑跟皇后娘娘交好，再加上子煜……」

說到這裡，慶王妃用絹帕掩嘴，嘲諷地看謝寧一眼。當初如何就挑了這麼個無用之人？

若早知道那家人的底細，如何會要她？

「妳想說什麼？」慶王皺眉看她，顯然不明白她的意思。

慶王妃輕咳一聲，又道：「妾身想說，敏郡王妃小產時，是侯府三少奶奶幫著請醫問藥，聽聞當時還代為懲罰刁奴，足見兩人的交情不淺。」

若真如此，敏郡王可就撿到大靠山了，再加上這兩次洪誠帝重用敏郡王之事……

慶王瞇眼，這個助力，如何能便宜了別人去？

謝寧回神，看看慶王和慶王妃的臉色，沒來由地，心裡居然興奮起來。如果能讓佟析秋那個小賤人從此身敗名裂，那她定要全力相助才成……

亓三郎與佟析秋才剛回府，明鈺公主就派桂嬤嬤來請他們。

明鈺公主跟鎮國侯坐在清漪苑偏廳的上首，聽他們說完今日之事後，明鈺公主更是拉著佟析秋的手，不停誇讚她。

自從與她訂親後，亓三郎運途順遂，如今官復原職，且她還靠著自己的聰明，從精明不已的洪誠帝手中掙來這麼多金銀，拿下跟亓三郎同品的誥命。

想到這裡，明鈺公主不由嘆了聲。「看來，娶妻當真要娶賢啊！」幸好當初聽了亓三郎的話，退掉謝寧那種踩低捧高之人，不然，亓三郎怕也不會這般快起復了。

因雪災的事，鎮國侯本就對佟析秋刮目相看，再聽明鈺公主的話，便低眸思索起來。

這時，桂嬤嬤上前來問，今兒要不要和大房一起吃飯？明鈺公主想也不想就搖頭了，如今大房怕是恨死二房，再因升官之事相聚，不知又要鬧成怎樣。

「今兒就我們這房簡單吃個飯吧，別去找不痛快了。」明鈺公主瞟了滿臉尷尬的鎮國侯一眼，也不給他說話的工夫，直接起身。

「我去安排飯菜，你們回院換衣吧。剛回府就喚你們來，倒是為娘思慮不周了。」

亓三郎夫妻應聲，齊齊行完禮後，便相攜著出了清漪苑。

兩人前腳剛回院換了便服，門房後腳就來報，說明子煜來了。

佟析秋與亓三郎對視一眼，想著今兒的論功行賞沒見著他，他是從哪裡跑來的？

於是，亓三郎命人領路，與佟析秋出去迎他。

院門外，著一身大紅金絲蟒袍的明子煜見到他們，立時彎眼一笑，快步走來。

「哎呀呀，還未恭賀表哥與表嫂連升之喜，還望兩位勿怪，本王先行有禮了！」

佟析秋懶得理會他的貧嘴，匆匆福身後，便向他道：「王爺來得正好，不如同去清漪苑用膳？待飯後，也該對對芽菜鋪的帳了。」

「好！」明子煜搖著灑金扇，對兩人點頭。

待一行人來到清漪苑時，明鈺公主看著明子煜，就是一愣，隨即問道：「你去哪裡了？宮中來消息，說已是好幾天不見你的人影。還有，聽說今兒的領賞，你也未去？如何這般調皮了？」

明子煜不在意地嘻嘻一笑，看向廳中飯桌，對鎮國侯拱拱手，道：「皇姑姑替我添副碗筷吧，正好早午飯一起吃了。」

明鈺公主無法，命婢女們趕緊擺碗上菜，又忍不住唸他一句。「你究竟去哪裡，如何未吃早飯？這般大了，還沒個定性地亂跑，讓你母后擔心，真是越大越不像話。」

明子煜請鎮國侯落坐，幫他斟酒，接著掏掏耳朵。「皇姑姑真是比宮中的教養嬤嬤還囉嗦哩！」話落，見她蹙眉，又趕緊開口解釋。「我不過出外走走罷了。至於論功行賞麼……本王不缺那些玩意兒，且我只跟著表嫂出了幾兩銀，幫忙買點布，哪裡有功呢？名不副實，去拿那些東西做什麼？拿了，還不讓人多心啊！」

佟析秋坐在亓三郎下首，見明子煜嘻笑著要跟他推盞，頓時覺得他當真聰明得緊。說什麼出去走走，亓三郎告訴她，這傢伙跑去鄉下時，連錦袍都換成棉衣，不僅如此，建災房時，還親手幫忙。若說無功，這才是名不副實。明子煜不去搶功，難道是不願引得兄弟不滿？

佟析秋正暗自猜想，不想明子煜見她盯著他瞧，就風騷地用手摸了摸髮鬢。「小表嫂，妳是不是覺得本王越發俊朗了？」

佟析秋無語，明鈺公主乾脆拿起長筷打他挾菜的手，見他吃痛，便嗔道：「倒是長本事了，竟連本宮的兒媳也敢調戲。」

明子煜又笑，亓三郎不動聲色地幫他斟酒，接著舉杯。

明子煜見狀，也拿起杯子，向他道歉。「還望表哥原諒我的無心之失。」

亓三郎輕嗯，喝了杯中酒後，又幫明子煜倒滿。

明子煜不解，不過見亓三郎舉杯，遂又跟著飲下。

如此下來，五、六杯後，他有些撐不住了，見亓三郎還在斟，終是明白過來，看著亓三郎，委屈道：「表哥，我已說是無心。」

「我知！」

明子煜又不解了。知還灌著他？

亓三郎只淡淡地飲著酒，淡淡地看他。

明子煜被看得縮了脖子，不得不認命地拿起酒杯，仰脖喝下後，似來了氣，逕自搶過亓三郎手中的壺，反手幫他斟滿。

就這樣，兩人你來我往地推杯換盞，開始鬥酒……

大房這邊，還在禁足的蔣氏看著來瞧她的董氏，眸光犀利無比。

董氏不甘地點頭。「這會兒正在清漪苑慶祝呢，連賢王都來恭賀了。」

「妳說那房起復了，小賤種做回三品官？」

蔣氏冷哼。「果然將我們拋得徹底。」鎮國侯真是心狠，如今大房已被看成笑柄了吧。

她惱得將茶盞砸落在地，轉眸恨恨地看著董氏，吼道：「妳如何就沒那腦子助夫君高升？還有這不爭氣的肚子，到底要調養到什麼時候？」

「兒媳知錯。」董氏委屈，卻又不得不起身賠罪。

蔣氏氣怒，她就不相信，二房能一直得意下去！想起那件事，又陰笑著勾起唇。

「且等著吧，有你們哭的時候……」

送走醉得不省人事、被小廝抬走的明子煜後，佟析秋回了衡璽苑，見榻上還躺著個直喘氣的人，就沒好氣地嗔道：「不過一句話罷了，也值得這般鬥氣。」傷了別人，自個兒也沒好到哪裡去。

亓三郎哼了聲，瞇起朦朧的鷹眼，得意地挑眉。「爺的人，豈是他能隨意調戲的？」

佟析秋無語，走過去脫下他的直裰，正要轉身給他找衣裳換時，他卻緊緊纏上她的腰。

見她掙扎，亓三郎乾脆扳過她圓潤纖細的肩頭，酒香直撲她鼻間，道：「何時給爺生娃？爺已二十有一了……」

佟析秋無言，拍掉他的手。「待今兒過後！」滿身酒氣，誰受得了?!

「不行！一天也不能等！」亓三郎大著舌頭拒絕，攔腰抱起她，步履踉蹌，就要將人扔到床上。

佟析秋嚇得心臟快跳出喉嚨，緊摟他的脖子，對於他發酒瘋的行為，只能好生誘哄著。「你先放我下來，咱們商量商量再行事可好？」

「不好！」嘟囔間，亓三郎把她丟上床，一邊扯著她的襦裙、一邊嘿嘿笑道：「想騙我？哼，爺豈是那般好騙的！」

他說著，滿是酒香的薄唇欺上，霸道地攫住她的菱唇，輾轉吮吻起來……

第七十一章 賞花帖

進入六月，天氣開始大熱起來。

彼時，佟析秋搖著美人扇，正陪敏郡王妃坐在涼亭賞荷。

抿著酸甜的梅子湯，看看越發清減的敏郡王妃，佟析秋忍不住低嘆，見她面無表情地喝著熱茶，連一口涼也不願再沾，看來小產之事，對她打擊不小。

剛將茶盞放下，門房便著人送了兩張帖子來。

敏郡王妃抬手取過，聽婢女說道：「慶王府的來人說，既然鎮國侯府的三少奶奶也在，乾脆一併送來。」

敏郡王妃挑眉，將其中一張沉香撒花帖遞給佟析秋。

佟析秋伸出細白纖指接下，淡笑了聲。「看來王妃府中的人該清一清了。」

「妳說得對，是該清清了。」敏郡王妃頷首，揮手令婢女退下，才打開帖子。

原來雪災融冰後，慶王府的睡蓮再次開花，且六月六日正逢慶王妃生辰，但現在不好大辦，便想起個賞花宴，請她們這一輩的夫人們去熱鬧熱鬧。

敏郡王妃看完，眼中有絲嘲諷閃過，扔了帖子，哼笑道：「我坐小月子時，無人探視，如今倒是殷勤。」看來，自家王爺得到重用，連身分也抬高了，聚會都有她的一席之地呢。

佟析秋亦合上帖子，搖著美人扇，指了朵白蓮，命藍衣划船去採，似漫不經心般地開口道：「與其這般累著，不如看開點。看得開了，思緒才會明朗，未來更為順遂。」這種無名無人理、出名有人睬的心境，得寬心以對。不然老覺得不平，反而讓自己的路變得狹隘。

佟析秋說完，轉眸看看敏郡王妃微愣的臉，又笑了笑。「有時，虛與委蛇的應酬是必要的。」

敏郡王妃細瞧她明媚嬌俏的小臉，垂眸道：「難怪王爺會誇妳。」果然好生聰明。一再恨一個人、再煩一個人，表面上還是得裝得平和大方，不然如何攻其不備呢？

「什麼？」發現她低喃，佟析秋作勢側耳傾聽。

敏郡王妃輕輕搖頭，轉首看向藍衣，喚她多摘一朵。

佟析秋眸光一深，繼續不動聲色地搖著美人扇。

對於敏郡王，她無法理解，他是以怎樣的心情對自己的妻子去誇讚另一名女子？難道他從未想過妻子的感受嗎？還是他覺得她與敏郡王妃交好，憑著這份交情，敏郡王妃不會介意？

想到這裡，佟析秋暗哼著低眸。看來，她最近太鋒芒畢露了……

從敏郡王府回來，佟析秋便命人拿來芽菜鋪子的帳冊，坐在內室裡翻看。

上回明子煜喝醉，又沒算成帳，她覺得自己光占好處，有些不厚道。而且御膳房一有芽菜的新菜式，明子煜就會命人傳出去，如今雖是淡季，可憑著費工夫的御菜，芽菜鋪子的生意始終極好。

林貴見狀，來問可要開分店，佟析秋也在考慮，但沒挑到合適的掌櫃與工人，只得暫時放下這個念頭，想著到年底再看看。

晚間，亓三郎一身戎裝地從西北大營歸來，佟析秋幫他更衣，吃飯時，將慶王府送帖子的事跟他說了。

孰料，亓三郎亦是要跟她說這事。

「今兒早朝散後，慶王便邀了我，說是想喚些同年紀的朝臣與子弟，一起賞花同樂。」

佟析秋遲疑道：「這樣會不會太過顯眼了？」

亓三郎沈吟地搖頭。「不過是小輩之間的相聚。若不去，反而拂了慶王的面子。」

佟析秋也覺得對，抬眸又問：「那日你休沐？」

亓三郎又搖頭。「慶王已向皇上稟了此事，皇上同意讓我們去。」

好吧！佟析秋挑眉幫他布菜，說了敏郡王妃的近況，並有意提起敏郡王誇她的事。

亓三郎聽完，皺起眉，轉眸看向她，思索半晌後道：「他是認為妳與郡王妃親厚，郡王妃不會介意？」

說完，他仍有些不確定，可到底不好胡亂猜測，十多年的朋友，哪能以一句話去否定敏郡王的人品？

佟析秋也點點頭。「應該是吧。」

她垂眸想著，放在身側的手卻驀地被人抓緊，抬眼看去，卻見亓三郎布菜給她，柔聲說道：「我會注意此事。待有空，我跟敏郡王說說。」

佟析秋輕嗯，希望是她多慮了。

六月初六早間，佟析秋換上芙蓉色刻絲團花薄紗宮衫裙，坐在妝鏡前，喚藍衣來梳頭，見她面色不好，便問道：「這是怎麼了？如何這般憔悴？」

怎知，她的話才落，在旁邊挑選披帛的綠蕪就噗地噴笑了。

藍衣沒好氣地瞪她一眼，綠蕪卻一點也不怕，笑道：「昨兒晚間，藍衣姊嫌熱，露了胳膊不說，還跑到井邊，將少奶奶賞的那碗梅子湯拿上來，一口氣喝完了。結果，著涼不說，還拉肚子呢！嘻嘻……」說著，又忍不住笑出聲。

藍衣臉色沈得厲害，還不待再瞪她，肚子突然又痛起來，當即彎了腰身，也來不及告罪，便衝了出去。

綠蕪在後面笑得直捂肚子。「呵呵，又鬧了，這都幾次了？從昨兒大半夜到現在，還沒消停呢！」

佟析秋從鏡子裡看綠蕪，見她沒心沒肺地扳手指數著，搖搖頭，看向新提上來的春杏，問道：「妳可會梳頭？」

正在整理床鋪的清秀小婢女聽佟析秋喚她，嚇得趕緊直起身，手足無措地行禮，搖頭道：「婢子不會。」她是從二等升上來的，平日裡縫補衣物還行，這種細工活，真是難為她了。

「少奶奶，婢子會！」花卉整理好洗漱用具後，剛好進屋，聽了這話，便自告奮勇上前。「婢子以前跟著教養婆子學過幾手，不如讓婢子試試吧。」

佟析秋點頭，揮手讓她近前，把梳子交給她。

待整裝好，佟析秋見藍衣的臉色著實難看得厲害，便讓她留下看院子，帶綠蕪與花卉出門。

今日早間，亓三郎去了西北大營，雖說今日特許休沐，可軍營裡還有些要務得辦。是以，原本說好同去慶王府的，她只好自己先出發了。

車至慶王府，佟析秋剛下車，就見其他馬車陸續跟著駛進。

女眷們見到她時，遠遠就行了禮，緊接著聚攏過來，與她攀談。

如今佟析秋立下大功，討得皇上喜歡，亓三郎更是利用這場雪災打了漂亮的起復仗，官復原職不說，她的誥命亦是升到三品。這個品級的誥命，僅年長的命婦能有，跟她同輩之人，除卻幾府的王妃，還沒人能與她平起平坐。

大家聚在一起說笑幾句，這時著青色束胸裙衫的婢女們走過來，得體地向眾人行禮，說些討好的話後，便領著眾人往後宅而去。

一路上，婢女介紹慶王府的景致，慶王妃之所以沒備軟轎，是想讓各位夫人看看府中花景。

如今雪化天暖，許多花重開，園裡花團錦簇、怪石嶙峋，繞過亭臺水榭，又是逼真假山。

大家走走停停，兩刻鐘後，才到後宅主院。彼時一些夫人早已香汗淋漓，心中雖有怨氣，奈何品階不高，只得忍下。

待一行人走到主院門口，見慶王妃竟站在那裡親自相迎，讓暗生埋怨之人的心情好過不少。

大家互相寒暄幾句，見慶王妃為人溫和，便稍稍放了心。

今日慶王妃梳著高聳的天仙髻，著一身大紅牡丹刻絲宮紗裙，上挑的丹鳳眼看著佟析秋時，面露親切之色，笑道：「難得三少奶奶賞臉，真令這花宴增光不少。」

「王妃過謙了。王妃相邀，便是大雪封路，臣婦也要趕來。」

聽佟析秋回以妙語，慶王妃大笑，指著她打趣道：「哎喲，瞧瞧，想不到鎮國侯府的三少奶奶是這般有趣的人呢！」

「是啊。」剛跟佟析秋聊過的夫人也道。「本以為三少奶奶為人隨和，如今看來，不只隨和，還是個妙人兒呢！」

這話說得大家真真假假笑作一堆，佟析秋保持禮貌，也湊了趣。

待眾人見過後，慶王妃便領著大家進院，向正堂走去。

一進去，佟析秋便看到敏郡王妃，見她正坐在下首的第一個位置，亦看向自己，就對她點點頭，走了過去。

兩人見禮後，敏郡王妃指指身邊的位置，示意佟析秋跟著她坐。

佟析秋頷首，剛要低身，就有人開了口——

「想不到，嫂嫂居然跟敏郡王妃這般要好呢！」

佟析秋抬眸看去，在角落瞧見董氏，對她笑了笑，便不再相理，坐下跟敏郡王妃說話。

慶王妃見狀，便招呼大家幾句，命婢女們上茶，又去外面迎客。

敏郡王妃看到這一幕，不由暗自撇嘴，問佟析秋可是與亓三郎同來？

佟析秋搖頭。「軍營中有點事，他說晚點直接過來。」

敏郡王妃輕嗯，隨即說了這些天刺繡的事。

佟析秋知她最近學得快，遂又提了些別的繡法。

兩人相談甚歡的模樣，讓廳中的夫人們互視一眼。以前一直不被注意的敏郡王，似乎有些變強的味道了？

董氏待在角落看著她倆，不知道為什麼會受邀而來，如今她只是白身，到了這裡，連正位都撈不著，自取其辱的感覺，讓她心頭不由暗恨。

巳時初，慶王妃見人來得差不多了，待迎完最後一批夫人後，便笑道：「這個時辰正好還能看一齣戲呢，戲臺子搭在雅園裡，本妃這就領各位夫人前去。待吃完中飯，再到涼亭歇涼，正好可以看看睡蓮。」說完又問：「各位夫人覺得可好？」

眾人自是沒有意見。

慶王妃見狀，便領頭帶大家去了雅園。

待來到寬大的戲臺，大家便按品階坐進搭好的棚子裡。

佟析秋跟敏郡王妃自是坐在慶王妃的左右兩側，隔著簾子，戲班班主哈腰將戲本子遞給立在旁邊的婢女。

待拿到戲本，慶王妃作勢翻看，隨即遞給佟析秋。「三少奶奶平日愛聽哪派的戲曲？」

「臣婦對戲曲不是太懂，亦不會挑。王妃選什麼，臣婦便聽什麼。」在場的人皆知她出身不高，就不裝高雅了。

慶王妃點頭，一旁的敏郡王妃卻道：「本妃跟三少奶奶平日裡最恨那陳世美，讓戲班唱這一齣吧！」

佟析秋聞言，趕緊拿絹帕捂住想笑的嘴，敢情敏郡王妃也知道她與謝寧的恩怨？好在今兒妾室沒出來，不然以謝寧的性子，還不氣死？

慶王妃頓了下，轉瞬又笑道：「倒是不巧了，這是越曲，怕戲本子裡沒有呢。」

「既然沒有，就由慶王妃來挑吧。」

慶王妃含笑點頭，對於她故意挑刺，眼中閃過一絲不悅。

此時，佟析秋命綠蕪前來，與她耳語幾句。綠蕪得信後，便趁著開鑼時溜出去。

佟析秋悠閒地聽戲，其間慶王妃還起身出去幾次。

綠蕪在戲曲過半時回了棚，附耳上前，悄聲對她道：「前院的戲也開鑼了，婢子裝著走錯路去看了一眼，三少爺已經到了。」

佟析秋聽罷，揮手讓她退下。見敏郡王妃抬眼看來，就笑著搖頭，與她耳語一句。

敏郡王妃頷首，坐正身子，繼續聽戲。

待到正午，戲唱完，正好到開席的時辰。慶王妃領著大夥兒去了開席的園子，命婢女們上菜。

眾夫人對慶王妃說了些恭賀之詞，待她舉箸，酒席便正式開始。

席間並未講究多大排場，大家還算有說有笑。佟析秋挨著敏郡王妃坐，身後的布菜婢女幫兩人挾菜。

待酒酣時，有婢女端湯品前來。不知怎的，彼時站在佟析秋身後的婢女正在給她滿著酒杯，後面端湯的婢女卻似沒看見般，想繞到佟析秋下首將菜布上。

結果，兩人不小心撞上，倒酒的婢女一抖，酒壺便脫了手。

啪！一聲清脆，濃烈的酒味在佟析秋的裙腳邊散開。

兩個婢女立即嚇得跪下。「三少奶奶恕罪，婢子不是有意的！」

第七十二章　反鎖

聽到響動，眾人移眼看來，一時間，所有人的目光全聚到佟析秋這邊。

佟析秋皺眉，卻聽慶王妃大喝。「笨手笨腳，成何體統！管事呢？給本妃拖出去杖責三十！」

「王妃饒命，三少奶奶恕罪啊！」兩位婢女聽了，立時大哭起來。

佟析秋用手絹擦了下裙上的酒漬，見慶王妃還要發火，就淡笑道：「不過是灑了點酒，並不妨事。今日是王妃生辰，還請以和為貴。」

若打了，怕一出慶王府，鎮國侯府三少奶奶因灑酒而重罰婢女的小器，就會被傳出去。那樣一來，壞的可就是她的名聲了。

慶王妃表情愧疚。「雖然如此，可這衣裳該如何是好？」

佟析秋不甚在意地輕笑。「我有備衣，無礙。」為以防萬一，各府夫人赴宴時，都會另備一套衣物。「麻煩貴府借間廂房讓臣婦更衣了。」

「這個自然。」慶王妃點頭，隨即轉首對跪著的婢女喝道：「還不趕緊叩謝三少奶奶！」

「婢子謝過三少奶奶！」兩人對佟析秋重重磕了頭。

佟析秋喚婢女去下人房傳話，待綠蕪來後，便令她去拿備著的衣裙。

另一個犯事的婢女接過綠蕪送來的衣裙，對佟析秋行禮道：「由婢子領三少奶奶去客房更衣吧。」

佟析秋頷首，向慶王妃福身，與敏郡王妃對視一眼後，便跟著婢女向內院行去。

兩人繞過許多院門與走廊，走了近半刻鐘，還未到更衣的廂房。

佟析秋皺眉停步，問領路的婢女。「還需走多久？」

「快了。」婢女停下來，恭敬笑道：「勞三少奶奶再稍走一段，前面就是休憩的廂房。因慶王府是所有王府中最大的，內院客房跟主院隔得較遠，所以費些工夫。請三少奶奶放心，婢子定沒有帶錯路。」

佟析秋聞言，臉色緩和了些，一路行來，各院的掃灑婆子也挺多的，便放心幾分，繼續跟著她走。

就這樣，兩人又走了兩盞茶工夫，終是到了一處靜雅之院。

婢女領佟析秋進去，這院子不是很大，除了主屋並兩間偏廂，竟連個偏院也無。

兩人步上高階，進了屋，還不待佟析秋細瞧，婢女即掀起旁邊的內室門簾。「三少奶奶，婢子在外面守著，有事喚一聲就成。」

佟析秋道句有勞了，便自她手裡接過衣裙，揮手讓她退出去。

那婢女倒也乖覺，走時輕輕帶上了門扉。

佟析秋拿著衣服，未看廂房裡的擺設，直接把披帛扯下放在一邊，解腰間的束帶，剛要將衣服散開，卻聽見嘎吱一聲，門被打開來了。

佟析秋皺眉，冷聲問道：「不是說有事再喚妳嗎？為何……」聲音戛然而止，轉過臉，訝異地瞪大雙眼，驚問：「怎麼是你?!」又飛快背過身去，將腰帶繫好，表情鐵青，將披帛緊緊捏在手裡。

進屋的敏郡王亦是一愣，隨即轉身向廳堂走去，欲伸手推門，卻發現門被人反鎖了。

「如何？」跟出來的佟析秋白著臉問道。

「被人設計了！」敏郡王搖頭，臉色肅穆，皺眉問她：「妳怎麼會來前院？」

「這裡是前院?!」

見佟析秋錯愕，敏郡王仔細打量她半晌，見是真不知情，便點頭。「我喝多了，由小廝領來客房歇歇的。」不想進來就看到了那一幕。

佟析秋亦是緊皺眉頭，那個婢女騙了她！想到這裡，她趕緊進了內室。

敏郡王跟著她走進去，見她將內室的圓木凳子搭在暖炕上，不由好奇問道：「這是做什麼？」

佟析秋站上去，比了比高度，仰頭看著這古時房屋的高梁，心中一陣咒罵。聽見敏郡王問話，就沒好氣地白他一眼。

「郡王爺剛剛說被人設計了，如今又來問我做什麼？這個時候了，當然是要想辦法逃出去，難不成坐在這裡等人來捉姦？」

若他還想爭儲，怎能有這種敗壞名聲之事？不說別的，一條與有夫之婦的通姦之罪，就足以讓他身敗名裂了。

方才婢女打翻酒、慶王妃發的那通火，本以為她們只是想拿這些來壞壞她的名聲，卻沒想到，這些人的心思竟是如此惡毒。

想到這裡，她看了還在發愣的敏郡王一眼，難道是因兩府走得近，怕敏郡王的靠山太強，想一舉毀了他，並讓兩家結仇？

此時，敏郡王回過神，也想通了，跟著上炕，讓佟析秋下來，踩上凳子比了比，隨即下地，走向偏廳。

進去後，兩人才發現，偏廳只有一張小榻，居然連把椅子也無。

剛才佟析秋還未細看就被婢女請去內室，如今想來，怕是因屋子太小，一時不覺得空曠，才沒及時發現不對勁。

兩人慌了神，而敏郡王竟開始紅起臉，不自覺地用手抹了下寬寬的額頭，呼吸粗重。

佟析秋疑惑地看向他，卻見他急急後退兩步，拉開兩人的距離後，捂住胸口。

「你怎麼了？」佟析秋皺眉，上前一步。

「我好像被人下了藥。」敏郡王猛地抬頭，雙眼通紅，額頭冒出細密汗珠，呼吸越發急促。

佟析秋不可置信，瞪大了雙眼。怎麼會這樣？這群人是想逼死他們不成？

想著，她趕緊跑回內室，用力關上門，又看向暖炕，遂將披帛捆在腰間，再次跳上去，踩著凳子，舉起雙手比了比，發現房梁的高度已快趕上現代的兩層樓，根本不可能逃出。

佟析秋頹然地放手，絕望地看向緊閉的窗戶，心中抱著一絲希望，伸手叩了下，卻發現也被封死了。

她灰敗了臉，癱坐在小炕上，連再去開別扇窗戶的力氣也無。

正想著怎麼辦時，被關在外面的敏郡王奮力敲響了門。「讓我進屋，趁著我還清醒，至少得把妳送出去！」

「你要怎麼做？」佟析秋下炕，沒來由地揪緊胸口的衣襟。

敏郡王的聲音變得沙啞不已，邊喘邊道：「我們把榻搬進去，我站榻上，妳踩著我的肩膀上梁。我們之間，至少得逃走一個，不然等會兒那些人算好時辰過來，屆時就是跳進黃河也洗不清了。」說完這通話，圓潤指甲已掐進肉中。除此之外，他還咬破舌尖，藉此保持清醒。

敏郡王想著，佟析秋不會聽進這番話，或因害怕而不敢開門，正準備再說服她，沒想到門突然被打開——

「快點！」

佟析秋不給他發愣的工夫，開門說完話後，就繞過他，朝偏廳的小榻跑去，將榻上的繡枕、涼蓆等物飛快掃在地上，便轉眼瞪向他。

敏郡王見她瞪來，呼吸不由又濁重了些。

看他紅了眼，佟析秋心頭打鼓、直冒冷汗，大喝道：「若不想敗給那些人，你就給我清醒點！」

她的喝斥，令敏郡王瞬間愣怔，嚴肅了臉色，再次咬舌，當鐵鏽味溢滿口中後，立時清醒了幾分，跑過去抱住小榻的另一邊，下令道：「起！」

兩人同時向內室移去，榻身過重，佟析秋咬牙，硬是未吭一聲，而前方帶路的敏郡王呼吸亦是越發粗重。但即便這樣，兩人的腳步卻依然一樣快速。

到了暖炕旁，兩人合力將榻扔上去，來不及喘息，敏郡王立刻跳上，放好圓凳，便蹲在那裡，向佟析秋看來。

佟析秋亦是沒有半分猶豫，上炕踩在他的肩頭，問：「要如何上……啊——」

未待她問完，敏郡王便抱著她的雙腿，向上一舉，佟析秋嚇得彎腰抱住他的腦袋。

「妳放鬆，先坐穩，再慢慢直起身。」敏郡王沈啞著嗓子，讓佟析秋喘息後，按他的話，先坐穩身子。

接著，他慢慢踩上圓凳，指揮道：「試著直起身子，我用手掌托住妳的腳。」

「好！」佟析秋向上望房頂，覺得有希望了，待感覺到敏郡王的大掌托著她的小腳，便試著站起來。雖有些搖晃，好在他的另一隻胳膊緊緊圈著她的纖腿，算是支撐住。

佟析秋慢慢地直起身，伸了手，正好能摸到房梁上的瓦片，心情有些激動，對下面撐著她的敏郡王說了句。「好似能行！」

「嗯！」敏郡王緊咬牙關，再次狠狠咬破舌尖。

佟析秋藉著他的支撐，用手小心扒拉開瓦片，正當她扒著一片瓦，小心向一邊推去時，突然感覺腿上有些發癢，低眸看去，竟是敏郡王情不自禁地正用側臉摩挲著她的纖腿。

佟析秋紅了臉，眼中生怒，見他的大掌有了鬆動之跡，嚇得低呼。「你清醒點！再這樣下去，你我都活不了！」

他身敗名裂，永無起復之日；而她會被以不守婦道的罪名處死。

她不要，她還未活夠……

佟析秋愣住，怎麼想到還未活夠？前世的她不是傷心至極，早將生死看得極淡嗎？想到這裡，她的胸口跳動一下，似有什麼衝破了她的心房。

敏郡王聽到她的低吼，意識轉醒幾分，又用力甩了下頭，大力咬舌。可奇怪的是，這回嘴裡雖也有鐵鏽味，卻再無尖銳痛覺。不僅如此，此時他抱著的那雙纖腿，正散發著讓人難以把持的體香，誘惑著他，叫嚷著讓他靠近、再靠近……

於是，他托著小腳的大掌開始偏離位置，胳膊將她摟得更緊，俊臉通紅，呼吸越發難受。那體香讓他恨不得撕了她，魔魅聲音不斷在他腦中盤旋低吼。

佟析秋驚恐地看著那雙大掌緊抓她的褲腿，甚至嘴唇也湊到她腿上，立即喝道：「你給我清醒點！」

見他越發過分，還想撕她的褲子，頓時怒氣攻心，從頭上拔下赤金鳳簪，顧不得散落的青絲，用金簪使力向他的肩頭刺下，再狠狠一按——

「唔！」尖銳至極的刺痛，伴隨她的低吼，讓敏郡王瞬間回了神。

見他抬眸望來，佟析秋冷臉催促。「再來！」

敏郡王深深看了眼肩頭流血的地方，皺眉點頭，忍痛將她再次舉上去。

這時，一陣嘈雜之音傳來。

正在扒瓦片的佟析秋慌了神，托著她的敏郡王亦沈下眼色，兩人一愣，頓時不知如何是好……

第七十三章 障眼法

「快點！」敏郡王率先回神，咬牙低吼。

佟析秋滿臉鐵青，當她不願意快嗎？仰著頭，雙手完全使不上力，久了還會生出噁心之感哪！

聽著越來越近的嘈雜聲，她急急用雙手扒著瓦片，再使勁向兩邊用力一推——

嘩啦！日光射入，終於挖出洞口。

接下來，便容易得多了，佟析秋又拉掉一些瓦片，待洞口能容下她嬌小的身子後，便對敏郡王說。「我要借你的肩膀了。」

「嗯。」敏郡王臉色鐵青。

佟析秋不管他，兩手扒著洞口，一隻腳直接踩上他受傷的肩膀。不想，卻借不上力，身子有些歪了。

敏郡王見狀，著急了，直接伸出大掌撐著她的臀部，用力向上頂。「快點！」

私密部位被摸了，佟析秋氣紅臉，卻知這不是矯情的時候，只得借著他的力，用力扒住瓦洞兩邊，撐起身子。待兩隻胳膊順利架到洞口外，作為報復，她使出最後一點力，死命踩上那支陷進他肉裡的鳳簪，再一蹬，上身成功地攀出洞口。

下首的敏郡王痛得眉頭緊皺，悶哼抬眼，見她的下身還半吊著，便老實不客氣地直接抓住她的小腳，用另一隻手頂著她的腳掌，奮力往上一送。
佟析秋借力使力，一躍成功地坐在屋頂上，誰承想，一時不查，瓦片突然滑了下去——
啪！
「什麼聲音？」有婦人疑道。
敏郡王妃的聲音緊接著響起。「三少奶奶到底去哪裡了？一路找來，已經到了外院，就算婢女再粗心，還能把人帶到這裡來？」
慶王妃笑著道歉。「那是新來的婢女，剛才婆子不是說了，她還未將院子摸透，這會兒怕是帶迷了路。」
「一個新來的婢女，慶王府也敢讓她去領路？王府又不是沒人，如此不知規矩、笨手笨腳的奴僕，也敢叫來伺候這般大的場面？」
敏郡王妃少有的尖酸逼人，讓慶王妃變了臉色，眼中怒意明顯升起。
跟來的幾位夫人見狀，趕緊圓場。「好了好了，趕緊去看看發生了什麼事。聽起來聲音是從這小院裡傳出的，怕是三少奶奶在裡面呢。」
「在裡面？」敏郡王妃冷臉輕哼，看著慶王妃的眸中有了戒備。「怎麼，又弄了什麼古怪，想讓我們撞見不成？」
慶王妃徹底寒了臉，其他夫人不知該如何相勸。
偏偏敏郡王妃立在那裡不走了，一個勁兒指責慶王府辦事差勁。「將我們領到這裡來，若是撞見外男，該如何是好？要是三少奶奶也因此失儀，慶王妃要怎麼賠罪？還是說，妳能還她清白名聲？」

一句句咄咄逼人的話，讓慶王妃臉色青白交錯，只得賠了幾句不是，卻見敏郡王妃就是死咬著不鬆口。

下面的吵鬧，為佟析秋爭取了不少時間，她飛快將瓦片還原，然後藉著屋脊上壘著的厚瓦，爬到另一面房頂，眼睛盯著不遠處吵鬧的幾人，小心隱藏起來。

另一邊，屋裡的敏郡王將肩膀上的鳳簪拔掉後，將小榻挪下炕，拖回偏聽，將涼蓆、繡枕等物放上。接著，他回到內室，將該藏的都藏好後，眼冒怒火地抄起內室的花瓶，使勁向地上砸去。

陣陣噼哩啪啦之聲，驚得外院吵鬧的女眷回神。

佟析秋聽見，趕緊仰頭躺下，藉著屋脊，完美遮掩了她的身影。

下面很吵，似乎是敏郡王在生氣，說什麼不過是醉酒進來休息，孰料屋子竟被人封了門窗不說，他還被砸了的東西傷著。

敏郡王妃聞言，帶著哭腔，不停指責慶王妃。

慶王妃不停分辯，又不停想套他們的話。

此刻，佟析秋的思緒被吵得有點亂，又聽敏郡王似氣極寒了心般，痛苦道：「看來，本王的身分有污貴地之嫌。既是這般不喜本王，本王走便是，何苦還要費這般大力氣來羞辱人？」說罷，伴隨慶王妃的道歉聲，喚過敏郡王妃，快步離開了前院。

慶王妃臉色鐵青，眼神明明滅滅，衝著跟來的下人大吼。「愣著做什麼？鎮國侯府三少奶奶不見了，還不快去將人找回來！」

「是！」

一些夫人見她那樣，再加上聽聞佟析秋失蹤，又見去找人的婢女跟婆子只在這處小院裡來來回回轉著，心裡瞬間有了底。

另一邊，躺在屋頂的佟析秋，心跳得厲害，暗暗想著，不知敏郡王有沒有藏好她的衣裙？若是沒有，被人找到，怕會再被誣陷。亦偷偷慶幸，因院子小，後院又有死角，所以下面的婢女跟婆子只是匆匆往上瞥了一眼，就轉開目光。

如今，她除了躲著等那群人離開，下一步就是想著如何下去，且在不驚動任何人的情況下，神不知、鬼不覺地回鎮國侯府。

剛才敏郡王妃有意吵鬧阻攔，想來應是發現了，只盼他們能快些找來亓三郎救她。不過，亓三郎要如何不動聲色地來找她？這會兒，慶王怕也得到了消息，會不會因此困住亓三郎？

大熱天的，佟析秋仰躺在滾燙的瓦上，不停胡思亂想著。

下面的婆子與婢女還在嘈雜著找人，一些女眷熱得受不了了，就問了句。「看來三少奶奶似乎不在這裡，會不會去了別院？」

慶王妃黑沈著臉，指揮下人仔細搜，聽了問話，咬牙壓下怒氣解釋道：「還是謹慎點好。」

孰料，她話落，就見一個婢女匆匆跑來，稟道：「王妃，找到三少奶奶了！」

「找到了？」眾人驚疑。

慶王妃臉色更沈。「在哪裡找到的？」

婢女縮脖搖頭。「婢子也不知，說是受了刺激，已經坐車離開。」

「離開了？何時的事？」慶王妃震驚不已。人未出這院子，是如何離開的？急急下了高階，喝道：「都指揮使呢？」

「都指揮使本來待在前院。」婢女被她的表情嚇著，急道：「誰知敏郡王來了氣，在前院大鬧，王爺正勸著，就聽門房來報，說三少奶奶坐車回侯府了。都指揮使一急，也跟著離開。」

怎麼會這樣？慶王妃呆愣地立在那裡，轉首卻見兩個婆子朝她搖頭。

「既然找到人了，那我們回院吧！」慶王妃不甘地下令。

其他女眷也頷首。「想來定是那個婢女帶錯路，讓三少奶奶被困，受了驚嚇。」

「說得是哩！」

眾人小聲討論著，其實都明白，讓不識路的婢女帶路，不管哪座府裡，都不會犯這種錯誤的。

慶王妃聞言，絞著絹帕，突然轉身，對還在搜的下人吼道：「人都找到了，還立在這裡翻個什麼勁？一個個成日裡吃著白食，不幹正活，養有何用？還是早日將妳們這些好吃懶做的賤蹄子發賣的好！」

「王妃饒命啊！」眾人大驚，齊齊跪下磕頭。

女眷們見狀，越發議論紛紛，其中有本家親戚，見慶王妃那樣，實在忍不住，開口道：「妳發這般大的火做什麼？該趕緊將帶錯路的婢女找出來，把她綁了，屆時送去鎮國侯府。這一嚇一鬧的，少不得讓人家生了不喜。」

慶王妃青了臉，可也只能忍下這口氣。轉首看去，卻瞥到一個熟悉的身影，隨即眼珠一轉，扯笑道：「四少奶奶不回去看看自己的嫂嫂？」

董氏一愣，立時明白過來，點頭道：「王妃說得是，民婦這就回府。」

慶王妃輕嗯，董氏便垂下眸，快步向二門走去。如今他們大房已是白身，有向上爬的機會，都不能錯過，自然要幫著坐實這件事才行。

見她走遠，慶王妃這才向眾人告罪，領著大家重回後院。

小院再次恢復了寧靜。

這時，佟析秋已被炙熱的太陽烤得全身是汗，汗珠更是大滴大滴不斷自額上滑落。回想剛才的吵鬧，她總算安下心，看來敏郡王妃已傳話給亓三郎，既然用了障眼法，那她等他來救便可。

佟析秋睜眼看著大得能曬死人的太陽，聽著來來往往的雜沓腳步，讓她不敢出聲，也不敢隨意挪動身子，再滑片瓦，就是神仙也難救她了。

不知過了多久，佟析秋覺得，再這樣下去，怕要被曬成人乾了。嘴裡嘀咕著，既然成功離開慶王府，亓三郎為何還不來救她？

正當她想拿手絹擦汗時，一個人影突然出現在眼前。

彼時，她的雙眸已被曬花，那身影半跪著低頭看她，她卻只能看到一團黑影，分不清是誰，被嚇得欲往後退，不想卻被黑影按住手臂。

「噓，院外還有人走動。」

佟析秋聽見熟悉的嗓音，眼淚瞬間潰堤，哽咽著埋怨道：「你如何現在才來？」知不知道她有多害怕？

亓三郎亦是不好受，臉色早已鐵青，瞪著慶王府的一草一木，恨不得將之焚燒殆盡，以消心頭之恨。

他皺了眉，暗下眼色，心疼道：「我帶妳回家！」

聽到回家二字，佟析秋忍著眼淚，乾啞了嗓子，哽咽道：「我好似有些中暑了……」

聽到她中暑，亓三郎眼中瞬間湧上痛意，小心將她輕摟於懷，愧疚道：「對不起，我來晚了。」

佟析秋搖頭，窩在他懷裡，聞著熟悉的味道，眼淚落得更凶了。

想著剛剛的一切，這時她真怕了，蒼白著臉，用手緊抓他胸前的衣襟，泣道：「三郎，我怕……」

一聲三郎，險些擊碎了亓三郎堅強的心，牙關緊咬，恨不得立刻衝下去跟這幫權勢拚命。遂用大掌輕按她的小腦袋，將她緊緊護在胸前，無法再多說話，速速起身，幾個跳躍間，便飛快竄了出去。

繞過高門後巷，再繞過弄堂，待看到一輛青油馬車時，亓三郎便衝車夫點點頭，抱著埋首於他胸前的佟析秋，一躍而上。

進了馬車，佟析秋已無問話的力氣，曬了太久的太陽，讓她頭疼，犯起了噁心。

亓三郎倒了溫水，扶著她餵下整整兩盞後，才輕拍著她，誘哄道：「睡一會兒，等等就到家了。」

聽見家這個字，讓佟析秋沒來由地安心不已，躺在他懷裡，嘟囔地點頭，便閉眼沈睡。

看著睡去的小女人，亓三郎利箭般的眸光定定盯著某處。

他本可以早來一步，奈何還未出王府地界，董氏的車就跟上了。

為著作戲作全套，他只得陪著進府，抱起敏郡王府裝成佟析秋的婢女回院。

其間，董氏還想跟著去衡璽苑，亓三郎狠瞪制止，急急回院放了那個婢女後，飛快趕來，卻還是讓她受累了。

想到這裡，他暴怒著，不自覺緊握雙手。

這群人，難道非得逼他做出選擇嗎？

佟析秋這一睡，直睡了一天一夜才醒。

彼時醒來，見亓三郎正坐在床頭守著她，就扯出乾乾的笑，咧著破皮的唇，啞著嗓子撒嬌道：「我渴……」

「嗯。」亓三郎點頭，轉身去桌邊倒杯溫水，然後回來扶起她，緩緩餵她喝下。

佟析秋直喝了三大杯才緩過來，有氣無力地靠在他懷裡，輕笑道：「我是不是真中暑了？」在她睡著時，她總覺得好似有吐過，還伴著頭痛和發熱。

想起昨兒將她抱回來的情景，亓三郎記憶猶新，那種手腳發軟、心突突直跳，恨不得毀了所有的感覺，他完全不想再經歷一遍了。

一回府，佟析秋便昏迷不醒，耷拉著小腦袋、沒有生氣，也聽不到人喚的慘白模樣，嚇得他六神無主，又是大叫府醫、又是命藍衣去找沈鶴鳴。

府醫一診，說是中暑，且還相當嚴重。當即開藥，叫下人去熬。

可熬藥時，佟析秋卻大吐不止，痛苦難耐，眼淚掉個不停，看得亓三郎雙眼皆紅，像要殺人一般。

得了信兒的明鈺公主跟鎮國侯前來問是怎麼回事，待得知在慶王府發生的一切後，氣得當即大拍桌子，怒罵那群人不要臉。

亓三郎無半分心情去討論這事，只藥還未來，但佟析秋連呼氣都濁重了不少，急得大發雷霆之火。

「為何熬個藥都要這般久？不想在府中待了不成？若是不想，明日統統給爺滾出去！」

他的怒火讓明鈺公主等人驚了一跳，知這是心急所致，所以並未跟他計較。

一行人急得團團轉，沈鶴鳴及時趕來，幫佟析秋把脈後，即將府醫的藥端走，取出兩粒藥丸，和水給她餵下。

佟析秋喝下後，不過一刻多鐘，便安靜下來。兩刻鐘後，發熱的症狀也緩和不少。

見她終於安穩，鬆了口氣的亓三郎送走院中所有人，守著她一天一夜，連今兒早朝都任性地未去，只為在家等她醒來。

佟析秋聽他講完，盯著他的俊臉看了下，果見他臉上冒出鬍碴，暖笑著將薄被扯到胸口蓋住，道：「我想知道，昨兒你是如何跟敏郡王他們瞞過慶王府的？」

亓三郎瞇了眼。「待妳好了，再說。」

第七十四章　不見了

其實，敏郡王妃在佟析秋久未回來時，就發現不對勁。

果然，不久後，大家奇怪著為何佟析秋還未回來時，一個婆子才忽然想起，說那婢女是新來的，許是又迷路了。

慶王妃聽罷，當場便大罵那婆子，隨後趕緊命人去找。

除此之外，她還不放心，說要親自去找，怕那個不識好歹的婢女帶錯路，誤闖別的院落就不好了。要是她碰上了，還能幫著解釋幾句。

眾人一聽，確實有理，幾個女眷甚至起身，說是也要幫忙。

敏郡王妃見狀，眼色一深，亦跟著出了院子。

於是，大家派人去下人房喚來自家婢女陪著，開始與慶王妃逐院尋找。而這些去的下人中，就有敏郡王妃帶來的婢女並婆子。

另一邊，下人房裡，綠蕪見這般多的婢女被喚，便想去打聽一下，奈何花卉拉著，讓她別多管閒事。

綠蕪被花卉攔著，沒法問話，只好暫時壓下心頭疑惑，陪大家吃了盞茶，就藉口要上茅房，溜了出去。

敏郡王妃身邊的婆子正守在外面，見到綠蕪，立即走過來，對她使眼色。待兩人行到無人角落，婆子便道：「三少奶奶不見了，快去通知你們三少爺。」

綠蕪大驚，謝過婆子後，便趕緊向前院跑去。

另一邊，亓三郎在敏郡王不勝酒力去歇著時，心頭莫名警醒了下。見慶王直拉著他灌酒，就不動聲色地與他推盞。總覺得敏郡王不對勁，心中存疑，便對周遭留了半分心眼。

那時，心不在焉的他，驀地看到院中角落閃過一個熟悉的影子，仔細回想，原來是佟析秋身邊的婢女，已時裝著走錯路到前院來過。為何現在她又隱在那裡？

亓三郎擰眉，暗中想了下，笑著找個更衣的藉口，讓婢女領他下桌。一出院門，他趁四下無人，伸指將那婢女點暈。

綠蕪見狀，趕緊現身，未來得及行禮，脫口急道：「三少爺，少奶奶不見了！」

亓三郎一聽，心立即一緊，隨即問道：「怎麼回事？」

綠蕪搖頭。「婢子也不太清楚。」說著，將發現的異狀與佟析秋拿衣裳的事告訴他。

「少奶奶久未回來，婢子在路上看到婆子跟婢女作勢尋找，卻發現有些人向前院走。」

亓三郎大驚，當即抬腳。「帶路！」

「是！」綠蕪不敢耽擱，快步上前。

亓三郎嫌她慢，乾脆提起她的領子，直接問方向，待她嚇得抖著手指了，便施展輕功飛去。

孰料，飛到一半，就見有人影走來，定睛一看，竟是一臉沈怒的敏郡王，正領著敏郡王妃向前院而去。

亓三郎隱在一處有假山的遊廊轉角，待他們經過時，出聲喚道：「敏郡王！」

彼時敏郡王正一邊裝怒、一邊在心中想著這事要如何跟亓三郎交代，忽然聽到有人喚他，立時轉身看去，見是亓三郎，顧不得禮儀，長話短說道：「我們被算計了，不過表哥放心，嫂夫人正藏在屋頂上，一時半刻，他們還找不到她。」

亓三郎沈臉點頭，卻聽敏郡王拱手道：「此事因本王而起，本王現在就去前院鬧一通，表哥趁亂脫身去救嫂嫂吧！」

亓三郎搖頭。「暫時不用，先派人護送她離開。」

「離開？」

「嗯。」亓三郎輕應。「我去吩咐小廝將車牽出。」說罷，轉身要走。

敏郡王一愣，隨即明白過來，叫住他。「等一下。」自寬大袖袍中取出疊好的刻絲紗裙。「這是嫂夫人要換的衣服，因著事態緊急，並未拿走。」

亓三郎的臉僵了瞬，隨即恢復，對敏郡王點頭後，伸手接過。

敏郡王妃見狀，喚來與佟析秋身量相似的貼身婢女。「用她吧！」

亓三郎輕嗯，提起那婢女，向另一邊快速隱去。

敏郡王看著亓三郎消失的方向，手藏在寬袖裡，緊捏那支鳳簪，眼中閃過複雜之色。

「我們去前院。想來慶王已經聽到消息，怕是會命人盯著亓三郎。」

敏郡王妃冷眼點頭。一行人匆匆舉步，朝前院擺宴處走去。

亓三郎提著那婢女跟綠蕪會合後，便將身上的腰牌交給綠蕪。「妳去下人房喚我的小廝，就說少奶奶不適，讓他趕緊去馬房叫車夫備車回府。再來，妳替這婢女將髮絲打散，裝成受驚的模樣。」說著，又吩咐著佟析秋衣衫的女子：「等會兒小心隱在二門，別被人發現了。」

交代完兩人，亓三郎又回到原處，將被點昏的婢女弄醒。

彼時婢女一醒，嚇得趕緊磕頭賠罪，生怕自己失職惹亓三郎不喜，會被趕出慶王府。

亓三郎不浪費工夫為難她，大度地讓她起身，轉身朝擺宴的地方行去。

席間，敏郡王正一臉心酸地搖頭嘆著。「本王自知身分不高，向來不得寵，也不比皇兄高貴。可今日之事，皇兄也太傷兄弟情分了。」

慶王一聽這話，陰鷙眼中立時閃過不悅。他已好言相勸，又賠了禮，為何敏郡王還要胡攪蠻纏？他不是向來溫和嗎？如何今兒變了臉？

這樣想著，慶王遂跟著一臉心痛地問道：「五弟何出此言？不過是下人疏忽，你就要跟本王斷了兄弟血脈不成？這也值得傷和氣？」

敏郡王不動聲色，暗暗思忖，官員子弟都在看著，他如何能承認這件事？若點頭，就是心胸狹隘。

正好，亓三郎從遠處走過來。「何事這般熱鬧？」

慶王見到亓三郎時，倒是鬆了口氣，他既未去尋，那他的夫人就跑不了，這會兒只要等著慶王妃那邊的消息就成。

想到這裡，他本想打圓場，不想門房來報。「侯府三少奶奶受到驚嚇，已坐車出府。」

「什麼?!」亓三郎裝出吃驚不已的樣子。「如何就受了驚嚇？這是怎麼回事？」

慶王聽了，咬牙切齒，如何就把人放出了府？可以他的身分，不好直接追問。

亓三郎則拱手道：「臣妻受驚，還請王爺見諒，卑職怕是不能繼續作陪了，先行一步，告辭！」說罷，不多作停留，當即轉身而去。

慶王想跟去看，卻被敏郡王不著痕跡地擋了一步。「王兄說得對，不過是下人，因此傷了兄弟情分，確實不值得。」

慶王頓住，只得笑著應聲。敏郡王見狀，遂賠禮道：「是愚弟魯莽了。」

「哪裡，是本王府中下人之過。屆時本王定會命人將那刁奴發賣掉。」

兩人在那裡打著太極，亓三郎早已沒了蹤影。

慶王被敏郡王纏住時，見敏郡王受了傷，當即就要請府醫前來為他診治。不想，敏郡王卻推說王妃還在二門等他，亦要告辭離去。

兩人心照不宣地過了幾招，見敏郡王硬要走，慶王不好強行阻攔，只得送他出門。

待敏郡王夫妻離開後，慶王趕緊找門房來問：「你可有看清侯府三少奶奶的樣子？」

門房低眸彎腰，搖頭道：「小的不敢近前多看。」那時三少奶奶正用絹帕捂臉大哭，就是給他十個膽子，也不敢去掀帕子啊。「不過看身形跟三少奶奶有些相像，穿的衣服亦是上等的宮中蟬翼薄紗。」那種布料，哪個婢女敢穿？

想到婢女，門房又道了句。「不過當時三少奶奶身邊只有一個婢女跟著，不知另一個是不是還在咱們府裡。」

慶王聽罷，低喝道：「查！」

門房拱手應了，立即退下去打聽了。

這日早朝後，敏郡王夫婦來了鎮國侯府。

彼時，前院書房裡，敏郡王與亓三郎執棋對弈，說起洪誠帝對慶王陷害他之事的處理。

「父皇氣極，罰三哥閉門思過一月。其所管的兵部，暫由本王代管。」

亓三郎面無表情地執棋而走。「皇上聖裁。」

敏郡王搖頭，將一白子圍在他的黑子處，問道：「被逼著，還忍？」

亓三郎不動聲色地抬眼看他。「皇上春秋正值鼎盛。」結局一切未定。

「父皇自是千秋萬載。」見亓三郎執子謀路，敏郡王連連下子狠逼。「有時謀事雖在人，但成事不一定看天！」說罷，將他的路直接封死。

亓三郎沈眸。「既為人臣，自是替君分憂。」

敏郡王挑眉，還是不願選邊站？

「只認舊主？」

亓三郎抿唇，見對面之人棋風凌厲不少，遂扔了棋道：「卑職輸了。」

敏郡王溫潤一笑，亦將手中白子扔進棋盒。「替本王謝過嫂夫人。」若不是她那一簪加一腳，他怕撐不了那般久。

「臣妻當謝王爺才是。」亓三郎拱手有禮。

敏郡王淡眼看他，笑得依舊溫潤……

另一邊，佟析秋在內室聽完敏郡王妃說的後續，又得知今兒早朝之事後，露出笑顏。「看來，皇帝舅舅還是疼我這甥媳婦兒。」

雖是打趣，卻逗得敏郡王妃嗔她。「不害臊，哪裡是疼妳？」分明是看出慶王的狠計，在敲打他呢。

佟析秋抿笑，將被子拉至胸口，舒服地靠著枕頭嗟嘆。「如今要等的，就是看慶王府捨不捨得來賠罪了。」既是婢女帶錯路，總得給個說法不是？

敏郡王妃拈起一顆葡萄剝皮，聽了這話，不屑地撇嘴。「這會兒，怕是慶王妃的心都在痛了。哪有新來的婢女？若不是心腹，誰敢做這事？不怕嘴鬆了洩密？」

「不要戳穿嘛。說白，就沒意思了。」

說罷，佟析秋挑眉，張嘴含下敏郡王妃送來的果肉，逗得敏郡王妃樂得不行，纖手點著她的額頭，嗔道：「妳這模樣，可千萬別讓自己的夫君看到。一副登徒子的嘴臉，屆時還不嚇死他？」

佟析秋嘻嘻一笑，很正經地搖搖頭。「這叫閨房之樂！」

「噗！」敏郡王妃拿她無法，只得再剝顆果子塞進她的嘴。「果子還堵不住妳這張耍貧的嘴？」

「呵呵……」

佟析秋也很樂，覺得嘴裡的果子更甜了。

鎮國侯府的衡璽苑和樂歡愉，慶王府中，卻是雷霆震怒。

從洪誠帝批了慶王，勒令他在家思過後，慶王府中再無人敢喘氣。

此刻，慶王坐在主院中，已經打爛了三只茶盞，對慶王妃大吼道：「為何笨成這樣？滿院子都搜了，就不能抬起頭瞧瞧？」

說到這裡，似乎還不解氣，看著下首的侍妾、側妃，眼神更是陰鷙。「平日裡一個個眼高於頂，這個瞧不上，那個看不起，成天翻著白眼。如今到了關鍵時刻，卻都給本王低頭，如何不向上翻了?!」氣怒難平，又在屋裡亂走起來。

眾人心中憋屈，卻又不敢開口。

慶王妃更是有苦說不出，若不是昨兒下午婆子打掃屋子時，發現了碎瓦，她還不知兩人居然有那本事。一齣掩人耳目的金蟬脫殼，讓慶王府陷入水深火熱，如今自家王爺被敲打，若想挽回形象，少不得得讓人割點肉了。

想到這裡，她存了私心，問著慶王。「王爺，現在該如何是好？」

慶王轉眸，臉色陰鬱地看著她。「都這會兒了，妳還敢問本王如何是好？自是將人給綁了，上門賠禮！」若不做點什麼，父皇和京都上層會怎麼看他？這個蠢婆娘，還想揣著明白裝糊塗呢！

慶王妃被喝得白了臉，可讓她的心腹白白送死，豈能甘心？

慶王冷哼著瞥她一眼，直接下令。「命人將那下人的家人安撫好，別給本王說漏嘴，知道了嗎？」

慶王妃點頭。「妾身曉得了。」

「嗯！」慶王頷首，隨即不耐煩地揮手。「快去了結此事。」話落，似想到什麼，又道：「妳先進宮，向母妃稟報此事。」

「是！」慶王妃福身退下，一眾側妃與侍妾跟著離去。

走在最後的謝寧，眼神陰狠不已。都這樣了，佟析秋還沒被弄死，真是賤人命大！

她恨極地扭著絹帕，擔心藏在佟析秋身邊的人會不會因此露餡兒？若被揪出來，小賤人身邊再沒她的人，可就不方便了。

佟析秋聽到慶王府來人時，已是事過的第三天了。

她的身子已經大好，聽綠蕪說了當時的經過，心底有譜，暗暗瞥了某人一眼。

此時，門房來報，說慶王府的管事嬤嬤來了。

藍衣聽見，不屑地撇嘴。「光來個嬤嬤了事？慶王府真是面子大。」

佟析秋看她一眼，命人直接將那嬤嬤領進來。

原來是個五十來歲的嬤嬤，自稱姓劉，說是容妃娘娘身邊的管事嬤嬤，有些輕蔑地對佟析秋行了半禮。

佟析秋受著，卻未起身回禮。

藍衣哼了聲。「容妃娘娘身邊的管事嬤嬤，想來是一品女官不成？居然連給誥命夫人的全禮都行不好？」

劉嬤嬤聽了，犀利眸光射向藍衣。藍衣也不懼她，直接瞪眼回敬。

劉嬤嬤看將良久，見佟析秋並未開口斥責自己的婢女，便不得已地行了全禮。

佟析秋見狀，這才起身避讓，還她半禮。「既是容妃娘娘身邊的嬤嬤，倒是不必這般多禮。」

劉嬤嬤咬牙。佟析秋讓她落坐，才開口問道：「容妃娘娘讓嬤嬤來侯府，難道有事？」

「老奴是來替慶王妃給三少奶奶賠不是的。」劉嬤嬤表情高傲道：「前兒慶王妃做的事，被容妃娘娘知道後，昨兒傳她進宮，狠狠訓了一頓。回慶王府時，王妃心生愧疚，鬱結於心，如今病倒在床，不能親自前來，還請三少奶奶莫怪。」

話落，藍衣便嗤了一聲。

佟析秋則不動聲色，掩住嘴，無聲地冷笑了。

第七十五章 不忠之人

「卻不知，本奶奶的事竟讓慶王妃掛懷至此。」佟析秋看著劉嬤嬤，笑道：「這個歉意誠心太足，本奶奶怕是收不起。」

劉嬤嬤沒想到佟析秋如此強硬，犀利眼神掃向她，又命將帶來的人抬進來。

守在外面的婆子聽了，將兩具被打得面目全非、鮮血還在往外冒的一男一女扔進來。

佟析秋眼色一深，藍衣趕緊讓人抬來屏風隔開。

劉嬤嬤見上首婦人依然淡定坐著，眼神愈加犀利，道：「這二人，一個是關了敏郡王的賤奴，另一個是帶錯路的婢女。為替三少奶奶和敏郡王出氣，慶王命杖責的婆子各打他們五十大板。如今留著一口氣，讓他們上門給主子們賠罪。」

藍衣聽了，跳腳罵道：「妳這老虔婆，郡王府在哪兒？這又是哪兒！賠罪就賠罪，扯上郡王府，安的是什麼心？」

劉嬤嬤聽見藍衣怒罵，眼露不滿地看著佟析秋道：「好大的架子，貴府的奴才竟比主子還來得威風。這種騎著主母脖頸的奴才，三少奶奶也忍得了？」

「妳說的是什麼話？」藍衣氣得脹紅臉，當即捋起袖子走向劉嬤嬤。「本姑娘今兒非撕了妳的嘴不可！」

「藍衣！」佟析秋喚住她。「打狗也得看看主子是誰！」

藍衣頓住，立時垂眸躬身。「是！」

劉嬤嬤有些氣短，看向佟析秋的眼神不善起來。

佟析秋見狀，勾了勾唇。「本奶奶向來不喜不平之事，帶出的人自然隨了我。遇到不喜之事，就得踩一踩，否則，刁奴越發賤得慌。」送上門的，不踩白不踩。

劉嬤嬤聞言，立即變了臉。

佟析秋指著那個婢女道：「既然把人送來了，也處置好，那本奶奶好心送她最後一程吧。」轉頭喚道：「綠蕪。」

「婢子在。」

「派人將她拉下去，好好伺候著走最後一程。」

「是！」綠蕪應聲，派婆子前來將人抬走。

接著，佟析秋又給藍衣使個眼色，才笑著對劉嬤嬤道：「本奶奶雖與敏郡王妃交好，卻與郡王府無半點關係。既然這小廝得罪的是敏郡王府，嬤嬤還是找對門的好。本奶奶瞧著，嬤嬤應該還不到告老還鄉的年紀。」

這般赤裸裸的諷刺，讓本欲逞威風的劉嬤嬤氣得說不出話，想著因慶王犯錯，容妃亦在洪誠帝面前收斂不少，不好將事情鬧大，遂起身道：「三少奶奶說得是。老奴當真糊塗了，不過聽說三少奶奶曾幫敏郡王妃懲罰刁奴……」說到這裡，故作歉意地一笑。「不想竟是令老奴誤會了。」

藍衣聽得柳眉倒豎，又想罵人。

佟析秋見狀，抬手阻止她，皮笑肉不笑地道：「嬤嬤這話，今兒說過也罷了，我不計較。再有下次，本奶奶少不得要請皇帝舅舅作主了。」明裡暗裡指著她跟敏郡王有一腿，非得讓他們失了名聲不成？

劉嬤嬤聽她抬出洪誠帝來，立時福身，自打嘴巴。「老奴的嘴欠抽，還請三少奶奶不計較才好。」

佟析秋淡淡看她，沒有說話。

藍衣卻輕蔑地哼了聲。「我們少奶奶可沒那麼多閒工夫跟妳嗑牙。既然還有要事，就趕緊走吧！累著我們少奶奶，慶王妃又得鬱結了。」

劉嬤嬤聽得咬牙，佟析秋則直接起身，對她含笑點頭，便轉身進了內室，又悄聲吩咐藍衣。「將沈鶴鳴請去郡王府，讓他將小廝救過來。」要鬥，就讓他們鬥去。

藍衣點頭，回廳裡攆走容妃跟慶王府的人，便離府去找沈鶴鳴了。

當晚，佟析秋跟亓三郎說起這事。

亓三郎聽罷，輕挑眉頭問她。「妳想讓敏郡王跟慶王鬥？」

關敏郡王的小廝少不得知道一些慶王的事，讓沈鶴鳴去救……

見他勾笑，佟析秋也不辯駁。「既然敏郡王想爭位，送個知情的人給他，不好嗎？」

亓三郎無奈，撫摸她的青絲道：「皇上正值春秋鼎盛。」談爭位，尚有些言之過早。

佟析秋抬眼看他，疑惑他為何不替敏郡王說話。

亓三郎卻道：「這次容妃娘娘拿下人來替，又用慶王妃的病來擋，但想蒙混過去，可沒那麼容易。」見佟析秋疑惑，便摩挲她的纖手道：「雪災時，慶王的親信去南方運糧，為貪幾兩銀子，竟將賣糧大戶打死。仗著這層關係，知縣便不輕不重地將此事遮掩掉了。」

佟析秋聽了，好笑地把頭靠在他懷裡。「所以，你這是要參慶王？不怕皇上對你不滿？」落井下石，抓著機會報復皇帝的兒子，他倒是敢！

「既是叫他一聲舅舅，總得讓我出口氣不是？」亓三郎哼道：「何況我並未撒謊。」又勾起笑。「屆時請母親去跟皇后娘娘說說話。子煜亦很久未進宮陪過二老，應是想他想得慌。」

這個腹黑！佟析秋搖頭撇嘴。「你就不怕慶王記恨？」

「爺也恨！」亓三郎冷道。語氣雖不輕不重，可臉色卻是冰寒至極。

佟析秋看了，勾唇回抱他。「那妾身是不是得謝謝爺？」給了這麼大的禮，不謝說不過去呢。

「不用。養好身子，為爺生娃就好！」

佟析秋。「……」

最近，慶王又挨罵了，連雪災時立的功勞也被勾銷。

慶王心術不正，急於求功，竟縱容手下是非不分，殺人越貨，令洪誠帝發了好大一通脾氣，不僅剝去他所有職權，連容妃也降一級，因她為維護兒子，居然用自己的身分去壓人。

如今的慶王府，就跟當初的敏郡王府一樣，門可羅雀。
因著此事，恒王獨大，不過敏郡王這個後起之秀，亦有追趕之勢。
彼時，佟析秋正躺在榻上，讓春杏替她染指甲，心裡想著，這兩天明鈺公主常去宮中哭訴，明子煜亦陪著帝后吃了好幾頓飯。洪誠帝大概覺得，若不給亓三郎出這口氣，明鈺公主就會天天去哭，小兒子也會越來越疏遠他吧。
一會兒後，綠蕪將一盤洗好的紫紅葡萄端上來，藍衣接著掀簾進屋，向佟析秋使眼色。
佟析秋叉了一顆剝皮的葡萄塞進嘴裡，味道清香甜潤，便喚綠蕪跟藍衣也來嚐嚐，藍衣又給正在包指甲的春杏餵了一顆。
待包完雙手，佟析秋便將葡萄賞給綠蕪跟春杏，讓兩人先退下。
藍衣這才拿出絹帕擦拭指上的甜汁，跟佟析秋說起正事。
「倒是個藏得深的。以前未發現，如今看來，怕是那邊的心腹。」藍衣將絹帕別進腰間，又道：「婢子去郡王府打聽，那日慶王府派人送帖子時，之所以知道少奶奶也在，是因她溜去門房，與慶王府的人說話。」
「那天妳拉肚子，是真著涼了？」佟析秋邊聽邊點頭，順嘴問道。
藍衣有些憋屈，回答。「尚未發現蛛絲馬跡，不知是不是她。」
佟析秋好笑地看著她。「這也怪不得妳，誰讓她一向乖巧懂事呢？」
以前，柳俏至少還有心思，可花卉卻裝得太過知趣了。本以為連著敲打紅菱與柳俏，能讓她記取教訓，收起不該有的心思。如今看來，她的心思並非在當主子上。既是忠僕，倒有些不好辦了。

那天在慶王府，花卉只是拉了綠蕪一下，說句別多管閒事，這無法定罪，且藍衣也找不到下藥證據，看來是個心思縝密之人。

藍衣見佟析秋沈思，又生出不爽快了。「要不，婢子下點藥，將她……」

佟析秋瞥她一眼，見她頹然地低頭，便看著包好的指甲。「既是不忠之人，留著也無用。暗中盯著，瞧瞧她是如何將消息傳出去的，才好動手，不能錯冤人家。」

藍衣應下，心裡的憋屈總算少了幾分。

慶王府遭到這般大的打擊，自然落了一些人的利益，首當其衝的，便是佟府。

彼時，佟百里待在書房，皺眉想著，慶王遭受重懲，手中權力被剝得一乾二淨。初罰時，只是讓敏郡王代管兵部，如今全權移交，由此順勢起復，朝中六部，他竟管了禮部、戶部和兵部。

思及此，他想起嫁入鎮國侯府的佟析秋。現在亓三郎大有與敏郡王聯手的意思，不然也不會將慶王打擊得這般慘。遂沈了眼，舉步回後宅，找王氏相商。

王氏聽了他的話，厲眼一瞪。「你這麼說是何意？」

佟百里不耐地甩袖。「如今這形勢，我們得做兩手準備，不能在一棵樹上吊死。」眼色一深。「否則岳父跟我們的努力，說不定功虧一簣。」

如今敏郡王起復，恒王又獨大，若還將未來押在慶王身上，要能起復倒好，若無法……

投入這般多的人力、物力、財力，到頭來卻成全另一個對手，豈不是成了竹籃打水？

這是想做牆頭草？王氏表情鐵青地看著他，咬牙冷哼。「你看親生女越發富貴了，就想討好那邊？」

「婦人之見！」佟百里怒斥。「朝政之事，如何能用這等小肚雞腸來看？我是想讓妳找岳父跟舅兄探探口風，若意見相同，一家人少不得要坐下來談談以後的路。」

王氏聞言，暗下臉色，不甘地吼道：「你別唬我。寧兒是我親生之女，焉有不幫之理？」

「我沒說不幫，不過是走條寬路！」

「佟百里！」王氏落淚。「你的寬路，可能會讓我的女兒犧牲！」

「妳以為只有我這樣想？」佟百里的表情似笑非笑。「那些官員送去慶王府的侍妾，哪個不是親生女？為了家族繁榮，犧牲女兒算什麼？」說到這裡，又冷哼一聲。「屆時就算我想幫，可小小同知能翻出多大花樣？人學士府可不是只有謝寧一個外孫女。若慶王倒了，再不選邊靠，屆時立了新儲，誰能好過？」

王氏聽罷，瞬間白了臉。

佟百里見狀，便收住話，改口道：「今晚我去青枝那裡歇息，夫人好好想想。」說完，轉身離去，卻在門前停下來。「連皇室公主都無法逃避和親的命運，何況世家大族？為著一人犧牲整個家族，放眼大越，怕沒人會這般做。」何況這個女兒只是側妃，若慶王無法起復，便是一枚棄子。

話落，他不再看她，掀簾走出凝香院。

王氏坐著，緊捏絹帕的手指泛白，臉色灰敗，只覺事情為何沒照當初的設想走？

「為什麼會這樣？」她不斷呢喃，眼神更是晦暗不明。

為何一步錯，步步皆錯了……

亓三郎起復後，每天早出晚歸。自參了慶王一本，他便將暗衛蕭衛派給佟析秋，命他好生保護主母。

如今的慶王府，是一朝被壓，人人皆可欺辱。前兒恒王又參了慶王一本，告他縱容手下私圈民地，謀士憑著慶王府的名頭到處騙吃騙喝，更有甚者，還行強搶民女的惡霸之事。

面對這一樁樁、一件件浮上檯面的罪行，洪誠帝看得氣憤不已，勒令他閉府思過的時日越來越長，除此之外，更將以往給的富庶封地改成邊疆貧瘠之處。

容嬪聽說了，跑去洪誠帝的正殿哭訴。更有傳聞，為求皇帝原諒，容嬪甚至不惜以死明志。

當然，這一切跟佟析秋無關，現在她關心的是如何將隱在身邊的奸細踢出去。有暗衛保護她的事，已當著眾人的面講過。剩下的，就看藍衣怎麼去抓了。

這日午間。佟析秋正在內室榻上乘涼，藍衣忽然敲門喚道：「少奶奶！」

「進來吧。」

藍衣挽著籃子進來，向她行禮後，便上前悄聲道：「藏得很深，查不到什麼。不過昨兒瞧見她請府中辦事的婆子幫著送雙鞋去繡鋪賣。」

「可有去查那繡鋪是誰開的？」

「還在查。」藍衣說著，將那籃子裡的鞋拿出來。「進去時，這雙鞋就擺在店裡，婢子便買回來了。」

佟析秋好笑，將那雙雲紋男靴拿在手裡看了看。「她一個孤兒，每月有一兩月錢，何時到了要靠賣鞋掙錢花的地步？」

藍衣恍然，懊惱道：「白買了一雙鞋。」

佟析秋見狀，哈哈笑著，把鞋扔給她。「既如此，就送給妳的情郎吧！」

「少奶奶！」藍衣紅了臉。「什麼情郎？少奶奶就愛打趣婢子。」說罷，氣鼓鼓地轉身，掀起紗簾走出去。

佟析秋抿嘴輕笑，搖頭拿著美人扇，一邊搧、一邊閉目養起神來。

當晚，與亓三郎用膳時，趁婢女未退，佟析秋問道：「夫君手中可還有慶王的罪證？」

亓三郎頓了下，見她眸光閃爍，便不動聲色地淡嗯了聲。「聽說他私自派人採礦，不知是真是假，皇上亦有意想查查此事。」

佟析秋聽罷，笑著幫他布菜。「妾身倒希望是真的。」

「哦？」亓三郎似笑非笑，見她挑眉看來，暗暗抓住擱在桌下的纖手，將一塊糟鵝掌挾給她，附耳輕問：「又動了調皮心思？」

「哪有！」佟析秋嬌嗔著，將鵝掌挾進他碗裡。「夫君向來疼愛妾身，鵝掌還是給夫君吃吧。」

亓三郎聞言，眉眼帶笑，將鵝掌用筷子挾成兩半，分一塊給她。「妳我同食？」

「好。」佟析秋點頭，忽然覺得，幸福竟可如此簡單……

六月底的天氣，越發熱得讓人受不了。

院中大樹上的蟬瘋狂叫著，婆子怕吵著午歇的主子們，不時拿長竿去敲樹。

佟析秋看著坐在榻邊、邊繡花邊點頭的春杏，覺得好笑，便拿起美人扇衝她搧了下。

涼風拂過，春杏的小腦袋點下去，隨即猛地驚醒，見佟析秋正笑吟吟地看她，立時滿臉通紅，趕緊起身福道：「婢子失儀了。」

佟析秋搖頭。「無妨，若睏得慌，下去歇一會兒，我這裡不用伺候。」

不想，春杏卻撲通跪下。「是婢子之過，沒有當好差，請少奶奶責罰。」

正好藍衣掀簾進屋，聽了這話，便嘻笑著過來扶起她。「既然讓妳下去休息，下去便是。咱們少奶奶沒那般多規矩，守好德行與本分就可。」

春杏低眸，見佟析秋笑著頷首，便點頭福身。「婢子告退。」

待她離開，佟析秋便挑眉看向藍衣。

藍衣俏皮嘻笑道：「少奶奶稍等。」說罷，轉身出屋，將一雙女子的繡鞋拿進來。「昨兒晚上繡好的，動作倒是快，看來平日沒少備著存貨呢。」

這個存貨自然是鞋底子，縫鞋面容易，納鞋底可不簡單。
佟析秋抬眼問道：「妳偷了她的鞋？」
藍衣輕嗯。「偷看過她做鞋的布料，找了好久，才尋到相似的鞋子替換掉呢。」
佟析秋撫額，只覺她太過死心眼，可以先翻翻鞋子嘛，若有紙條，取出來就成，何苦換鞋？遂將那鞋接過看了看，又伸手掏，卻未發現異狀。
佟析秋挑眉，咦了聲，這才仔細打量那精緻繡鞋，翻找半天，終是在鞋裡發現玄機。
原來，納鞋底時，為怕針線磨腳，會在上面覆蓋兩層軟絹。這鞋的腳側處，有幾針故意未縫上，露出了邊角。
佟析秋仔細摸著，裡面果然塞了東西，手指便順勢一點一點向外推，待看到白色紙頭，不由恍然，用指甲掐住，慢慢從缺口扯出，不一會兒，一條小指寬的紙條呈現在眼前。
佟析秋瞇眼哼笑。「倒是精巧。」
紙條上寫著：皇上查私礦！
藍衣見狀，亦是恨得咬牙切齒。「又是個吃裡扒外的。少奶奶想怎麼辦？」
佟析秋收起紙條，問道：「繡鋪是王氏的，還是謝寧的？」
「謝寧的。」
佟析秋輕嗯。「此事，妳看著辦吧。對那些刑杖、責問，本奶奶也累了。」
藍衣躬身低語。「少奶奶放心，此事必做得神不知，鬼不覺。」
佟析秋點頭，轉眸看向窗外之景。如今的她已不想去問原因了，終不過一死，不如得病，至少還有個由頭給那邊。

晚上，佟析秋把紙條交給亓三郎。「消息可是真的？」他說話向來認真，這事若是真的，得跟他說一聲。

亓三郎接過字條看了，嘴角輕勾，揚起漂亮弧度。「倒是有那麼幾分真。」放下字條，問道：「這回又是誰？」

佟析秋也不瞞他，將事情原原本本說了一遍，末了，嗟嘆道：「好在以前有什麼事都是遣走她們才說，不然後果真是不堪設想。」

亓三郎沈吟，輕敲桌面，半晌，附耳對她低語幾句。

佟析秋聽罷，連連點頭……

第七十六章 絕路

翌日早間，佟析秋見端水的花卉咳得厲害，不由皺眉問她。「這是怎麼了？」

花卉趕緊將銅盆放好，福身回答。「許是昨兒貪涼，冷著了。今兒起來，嗓子便有些發癢。」

佟析秋輕嗯，見綠蕪替她打理好衣裙，便走過去接了花卉遞來的青鹽，囑咐道：「等會兒拿對牌出去讓大夫瞧瞧，別拖得久了，耽誤當差。」

「是。」花卉應下。

吃完早飯，藍衣進到內室，佟析秋將昨兒那雙鞋交給她。「去找幫花卉送鞋的婆子，說昨兒弄錯了，這雙才是要送的鞋。」話落，又添一句。「記著，千萬別洩漏出去。」

「少奶奶放心，婢子明白。」

「嗯，去吧。」佟析秋揮手。

藍衣答聲是後，便行禮退出門。

慶王府中，謝寧看著再次送來的繡鞋，不由氣怒。「怎麼，這是又找不到藏匿之處了，要讓本側妃來找？」

昨兒繡鋪掌櫃送繡鞋來，說是翻遍鞋子也未找到紙條，怕耽誤要事，不得不將鞋直接送進慶王府。

想起那雙被剪爛的鞋子，謝寧氣得黑了臉。

貼身的婢女看了，不免心驚地縮脖，急道：「說是昨兒那雙送錯了，這雙才是對的。還說有驚天秘密在裡面，怕弄丟，只得再送過來。」

一聽驚天秘密，謝寧便擰眉，接過鞋子。

貼身婢女見狀，趕緊將藏匿之處說出來。

待那張不大的字條被挑出，謝寧看了，當即驚得瞪眼，吩咐道：「快，快去主院！」

謝寧帶著婢女匆匆來到王府主院，將那張字條交給慶王。

慶王讀完，臉色青白，頹然低喃。「父皇這是要逼我上絕路啊！」

慶王妃臉上亦無一絲血色，看著慶王，擔憂不已地問道：「王爺，如今要怎麼辦？」

容妃娘娘變容嬪，已被皇上禁足在棲霞宮，這般緊要時刻，竟連商量對策的人也沒有。

慶王聞言，表情陰鷙地狠盯著她，慶王妃被嚇得縮了脖子。

接著，慶王轉眸看向謝寧，冷冷問道：「消息可靠？」

謝寧趕緊點頭。「是我偷偷安插在繼妹身邊的心腹傳來的。為怕引人起疑，她以賣鞋換錢為由，讓侯府的人幫著將鞋賣到我的陪嫁鋪子裡。」

「可能傳信進去？」

謝寧搖頭。「若要傳信，只能等下回再送鞋，以換花樣為由暗傳。」如今鎮國侯府守衛森嚴，為怕露出馬腳，只能小心再小心。

慶王聽罷，坐在那裡，眸光晦暗不明。屋裡一時陷入寂靜，眾人連大氣也不敢喘。良久，慶王冷笑出聲。「既要將我逼上絕路，那本王就從絕路裡找生路！」大力甩袖起身，步履匆匆地出了屋。

謝寧聽得心驚不已，頓覺事態嚴重，便找了個由頭，匆匆回院。待提筆寫好信，便命人趕緊送去佟府。

王氏接到謝寧的信時，驚得瞪大雙眼，隨即抄了一份，派人送去大學士府。晚間，佟百里回府，王氏便把信交給他。

佟百里看完信，眼神閃個不停。

王氏不知他怎麼想，絞著絹帕，小聲問道：「這事……你怎麼看？」

佟百里將信放在燭火上燒掉，眼中閃過冷芒。「私自採礦本就是大罪，何況慶王還用此鍛造兵器，若被查到……」

王氏聽得心驚，雙手不由緊抓著胸前衣襟，連呼氣都不順暢起來。

佟百里眸光幽深難辨，靜靜坐著，不知在想些什麼。

「那……現在該如何是好？」聽他不說話，王氏忍不住顫著嗓音問道。

佟百里聞言，扯出僵硬笑容。「信上不是說慶王要從絕路找生路嗎？若找得好，自然是好事；若找不好……」牽連甚廣！

想到這裡，他立即起身。

王氏驚呼。「你要去哪裡？」

「去找活路！」佟百里表情鐵青地吼完，便抬腳衝出去。

「那我的寧兒怎麼辦？」

王氏淚漣漣，眼中生出絕望之意……

六月二十九日立秋，是佟析秋的及笄之日。

前一天，明鈺公主便派人將佟析春和佟硯青接來。當日早間，還親自幫佟析秋梳了頭。

「妳雖已為人婦，不能辦及笄禮，但昨日卿兒把這簪子交給我，說至少讓我替妳綰髮。」一說罷，便命婢女將錦盒遞上，從盒裡拿出一支閃著七彩光芒的琉璃步搖。

明鈺公主用手輕撫閃著光的三排琉璃圓珠。「戴這玩意兒可得當心，沈重不說，走路一急，摔下來便碎了。」說罷，笑看佟析秋一眼。「卿兒說，不知送什麼好，只覺貴的、少有的，就肯定是好的。」

佟析秋嬌羞地點頭，待明鈺公主替她將琉璃步搖插上，指尖撥弄珠子時，便可聽到叮叮咚咚的悅耳之音。

看著鏡中嬌羞明媚的人兒，明鈺公主撫著她的肩頭，輕嘆道：「轉眼，妳入府快一年了。本宮卻覺得，似乎才剛給本宮敬茶呢。」

佟析秋愧疚地垂下眼。「婆婆……」

「我知道。這事急不來。」明鈺公主笑著止住她的話頭。「早上且先這樣。待下午卿兒回來，咱們一家人再好好吃頓團圓飯如何？」

佟析秋還未從她那句「我知道」中回神，聽了這話，愣愣點頭。

恍然間，她想起，這個月明鈺公主並未讓她去請脈，所謂的知道，是曉得了亓三郎中毒之事？

見她發愣，明鈺公主好笑地拍拍她。「趁著白日有空，好好陪陪妳的弟弟妹妹。」

佟析秋被拍得回神，不自在地紅了臉。

明鈺公主見狀，笑道：「我要去管事廳。今日的請安就免了，讓妳好好歇一天。」

「多謝婆婆。」佟析秋起身向她行禮。「兒媳恭送婆婆。」

明鈺公主擺擺手，轉身出去。

佟析秋送她離開蘅璽苑，回屋時，頓覺心中輕快不已。

對於請脈的尷尬，從今兒起，終於可以完全放下了。

白日，佟析秋與佟析春聚在一起說些趣事，又討論了管家之法。

如今佟析春掌著南寧正街的府邸，性子強硬了些，從前那個敏感、說話小心翼翼的小丫頭，已經蛻變成心思細膩溫婉的大姑娘了。

看著這樣的佟析春，佟析秋感慨不已。過完年，她也到了該說親的年紀，憑著親姊的背景，挑的人選應該不會太差。

晚間，一家和樂地吃了團圓飯。

飯後，亓三郎從淨房沐浴出來，佟析秋拉著他坐到榻上，接過巾子，替他絞乾頭髮。

「今日早上，婆婆替我梳了頭。」

「嗯。」亓三郎閉眼享受她纖指在髮絲間穿梭的感覺，似不經意地問道：「可喜歡那支簪子？」

佟析秋笑了。「很美！」

亓三郎也笑。「是特意訂製的。唯有南洋那邊才有燒製琉璃的秘法，取物得近半年之久。去歲時，便向作坊訂了。」來之不易，能得她喜歡就好。

佟析秋頓了下，瞬間便笑靨如花。「夫君這是疼愛妾身？」

「若有想要的東西，自是想滿足妳。」疼愛二字，亓三郎還不習慣說出口。

佟析秋將他半乾的髮用一根白色絲綢紮起來，垂在背後，便轉身坐到他的大腿上。

亓三郎還未反應過來，她雙手纏上他的脖頸，輕輕一親。「妾身的謝禮。」

他愣怔看她，突然低低一笑，見她明媚眨眼，便伸手輕拍她小臀一下。「既是謝禮，應多給才是。」

佟析秋閉眼，在他耳邊吐氣。「隨君自取！」

亓三郎僵住，看著她笑得嬌羞的容顏，慢慢勾起邪魅之笑，把她抱上床，緩緩扯落幔帳，壓了下去……

七月，天氣雖熱得難受，但佟析秋的日子卻過得相當愜意。

如今慶王府是每天都有事發生，被打壓得簡直連吃飯喝水都得小心。鎮國侯府由明鈺公主掌家，鎮國侯成了閒人，偶爾出門會會朋友吃酒，平日裡幾乎都在府裡看書，晚上更是直接歇在清漪苑。

大房似乎被遺忘了，自從蔣氏被禁足，便再沒聚在一起吃飯，不過倒是聽說亓容錦經常出府買醉。

雖是如此，卻無多大波瀾，日子還算平靜。

沒煩心事，佟析秋有了閒暇，管管自己的小院，從二等陪嫁婢女裡挑一個升上來，頂替花卉的洗漱活兒。

如今，花卉咳得越發厲害，不久前被診出得了肺癆，嚇得沒人敢靠近她。

佟析秋無法，只好命她待在廂房，每天派人給她熬藥送去。只是，她未見好轉，臉色越發蠟黃，似快油盡燈枯一般。

這日，她啞著嗓子求送藥的婢女帶口信，說是想見佟析秋。

「見我？」彼時佟析秋正學著絞珠花，聽了這話，便挑起眉。

藍衣幫她理好絹紗。「說是快不行了。」

佟析秋想了想，將絹紗纏在金絲花架上，道：「讓人問問她有什麼遺願未了，本奶奶就不過去了。」

「是。」藍衣應下，轉身出去。

佟析秋將絹紗固定好，又用金線縫上幾顆穿眼珍珠，看看完工的鵝黃小絹花，順手遞給下首的春杏。

「收起來吧，明日梳頭時就戴這朵。」

春杏點頭接過，起身找來妝奩匣子，將絹花放進去。

這時，綠蕪來報，說桂嬤嬤來了。

佟析秋起身相迎，原來是明鈺公主剛從宮中回來，有事喚她過去，便收拾一下，帶著婢女跟桂嬤嬤去了。

進了清漪苑，佟析秋行完禮，明鈺公主便趕緊招手讓她近前。

「今日去宮中，得了個好消息。」

「什麼好消息？」佟析秋含笑坐在她身邊，用絹帕掩嘴，打趣道：「難道是皇舅母賞了什麼寶貝不成？竟讓您高興成這樣。」

「妳這小嘴……」明鈺公主拿她沒辦法，嗔道：「雖不是賞賜，卻比賞賜更讓人高興。」

「是什麼？」

見佟析秋好奇，明鈺公主神秘地抿嘴輕笑。「只是聽說，還不知能不能去。」

去哪裡？佟析秋一臉疑惑，看著明鈺公主泛光的眼。

這時，桂嬤嬤端來兩盞清補涼的降火湯，笑著解釋道：「皇上每三年會上秋山圍獵，今年剛好又是三年。往年這時，同行的官員與家眷都在準備了，但今年發生雪災，不知皇上會不會去。今兒進宮，皇后娘娘跟公主說的就是這事。」

圍獵？這個好啊！佟析秋雙眼放光，真想見見古時的皇家獵場是什麼樣呢，說不定很威風。

她偏頭想著，明鈺公主喝完湯，拿起絹帕輕拭嘴角，道：「本宮是想，屆時卿兒去了，讓他給妳獵頭母鹿。聽說鹿胎要當場取的才好呢。」

敢情明鈺公主還在操心孫子的事？佟析秋回神，有些不自在地把湯喝下後，便趕緊找個藉口溜走了。

回去路上，她也在想，如今已經七月，三月時，亓三郎明明就把藥吃完了，為何她還沒有動靜呢？難不成又有人給她下藥？皺眉時，人已到了衡蘲苑。

藍衣瞧見她，趕緊過來對她低語了句。

佟析秋訝異。「死了？」這麼快？

藍衣輕嗯。「自己吊死的，怕是受不了了。」

「既如此，讓人抬出去好好安葬吧。」

「可是要通知寧側妃？」

佟析秋哼笑。「讓送鞋的婆子去繡鋪道一聲，說是花卉交代的。」就給她們一個說法吧。

藍衣應下，便去辦事了。

謝寧聽了繡鋪掌櫃帶來的話後，眼中一片陰霾。

「不是不屑用暗手嗎？這樣又算什麼？」她咬牙暗哼，擰著絹帕咒罵，掀翻了桌上的杯盞。「鄉下低賤的泥腿子，果然不能相信！賤人！賤人……」

瘋罵混著噼哩啪啦的聲音，傳進了佟析玉所在的偏廂。

佟析玉不屑地撇嘴。不是防著她嗎？如今倒好，夢碎了吧！冷冷笑著執盞品茶，眸光深得可怕……

這日，亓三郎下朝時，攜了明子煜來鎮國侯府。

佟析秋看著喝酸梅湯、啃冰鎮涼瓜，黑得跟煤球似的明子煜，驚呼道：「你去難民營了？」這才多久不見，昔日的白淨人兒竟成了這副模樣？

明子煜聞言，沒好氣地斥了聲。「難民營？那是啥玩意兒？難民的營地？」說罷，滿不在乎地揮手。「不過也差不多，五月雪災後，我就一直待在鄉下，偶爾才回京都一趟。上回慶王府的事，沒及時來探望，請表嫂不要見怪。」一邊吃喝、一邊意思意思地對她拱手。

佟析秋訝異，他居然跑去鄉下？轉首見亓三郎表情淡定，不由疑惑更甚。

「不過是去吃吃苦罷了。」亓三郎見整盤涼瓜讓明子煜啃個精光，忍不住皺眉。

明子煜極為不雅地打了個嗝。「果然還是富貴窩享福啊！」

佟析秋無語，見亓三郎對她搖頭，便不再相理，起身去小廚房安排晚飯。

晚飯時，明子煜簡直跟餓狼似的，吃了三大碗白米乾飯、兩隻乳鴿、半隻燒雞，並半大瓷碗的老鴨湯。

佟析秋張著嘴，除了驚訝，什麼話也說不出了。

待歇寢時，她便拉著亓三郎，硬要他解惑。

孰料，亓三郎只輕描淡寫地說了句。「若他不憑這副樣子令皇上心疼，皇上也不會狠心去罰慶王了。」

什麼意思？佟析秋更納悶了。

「從雪災後，子煜便一直喬裝在鄉下幹活。」

佟析秋張著菱唇，有些不可思議，一個風騷的貴公子能吃得了鄉下的苦？

「別人當他遊手好閒，光會玩鬧，卻不知，這小子心腸極軟，思緒極細。」看見妻子不敢相信的表情，亓三郎笑著輕嘆。「他只是表面上看著吊兒郎當，實則是個很好的人。」否則，他也不能容他在身邊話癆這般久了。

說到這裡，亓三郎垂下眸子。「只盼將來上位的是個明君，能容得下他。」

佟析秋不語，平日裡總覺得明子煜玩世不恭，如今看來，這分明是大智若愚的表現！

「或許，他也能爭？」他是洪誠帝最寵的小兒子，又是皇后嫡出，名正言順，勝算應該更大。

亓三郎低嘆著，把她摟進懷。「或許是因看多了爭奪，不願蹚這渾水。大皇子跟二皇子都是皇舅母所出，大皇子在立儲三年後，染上惡疾逝世。二皇子與我同齡，十歲時去校場練騎射，驚了馬摔下來，被馬踩死。」

佟析秋聞言，心中驚怖，靠在他懷裡，伸手回抱他。

亓三郎見狀，將她摟得更緊。

最是無情帝王家，不是他們理解，就能改變的。

第七十七章 出遊

明子煜回京第二天，洪誠帝就下詔訂了去秋山圍獵的日子，七月初十從京都出發，為期一個月，並擬好隨行官員與皇子的名單，由宮人分別上門告知。

明鈺公主是最先得到消息的，待確定後，就將佟析秋喚去清漪苑，吩咐要注意的事情。

「初十出發，只剩一天準備，妳好生收拾常用之物，還得注意天氣，帶些厚衣。另外……」

明鈺公主嘮叨了一大堆，佟析秋聽得認真，也感到興奮，唯一的遺憾就是不能帶弟弟妹妹去，因是宮裡擬的名單，不能隨意添人。

待她回了衡璽苑，藍衣便高興地指揮大家快點準備。

結果，光衣服就有兩箱，更別說恭桶等物了，最後收拾完，差不多要兩輛馬車來拉。

晚上，亓三郎回府，夫妻倆便就此事討論起來。

這次秋獵，基本由三品以上的官員與其家眷隨行，以及恒王、賢王跟敏郡王三府的人。亓三郎主要的任務就是護衛保駕。

「屆時妳跟母親同坐一輛車，省得路途之悶。」

佟析秋點頭，又問了秋山獵場的情況。主要是因為私心，前世她極愛騎馬，如今在這異世生活近兩年，雖常看到馬，卻連馬毛都未能摸到一根。大越民風保守，不知能不能遂了她的心願？拐著彎問些不著邊際的話後，終於忍不住露了餡兒。

「不知馬上奔騰，可有如風的感覺？」

亓三郎聞言，戲謔地挑眉，哦了聲。「也不是太舒服。若是不會騎馬的人，會有難言之隱。」

佟析秋知他所說的難言之隱是什麼，無非就是大腿內側磨破皮罷了。這具身子沒騎過馬，可只要能試試，想來也不難，便渴望地看著亓三郎。

亓三郎低笑，撫摸她的小腦袋一下。「若是想騎。屆時得了空，有我陪著便可。」

好吧！佟析秋笑著坐在他懷裡，拿起他的大掌比了比。「妾身能不能貪心一點，求夫君多留點空閒給我？」

亓三郎勾唇，將她圈緊，在她耳邊嗯聲，應下了。

翌日一早，佟析秋換上出遊的常服，進宮拜見帝后後，眾人便浩浩蕩蕩出了城門，前往秋山獵場。

秋山獵場位於京都最西邊，若是快馬，一天一夜便能到達。奈何這是陪帝后出遊，是以花費的工夫要超過一倍。

一路走走停停，雖然天氣炎熱，卻令人心情愉悅不已。有時來了興致，洪誠帝還會下令就地設帳，小憩一會兒。女眷則乘機戴上帷帽，下車遊逛一番。

此時，明鈺公主多會去陪伴身子吃不消的皇后娘娘，佟析秋僅能去找敏郡王妃。可如今敏郡王妃已是京中紅人，自得眾女眷圍攏討好，佟析秋見狀，只得帶著婢女繞道而行。

就像現在，因洪誠帝的寵妃看中這一處山水，想在山腳賞景，便停在這裡。見敏郡王妃又被包圍，佟析秋只好戴著帷帽，領著綠蕪和藍衣在清澈的小河邊走著。

這時，藍衣蹦跳著摘山花，佟析秋看看碧清的溪流，直覺腳癢，很想試試，便蹲下去，用素白纖手感受著清涼水流。

綠蕪亦是跟著蹲下，嘻嘻一笑。「少奶奶可覺得這水很舒服？婢子小時候也愛玩水，常偷跑到自家後山去，因那裡有一汪清潭，游起來甚是好玩呢。」

「妳這賤蹄子，怎能拿這般美的山水去比妳那洗澡水?!」

佟析秋正欲打趣綠蕪，不想被突兀的尖酸之音給打斷，皺眉轉首看去，見出聲的是一名著對襟寬袖襦裙的年輕女子。

女子的眼睛圓潤漂亮，嘴形小巧，鼻尖上翹，明明是討喜的伶俐模樣，偏偏用高傲姿態看著她們，令人十分不喜。

看佟析秋仍蹲著，女子身邊的宮女指著她道：「妳是哪家的夫人？見到樺貴人，還不趕緊行禮？」

「貴人？」藍衣跳出來，表情輕蔑。「不過一個小小七品貴人，也能這般囂張？」

「妳這賤婢好大的口氣，我們樺貴人是皇上的心頭寵，得罪了，不怕吃排頭？」

「哎喲，那妳可知我們少奶奶是誰……」

「藍衣！」佟析秋打斷藍衣的辯駁，起了身，用絹帕將手擦拭乾淨，便對樺貴人頷首行禮。「婢女不懂事，還望貴人莫怪。」

樺貴人輕勾嘴角，走到佟析秋跟前，猛地將她的帷帽摘掉。待看清佟析秋的容貌後，便撇撇嘴。「已是婦人，何苦再裝純情樣？」

佟析秋聞言，眼色一深，敢情這樺貴人是故意來找碴的？可她跟宮裡的人結過仇嗎？藍衣跟綠蕪見狀，氣得不行。尤其是藍衣，簡直想捋起袖子打人了。

佟析秋暗中壓著她，讓她別亂來，面上依舊帶笑地看樺貴人。「論純情，小婦人自是不比貴人，不然皇帝舅舅也不會獨獨寵您了。」

聽她將洪誠帝搬出來，樺貴人挑起眉，不屑地冷哼。「也就這點本事罷了，不知謝寧怎麼輸給了妳這泥腿子。」說罷，轉身扶著宮女的手，向最大的營帳走去。

佟析秋眯眼，敢情是跟謝寧有關？遂吩咐藍衣。「去查查這樺貴人的身分。」

「是！」藍衣福身，滿眼怒火地退了下去。

綠蕪卻問：「少奶奶，可還要戴帷帽？」遮紗已被石頭上的水浸濕，但不戴……看向遠處的女眷們，一時犯了難。

「走吧！」佟析秋並不在意，拿出絹帕擋臉，走回自家營帳。

佟析秋剛進營帳，就見亓三郎悠閒地坐在裡面，愣了一瞬，便揚起笑過去。

「夫君如何有空閒過來？」白日時，他須陪著洪誠帝，很難見到人影。

亓三郎伸手握住她的纖手，抱她坐在腿上。「皇上興致正濃，在烤肉呢。實在無聊得緊，就偷個懶，來看妳一眼。」

佟析秋聽了，甜蜜地與他十指緊扣。「不怕丟了職？」

「妳覺得呢？」

「偏愛作怪！」她瞪了他故意挑眉的戲謔俊臉一眼，從他腿上跳下來。

正好這時婢女端甜湯進帳，藍衣也回來了，對她耳語幾句。

佟析秋點頭，隨即揮手讓她退出去。

亓三郎問道：「怎麼了？」

「無事。」佟析秋搖頭，拿銀匙舀湯餵他。見他雖皺眉，仍緩緩張了口，知他不愛吃甜，偏還惡作劇般，連著餵了好幾匙甜湯。

待三口後，亓三郎抿起嘴，鷹眼直直看著她，生了幾分不滿。

佟析秋見狀，只得作罷，將剩下的湯一飲而盡。末了，拿著絹帕拭嘴，笑道：「原來樺貴人是謝寧的表姊。」

「她為難妳了？」見妻子這副模樣，亓三郎總算明白她拿著甜湯猛餵他的意圖，敢情是心裡不痛快，拿他撒氣？

佟析秋瞥著他，手中繞著絹帕。「也算不得為難，不過是找了點碴。」

亓三郎聞言，輕蹙眉頭，沈吟道：「不過是仗著新寵，不懂收斂，無須跟她強碰。」有些事不能與她說得太過直白。如今，大學士府也就仗著這麼個得寵的貴人了。

佟析秋點頭，外面有士兵來找亓三郎，說是洪誠帝下令啟程，要在今日晚間到達秋山山腳。佟析秋便起身送走亓三郎，與婢女們收拾營帳。

隨後，一群人坐上馬車，浩浩蕩蕩地出發了。

馬車裡，明鈺公主的臉色不是很好，桂嬤嬤正幫她按著太陽穴，嘴裡嘀咕著。「不過仗著寵，就得意忘形。皇后娘娘心軟大度，不跟她計較，公主又何苦為那小人置了閒氣？」

明鈺公主冷哼。「得寵？憑她吃再多雪鹿胎，也妄想得了子嗣？」

桂嬤嬤聽了，瞥佟析秋一眼。佟析秋則不動聲色地低下雙眸。

待明鈺公主似累極般，在搖晃的車行中睡去後，桂嬤嬤才退至車門邊，幫佟析秋斟茶，說道：「皇后娘娘身子不適，公主陪著時，想順道要一副雪鹿胎給少奶奶進補。不想被過來請安的樺貴人聽到，硬要了去。」

佟析秋抬眸看她，卻聽她哼道：「公主不是因這點小事與個小小貴人置氣。雪鹿胎雖難得，但被要走就罷了，偏偏不留口德，才是最惱人的。」

佟析秋點頭，看來這樺貴人此時正受寵啊，竟敢在皇后面前耍威風。

「不過是讓她得逞幾天，哪會有子嗣？」桂嬤嬤見佟析秋不語，遂添了句。「她罵得難聽，公主卻不得不忍。要知道，她就算吃了天仙藥，也生不出蛋來，可惜那雪鹿胎了。」

佟析秋驚訝，桂嬤嬤卻衝她笑道：「少奶奶無須怕那種人，她吃苦的日子在後頭呢。」

佟析秋輕嗯，轉眸看似睡去的明鈺公主，這是知道剛剛樺貴人找碴的事了？是樺貴人故意說漏嘴嗎？

桂嬤嬤見狀，對她點頭。佟析秋明瞭，看來定是沒少說她壞話，冷哼了聲，轉首看向窗外的風景。

既為宮中之事，以後避開樺貴人便是了。

晚間，車行終於到了秋山驛館。一行人舟車勞累，要在這裡歇一晚。

亓三郎負責保護洪誠帝的安全，去秋山見了本地將領，還得巡視檢查一番，是以當晚並沒有回房。

翌日早晨，明鈺公主派桂嬤嬤將一套女子騎馬裝送去給佟析秋。

佟析秋看那腰身明顯的剪裁，即生出幾分歡喜。

桂嬤嬤道：「公主說，女眷雖不能騎馬馳騁，不過也得做做樣子。今日不少人會換騎馬裝，屆時待男人們走後，倒是可以找個僻靜地兒，試騎一圈。」

佟析秋聽了，雖有些無語，但還是道了謝。待送走桂嬤嬤，便迫不及待地穿上那件紅色騎馬裝。

這個時代的騎馬裝跟前世唐朝胡服有些相像，衣裙貼身，束上腰帶，腳蹬鹿皮靴，整個人看起來是說不出的英姿颯爽。為配這身衣裳，佟析秋只束了簡單髮髻，除卻一塊頭巾並一支髮簪固定外，再無贅飾。

藍衣嘖嘖讚嘆，綠蕪亦看得眼睛發亮。「少奶奶這身裝束，若非識得，怕會將妳當成巾幗豪傑呢。」

「是啊。」藍衣羨慕極了，問道：「回府後，婢子能否也著這般裝束？那寬大衣裙實在惱人至極，困得手腳放不開呢。」

「放不開才好，若放開了，妳還不隨著心意到處亂跑？」綠蕪打趣她一句。

「我哪有？」藍衣紅著臉跳腳。「妳這妮子淨取笑我，看我不撕了妳的小嘴！」說罷，兩人便開始在屋裡追逐起來。

佟析秋失笑地搖頭，提腳出了屋。

兩人見狀，立時停下嬉鬧，趕緊跟上，陪佟析秋去了明鈺公主的廂房。

明鈺公主看到佟析秋的裝束，口中亦讚得不行，拉著她用了早飯，又笑著答應，若亓三郎得了空，就讓他牽匹小馬，帶她去遛遛。

不久，到了辰時，一群人又上車，朝獵場出發了。

待到獵場，女眷跟著下了車，戴著帷帽望向白色營帳，襯著一望無際的獵場，就似開在草原上的小花般，顯得分外渺小。

洪誠帝帶著一眾大臣跟皇子，正在場裡騎馬奔馳。

大越皇旗被秋風吹得獵獵作響，鼓聲迴盪，號角綿延悠長，侍衛佩劍侍立在君王身後。懾人的霸氣情景，讓佟析秋看得嘆為觀止。

洪誠帝一身箭袖騎裝，雖五十有餘，卻一點都不顯老，只聽他聲如洪鐘，話語鏗鏘有力，歌頌大越天下，引得眾人高聲附和。

看女眷們下車，他打馬行到皇后車前，對她吩咐幾句後，便高喝著，命男子們拿箭挽弓。

「今日論功行賞，不論身分，不興謙讓！」說罷，將腰間的一枚隨身玉珮扯下來。「且看今日誰能將朕的玉珮贏了去！」話落，一夾馬肚，隨著喝聲，高大馬兒便如離弦之箭般衝出去。

一群大臣跟護衛緊隨其後，明子煜卻懶洋洋地在亓三郎身邊打轉，不肯離去。

亓三郎看到佟析秋那身裝扮後，就有些移不開眼了。見這會兒終於得空，趕緊過來，坐在馬上，居高臨下地向她看去。

佟析秋見狀，偷掀起帷帽一角，看著他身下的棗紅大馬，忍不住伸手摸了一把。

亓三郎看得發笑，眼睛亮得驚人。「等會兒回來，我領妳去騎馬。」

佟析秋點頭，明子煜卻跟過來道：「表哥再不走，等等怕是連湯都沒有了。」話落，嘻嘻一笑。「表嫂，我給妳獵頭母鹿。皇姑姑可是特別囑咐我，幫表哥留意呢。」

佟析秋無語，亓三郎則冷瞥明子煜一眼，覺得他分外沒眼色。

佟析秋見狀，對兩人揮手。「快去吧，別耽誤時辰。」

「嗯。」亓三郎點頭，斜睨明子煜，當即馳騁而去。

看著遠去的二人，藍衣跺腳，急得不像樣，明顯也想跟著去騎馬。

佟析秋好笑地瞧她一眼，便轉身跟其他女眷會合了。

女眷們在皇后帶領下，坐在搭建好的營帳裡，看著外面的碧草連天，等著男人們歸來。

樺貴人坐在皇后下首，表情不屑，哈欠連天。

陪行的夫人們極有眼色，皆不約而同地偷看皇后的臉色，見皇后依然面帶笑意，未有半點不悅，便放下心。從來神仙打架，凡人遭殃，兩人若能和平共處，大家才能避免尷尬。

接著，不時有人來報信，將前方戰果說給在座的女眷們聽。

待聽到洪誠帝為獵一隻麋鹿，差點讓隨行侍衛跟丟時，皇后當即緊張起來，樺貴人更是犯了暴脾氣，指著報信之人喝罵道：「連差事都當不好，要你們有何用？皇上沒傷著就罷了，若傷著了，你們有幾個腦袋賠？」

報信之人嚇得當場跪下。皇后見狀，揮退他後，看著樺貴人，難得嚴肅了表情。

「樺貴人只當還在宮中訓奴不成？」

樺貴人臉色一僵，隨即哼道：「妾身不過是擔心皇上罷了。一時著急，惹皇后娘娘不喜，是妾身逾越了。」說罷，假意起身行禮。

在座的女眷皺起眉，孰料皇后只輕嗯了聲，便不再說話。

巳時末，侍衛來報，說洪誠帝帶著眾人滿載而歸。

女眷們聞言，趕緊起身相迎，待看到那一地的獵物，和男人們臉上興奮的表情時，大家紛紛向領頭的洪誠帝行禮，口呼萬歲。

洪誠帝心情大好，騎在馬上，高舉手中玉珮，連聲笑道：「看來大家未使出全力啊！明日，可都得給朕將看家本事拿出來！」

大臣與皇子們聽了，便呼道：「臣等遵旨。」

因有獵物可食，中飯時，洪誠帝命御廚烤全羊，又做了鹿肉。

眾人分男女兩營而坐，因皇后身子疲乏，早早便回營帳歇息。剩下的大局，便由樺貴人主持。

酒過三巡，樺貴人揚起微醺小臉，看著眾人道：「這般吃酒著實無趣得很，不如來行酒令？」

小姐們自是愛玩，夫人們不好駁了面子，便紛紛點頭說好。

見無異議，樺貴人跟身邊的宮女嘀咕幾句，待到粗使婆子搬來一面小鼓後，便道：「咱們就擊鼓傳花吧。被花傳到之人，得起身罰酒一杯，除此之外，還得賦詩一首。當然，為增難度，詩不能由被罰者自己作了算，得讓我們現場出題，詩亦由眾人評判。

「若是好詩，就算眾人皆輸，大家共同罰酒三杯。若是不入眼，或三盞茶內作不出，便算接花者輸，不但罰酒三杯，更要……」說到這裡，樺貴人以絹掩嘴，看著佟析秋，笑得別有深意。「夫人道房裡趣事，姑娘們就說閨中糗事，如何？」

話落，眾人皆驚。閨房之事，如何能拿到大庭廣眾下來提？

佟析秋看著上首射來的挑釁眼光，淡淡垂眸品酒，只當樺貴人在放屁。

見眾人還在議論，樺貴人有些不耐煩，問道：「如何？」

敏郡王妃挨著佟析秋坐，對樺貴人的挑釁自是看得一清二楚，遂轉眸問道：「妳與她有過節？」

佟析秋點頭，後又搖頭。「都不知在哪裡結仇的。」說罷，苦笑一聲。

敏郡王妃頷首。「她如今風頭正盛，還是少衝撞為好。」

佟析秋也點頭。「嗯。」

樺貴人見眾人的反應，揮手道：「開始吧！」話落，給一旁擊鼓的宮女使眼色。

宮女點頭，敲起鼓來，鼓聲便咚咚咚地響起了。

第七十八章 裝瘋

眾人嚇一跳，樺貴人則將手中的花扔給旁邊的恒王妃。

恒王妃大驚，趕緊轉身將花塞給敏郡王妃。就這樣，傳了一圈後，花枝再次落入樺貴人之手。

可是，鼓聲不但未停，還接著又轉了一輪。待到敏郡王妃第二次將花傳給佟析秋時，鼓聲戛然而止。

眾人心中同時暗鬆了口氣。上首的樺貴妃則似笑非笑地看著佟析秋道：「三少奶奶，請吧！」

佟析秋拿著紅花笑笑，起身將酒斟滿，平舉示意，便仰脖乾掉了。

樺貴人撇嘴，拍掌道：「哪位夫人或姑娘願出第一題？」話落，見眾人不吭聲，遂冷哼道：「不如，三少奶奶便以今兒的秋山狩獵為題？」見佟析秋沈吟，便命宮人開始計時。

「三盞茶工夫，三少奶奶可得抓緊了。」

佟析秋未作聲，又喝了三杯酒。

樺貴人眼睛一亮，興奮道：「三少奶奶是認輸了？那麼，便請說件閨房之樂吧！」

敏郡王妃皺眉，男賓營帳離這裡只隔著一層布，若將閨房之事說出來，世人怎能容下一個口無遮攔之婦，這不是將人往絕路上逼嗎？

「樺貴人何必強人所難？遊戲只是圖個樂子，罰酒三杯已是最適宜了。」

「敏郡王妃此言差矣，若是沒有立約，罰酒三杯就算了。可既然有，自該遵守才是，無規矩不成方圓。」樺貴人看著漂亮的指甲，挑眉勾唇。「三少奶奶，請說吧！」

佟析秋垂眸而立，看著酒杯道：「我並未認輸，只覺此詩非我所作，若唸出來，似有不妥。是以自飲作懲，望求諒解。」

「既不是妳所作，唸出來有何用？」樺貴人表情不屑。「這算得上哪門子作詩，不還是輸？」

「是，貴人此言雖有理，可臣婦卻覺得此詩豪邁，非我等婦人能作。與其酸溜溜吟些上不得檯面的詩，不若唸首豪邁磅礴之作。畢竟男人間的圍獵豪情，妳我婦人未能親見。」

「說得好！」敏郡王妃拍掌幫腔。「若是小女兒心事，賦詩兩句尚可。但圍獵豪景，我等婦人不過是作壁上觀，以此作詩，未免強人所難。」

樺貴人聞言，臉色微變，斥道：「強詞奪理！既是答應，就不能反悔。說這般多，三少奶奶無非是不想受罰罷了。」

「誰說不是呢？」一直未說話的恒王妃，開口附和了。「三少奶奶快請吧，言而無信，面上總是不好看。」

話落，席間瞬間陷入尷尬的沈默。

這時，宮人從外面進來，對眾人行禮。「皇上命婢子前來稟上一聲，既然三少奶奶覺得想唸之詩豪邁磅礴，不如唸出來聽聽，也好猜猜是哪位詩人所作。」

樺貴人沈了臉，厲眼看向佟析秋，哼道：「皇上都答應了，三少奶奶唸吧！」

佟析秋對眾人福身，答聲是，便緩緩將蘇軾的〈江城子・密州出獵〉唸出來。

「老夫聊發少年狂，左牽黃，右擎蒼，錦帽貂裘，千騎卷平岡。為報傾城隨太守，親射虎，看孫郎。

「酒酣胸膽尚開張，鬢微霜，又何妨！持節雲中，何日遣馮唐？會挽雕弓如滿月，西北望，射天狼。」

唸罷，滿座皆驚。

佟析秋對眾人屈膝一禮，正欲坐下，卻聽隔壁帳中，洪誠帝拍掌沈喝。「好詩！賞！」

「是。」太監隨之高唱：「皇上有旨，賜賞——」

片刻，便有宮女端盤而來，盤中之物，正是早上洪誠帝所賭的玉珮。

佟析秋受寵若驚，樺貴人看得咬牙不已，卻聽端盤的宮女福身說道：「皇上命婢子問問三少奶奶，此詩是出自何人之手？」

佟析秋鎮定地接過賞賜之物，搖搖頭。「臣婦亦不知曉。住鄉間時，因著愛書，在書鋪裡翻到這首詩，因極喜詩裡的豪情壯志，便記下來，書名卻忘了。」

宮女點頭告退，樺貴人表情鐵青，命人繼續擊鼓……

「咬定青山不放鬆，立根原在破岩中。千磨萬擊還堅勁，任爾東西南北風！」（注）

「驛外斷橋邊，寂寞開無主，已是黃昏獨自愁，更著風和雨。無意苦爭春，一任群芳

注：此為清朝鄭燮的詩作〈竹石〉。

妒。零落成泥碾作塵，只有香如故。」（注）

鼓聲仍在繼續，佟析秋面前的賞賜卻已堆積如山。

樺貴人的臉都白了，暗中不知給擊鼓宮女使多少眼色，偏偏鼓聲還是在花入佟析秋手時，就停下來。

不僅如此，詩題從梅蘭竹菊移到家國春秋，佟析秋來者不拒，統統自罰三杯，原因都一樣，全是別人所作，出於何處則是全不記得。

好幾輪下來，佟析秋面色早已緋紅如血。

女眷們也算看出來了，敢情樺貴人是跟她有仇，一個勁兒讓人喝酒作詩，是想尋短處不成？若是如此，人家唸了這般多的詩，一首比一首精采，這不是自打臉嗎？

樺貴人早知此招行不通了，可宮女就是不聽她的！一個勁兒讓花傳到佟析秋手中，看著堆得扎眼的賞賜，她早已恨得牙根癢癢了。

佟析秋不知喝了多少杯，只覺再這樣下去，恐會露餡兒。是以，當花再次落入她手中後，遂搖搖晃晃地站起來，大著舌頭說：「臣婦不會作詩……」話落，照樣先飲作罰，不想還未飲完，身子便咚的一聲，歪倒下去。

敏郡王妃嚇了一大跳，趕緊命人去扶，卻見醉酒的佟析秋一陣晃動，嘴裡還不斷高吟。「人生自古誰無死，留取丹心照汗青……青青子衿，悠悠我心……對酒當歌，人生幾何……借酒澆愁愁更愁，抽刀斷水水更流……但願人長久，千里共嬋娟……」拉拉雜雜唸了一大堆。

在座的女眷看得心驚不已，這可不就是耍酒瘋嘛！想著的同時，目光向樺貴人移去。

樺貴人早已滿臉鐵青，指著佟析秋大喊。「成何體統？還不快把她扶下去！」

宮女們應是，可實在扶不動，便又喚粗使婆子來幫忙。

而男賓這邊，亓三郎聽見動靜，坐不住了，偏偏上首的洪誠帝未准他離席，似笑非笑地道：「甥媳倒是好才情，竟看了這麼多書。」

佟析秋唸的詩，風格多變，但大多是他們沒聽過的，卻皆非她所作。對於這一點，考過她多次的洪誠帝還是信的，可這些未曾聽聞的好詞與妙句，她又是從哪裡看來的？

「她還能看到何種好書？不過是些鄉下野史罷了。」亓三郎淡淡道。「當初為著填肚，長年奔波鄉間，少不得見些奇奇怪怪之事。」

他不隱瞞佟析秋的來歷，將她唸的作品歸類於野史，這樣一來，讓自詡正派的朝臣們找不到辯駁之詞。對他們來說，從來都對野史嗤之以鼻的。

洪誠帝看了亓三郎良久，半晌後，終於揮手道：「若是擔心，且去看看吧。」

「多謝皇帝舅舅。臣告退。」

待亓三郎起身，匆忙出營，明子煜便搖扇晃頭哼道：「想不到，鄉間還有此等豪情絕句！看來，也不能一味讀正史啊。」

這話說得上首的洪誠帝好氣又好笑，一眾大臣聽得臉色訕訕。

注：此為宋朝陸游的詞作〈卜算子・詠梅〉。

此時，佟析秋被兩個粗壯婆子拖到了自家的營帳。

綠蕪與藍衣見她喝醉，便嚇個半死，見這會兒她還在高吟亂扭，不由心慌得厲害。

「這該如何是好？」跟在佟析秋身邊一年多，還是頭回見她這樣失態。

「青青子衿，悠悠我心……」

聽她還在嘟囔，兩婢女更是急得不行，最後藍衣乾脆道：「先熬解酒湯再說，我去打水來幫少奶奶洗洗。」

綠蕪點頭，兩人正欲出營，不想撞上趕來的亓三郎，嚇得趕緊又福身。「三少爺！」

亓三郎點頭，看向榻上醉癱的佟析秋，皺眉不已。「先去將醒酒湯熬來。」

待兩人應聲而去，他才走到榻邊坐下，大掌撫過妻子緋紅的小臉，心疼地低語。「不會作詩，不唸便是，何必演得這般辛苦？」

話落，高吟的人兒突然睜眼，眸中雖滿是醉意，卻有一絲清明，隨即嗤嗤一笑。「不演不行，我再不耍點酒瘋，要硬讓我想那些書名，說出來若找不到，豈不是欺君大罪？」

亓三郎聞言，哭笑不得地刮刮她的小鼻子。「妳這就不算欺君？」唸那般多，早令人生疑了。

佟析秋嘟囔著搖頭。「那不一樣。」

她唸那麼多，只是想證明那些詩確實不是她所作。本就讓人生疑，不唸也不行，況且還有樺貴人在那裡等著她說出閨房之事。

兩者之間，她寧願選擇背詩。再耍耍酒瘋，真真假假混著，多少能讓人相信。

「主要是賞賜太饞眼，如果不背詩，丟了豈不可惜？」

亓三郎聞言，表情便僵住了。

此時，藍衣將清水端進來，剛扭好帕子，就被他接過去，直接按上佟析秋的臉。

突來的冰涼讓佟析秋不由打顫，不滿地看亓三郎。「不懂憐香惜玉。」

亓三郎挑眉不語，把帕子拿開。「本還想趁著午歇帶妳去騎馬。如今倒好，只能歇息了。」

佟析秋懊惱，突然撐起身，在他面前噴出酒嗝，道：「那我們偷偷去可好？」

聽她打起酒嗝，亓三郎皺眉，可再看近在咫尺的紅唇，不由眼色一深。

佟析秋見他不說話，便挽起他的胳膊搖晃。「好不好嘛？」

亓三郎頓覺心尖酥麻得難以自持，見她還將身子擠進他懷裡，不得不摟住她的腰，推開她，艱難道：「先睡覺。」都這樣了，怎麼騎馬？

「你帶我去騎嘛，我好久未騎過馬了。」佟析秋繼續纏磨著，眼露渴望道：「你帶我去跑跑嘛，那種感覺真是爽呆了！」

爽呆了？亓三郎哭笑不得，說得她好像騎過一樣。「圍獵有一月之久呢，不差這一天。先解酒再說。」

「我不！」佟析秋搖頭，又胡攪蠻纏起來。

亓三郎被她鬧得沒辦法，只得先應著，見綠蕪端了醒酒湯來，趕緊接過，哄她喝下。

待湯下肚，他便點了她的睡穴，讓她睡去……

這一覺，佟析秋直睡到天黑才醒。

醒來時，她還不知身處何地，睜眼發呆，捂著頭慢慢坐起身，待室內燭火亮起後，瞇眼看了屋裡擺設，原來是昨兒歇腳的驛館。

「怎麼回來了？」

「未時就回來了。」亓三郎進來，倒杯水給她。「頭可疼？」

佟析秋輕嗯，摸著痠痛的脖子，想起中午的事情，瞪著他的眼神分外不滿。「不是要帶我去騎馬嗎？如何對我使了招？」

瞧她不滿的小臉，亓三郎忍俊不禁。「騎馬？以妳當時的醉態，我若應了，讓人看到，該怎樣說？說妳正在耍酒瘋？」

呃？她何時耍過酒瘋？明明就是裝的。

見佟析秋又發愣，亓三郎喚下人將飯菜送進內室，拉她起身。「既然醒了，便一起用膳吧。」

佟析秋點頭，問他下午可有去狩獵。

亓三郎頷首。「若妳不喝多，倒是可玩玩。皇上有些醉酒，吃完午食後就回行宮歇息。下午時，我和一些大臣子弟並幾位王爺去遛遛，鬆散得很。」

佟析秋聽得咬牙後悔，亓三郎則戲謔地看她的行頭。「確有幾分巾幗英豪的味道。」

「亓三郎！」佟析秋不滿地喚道。

亓三郎挑眉挾了塊鴨肉給她。「我更喜歡聽妳喚我三郎，不如再喚一次？」

除卻上回在慶王府屋頂那次，再無聽她喚過。那聲三郎喚得他永生難忘，那種將他當成依靠的感覺，令他心癢得還想再聽一次。

佟析秋紅了臉，不想理他，埋首優雅地吃飯，發現他直直看著她，不由坐立難安，遂嬌斥了聲。「吃飯！」

亓三郎似未聽見般，眸光深沈如墨，繼續凝視她，好似她不喊，就要一直看下去。

佟析秋再次紅了臉，戳著飯粒，半晌後——

「三郎！」

低低軟軟的聲音，喚得亓三郎骨頭都酥了，滿意地勾唇，這才轉眸放過她。

隔天，佟析秋依舊是一身騎馬裝。

到獵場時，洪誠帝看到她，便戲謔地招手讓她上前。「酒醒了？」

佟析秋屈膝，紅著臉應道：「醒了。」

「既是醒了，中午就繼續吧！」

佟析秋聞言，欲哭無淚。繼續？她還想騎馬呢！

待男人齊聚後，又開始比獵。女眷除了無聊坐著，再無其他事情可幹。

皇后順嘴問了昨日之事，聽到佟析秋作詩發酒瘋，就笑著招她過去，拉住她的纖手拍道：「難為妳是真性情，竟不貪功。」那般好的詩，又無從考證，完全可以說是她所作。

佟析秋笑得慚愧，那才藝如何能貪？所背總有盡時，屆時背不出了，頂著江郎才盡的名頭，也不好聽哪！

大家正說著話，明子煜卻打馬跑了回來。

皇后見狀，在他嘻笑下馬時，問道：「怎麼了？可是不好獵？」

「不是。」明子煜笑著搖頭，隨即衝後面招手。「牽上來。」

馬夫牽著一匹棗紅小母馬上來，眾人皆不解地看著他，卻聽他解釋道：「表哥說表嫂想騎馬遛遛，但初學自是不好騎高頭大馬，這小母馬最是溫順，不容易發脾氣……」

不待他說完，樺貴人便哼了句。「敢情都指揮使當差時，還想著家中嬌妻呢，真是羨煞旁人！」

明子煜聞言，瀲灩桃花眼淡淡掃向她。「難道貴人覺得跟著父皇委屈了？」

樺貴人聽得僵白了臉，明子煜則直接背手，喚了馴馬侍女上前。「等會兒，妳可得照看好三少奶奶。若她摔著，本王必拿妳來問責！」

聽侍女應下，明子煜轉身，變了臉，對佟析秋嘻嘻一笑。「表嫂想學，儘管找個沒人的地方遛遛。這侍女能馴馬，功夫還算不錯。」

佟析秋趕緊起身行禮。「多謝賢王。」

「這可謝不得我，本王只負責跑腿。」話落，明子煜對皇后拱手道：「我得趕緊去跟他們會合了。雖說我宰了表哥一隻大山羊當報酬，可總得練練手不是？」

皇后拿他沒辦法，搖頭揮手道：「快去吧！」

「噯！母后，您等著瞧吧。」明子煜皮笑一聲上了馬。「屆時兒臣定給您獵隻山雞！」說罷，大力揮鞭，馬兒立刻歡快地狂奔起來。

看著跑遠的兒子，皇后好氣又好笑，哪有人獵隻山雞就顯擺的？

佟析秋看著小母馬，有些技癢，渴望地向明鈺公主看去。

明鈺公主無奈，向皇后小聲商量幾句後，見皇后點頭，便喚她過來。

藍衣陪著她上前，忍不住伸手摸摸小母馬。「雖不能大跑，到底能過過乾癮。」說罷，看著佟析秋道：「屆時少奶奶讓婢子也遛遛，可好？」

佟析秋點頭，對馴馬侍女道：「走吧！」

因緣無不愛騎馬，佟析秋便把她留在明鈺公主身邊伺候了。

佟析秋三人並一匹馬朝小樹林的另一面走去，找了處無人空地停下來。

馴馬女先講了些要領，佟析秋隨後上馬，在她牽動下走了兩圈。

馴馬女見佟析秋騎得還不錯，便放開手，讓她自己轉轉。

佟析秋騎得暢快，提著馬韁在小樹林裡小跑一段。正當興致高昂，想來個大跑時，突然聽見砰的悶響，地上還跟著搖晃。

這下，小母馬慌亂地嘶鳴，不停打轉並搖晃腦袋，似要將韁繩給甩掉。

佟析秋暗驚，利用前世學得的騎術，拉穩韁繩，口裡安撫地喚著。「吁，吁……」

藍衣與馴馬侍女也嚇壞了，大步跑過來，正欲上前讓佟析秋下馬，不想又是一陣嘩啦啦的巨響，瞬間地動山搖，伴隨陣陣高喊——

「有刺客！抓刺客！」

兩個婢女一時沒站穩，佟析秋身下的馬也嚇得高抬前蹄嘶鳴，佟析秋拉不住，便從馬背上滾下來。

「少奶奶！」藍衣大喊出聲，趕緊起身，拚命朝她跑過去。

佟析秋被摔得有些懵，見馬揚著的蹄子正欲落下，嚇得立刻向後翻滾。孰料，馬兒落了蹄還不停打圈，揚起後腳，躲閃不及，大腿被踢個正著，尖銳麻痛讓她皺眉不已。

「少奶奶！」

這時，藍衣已然近前，小母馬向來時的路跑去。馴馬侍女瞧見，待馬經過身邊時，一把拉住轡繩，俐落地躍上馬背。

馬兒受驚，又開始亂躥，馴馬女見狀，不斷拉轡鬆轡，試圖讓牠冷靜下來。

另一邊，藍衣嚇白了臉，扶起佟析秋。「少奶奶沒事吧？」

佟析秋搖頭，聽著越來越大的喊殺聲，急道：「快回去！」

藍衣點頭，馴馬女將馬制住後，見狀也不再多說，陪她們出了小樹林。

第七十九章 山崩

三人一出林子，就見女眷正亂成一團。

待到快步過去時，明鈺公主一把抓住佟析秋，急道：「快，快跟著去行宮！」

佟析秋抬眼欲問，卻見明鈺公主表情凝重，拉著她上了停靠在一邊的馬車。

待馬車飛奔而去，明鈺公主再抑制不住，哽咽哭出聲。「皇兄遇襲，聽說受了重傷，也不知卿兒如何了。」

佟析秋瞪眼傻住，洪誠帝遇襲？那保護他的亓三郎呢？想到這裡，她捏著絹帕的手指泛白，心臟也跟著緊縮起來。

聽見明鈺公主的哭聲，佟析秋強忍恐慌，替她順著後背。「或許，情況並沒有我們想得那般糟呢。」

明鈺公主不停搖頭。桂嬤嬤聽了佟析秋這話，抹著眼淚，語無倫次道：「是山崩了，分開打獵的恒王跟敏郡王下落不明，皇上又遇上大批刺客襲擊。侍衛來報時，說皇上受了重傷，被抬去行宮醫治。皇后娘娘早趕去行宮，公主是擔心少奶奶，才留到最後的。」又轉頭勸慰明鈺公主。

佟析秋不敢相信，山崩？恒王、敏郡王下落不明！這話是什麼意思？是被土石掩埋了？揪著胸前衣襟，不好的預感逐漸湧上……

一行人趕到秋山行宮，彼時其他女眷已坐在正宮的大殿上。

皇后娘娘看到明鈺公主，趕緊命人搬凳子出來，讓佟析秋也坐下後，便拉明鈺公主去上首同坐，兩人握著手，一邊低語、一邊抹起眼淚。

敏郡王妃的臉早已白得無一絲血色，看到佟析秋時，眼淚便不受控制地流出來。

佟析秋不知所措，抓著她的手，任她倒在她肩上哭泣，自己則脹紅眼眶，緊抿嘴角，死死守著那份不確定的答案。

大殿裡，原先的沈默瞬間被嚶嚶哭泣打破，這群女眷不知內殿的情況，也不曉得外面的消息，如木頭人般坐在那裡，表情哀戚，一動也不敢動。

天色越來越暗，晚霞鋪滿整個天空，宮人們靜靜點起宮燈。

突然，內室走出一人，大家抬眼看去，竟是亓三郎！

佟析秋目光死死地緊鎖住他，見他除了面色有些蒼白，似乎並無不妥之處，這才紅著眼，暗中長長吁了口氣。

亓三郎走到皇后面前，跪拜稟道：「皇上已經醒了，命皇后娘娘獨自前去看望。」

「等一下！」樺貴人不服地從旁邊椅子上站起來，看向亓三郎的眼神很是不滿。「都指揮使是否聽錯了？我等也很關心皇上龍體，為何獨獨只喚皇后呢？」

洪誠帝是什麼意思？為何只讓皇后進去？是要死了嗎？那她怎麼辦?!

皇后聞言，臉色從原來的焦急變為肅穆。「樺貴人是對皇上的安排不滿？還是想違抗聖旨，擅闖內殿？」

樺貴人心驚地白了臉，趕緊福身賠罪。「妾身不敢。」

皇后冷哼，再不看她，快步向內室行去。

佟析秋乘機站起來，卻見亓三郎對她搖搖頭，隨即向眾人拱手，退回內殿。

佟析秋不安地絞著手絹，她只想問問他有沒有傷著，為何連個說話機會都不給她呢？

皇后進到內殿，見洪誠帝正倚在明黃繡枕上，對她招手。

「皇上，您……」

皇后訝異地近前，卻見洪誠帝對她輕輕搖頭，指著床邊的位置，讓她坐下。

「究竟是怎麼回事？」皇后一問出口，便趕緊閉嘴，垂了眸子。「妾身逾越了。」

洪誠帝抓起她的手拍了拍，眼中的狠戾卻一閃而過……

當夜，大家守在外殿，不敢合眼。

內殿裡不時傳出皇后低低的哽咽，候在殿外的百官也提起了心。

武將全被派出，搜查這批刺客的來歷。至於失蹤的恒王跟敏郡王，明子煜已率領軍隊，正挖著土石找人。

這一夜，注定不再平靜！

眾人等到天將亮時，外面突然傳來一陣嘈雜聲。

得信的宮人快步進來，邊跑邊稟道：「賢王回來了，找到恒王爺了！」
「情況怎麼樣？」明鈺公主急急問道。
宮人搖頭。「尚且不知，只看到恒王是被賢王揹進行宮的。」
「王爺！」恒王妃驚得從凳子上大叫起身，一夜流淚的眼，早已紅腫不堪，悲戚的喊聲，令聽見的人心中發怵。
明鈺公主見狀，皺眉不已，快步近前，喝道：「鬼嚎什麼？還不快傳太醫！都這個時候了，竟沒一點為人正妻的樣子！哭哭啼啼，成何體統？」
恒王妃被罵，雖有些不滿，但也知現在不是撒潑的時候，便提裙向殿外跑去。
這時，殿內傳來皇后的悲呼。「皇上！」
樺貴人嚇白了臉，飛快從椅子上站起來，就要衝進內殿，不想卻被總管太監攔在門外。
「你這奴才還不讓開？本貴人擔心皇上龍體，你卻阻攔，當心本貴人派人摘了你的腦袋！」
總管太監聽她尖利的喝罵，只淡然揮了下拂塵。「皇上有旨，除了皇后娘娘以外，任何人不得踏進內殿一步。違令者，斬！」
「你……」樺貴人氣白了臉，咬牙抖著手指。
佟析秋一直陪著敏郡王妃，聽到賢王回來，敏郡王妃顯然有些坐不住了，待聽到宮人說恒王是賢王揹進宮的，更是臉無血色。虧得佟析秋眼尖，伸手及時扶住她搖晃的身子，才沒讓人倒下。

待敏郡王妃站穩，見她的淚眼渴求地望向自己，佟析秋便對她點頭，攙她出了正殿，向恒王宮中走去。

兩人來到恒王宮前，明子煜正一臉焦急地不停踱步。

恒王妃更是一進門就大哭，直奔內殿。

明子煜皺眉，卻未阻攔，背著手，正欲再踱步，卻見到佟析秋與敏郡王妃走進來。

兩人給他行了禮，敏郡王妃滿眼淚，快步上前問道：「子煜，可有找到你五哥？」

明子煜暗下眸光，囁嚅著，卻聽見恒王妃大聲哭號。「王爺！王爺啊——」

眾人齊齊轉眼看向內殿，心中同時升起不好的預感。

幾位太醫匆匆從內殿行出，不待他們見禮，明子煜趕緊問道：「怎麼樣了？」

眾太醫搖頭，互視幾眼後，最年長者走出來，對明子煜躬身行大禮。「恒王爺身上多處斷骨，瘀血滿腹，已經……」沒氣了三字，誰也不敢說出口。如今洪誠帝正半昏迷，若再死個王爺……不約而同地再互視一眼，便低了眸。

明子煜面上哀戚，對幾個太醫揮手，示意他們不必再說。

敏郡王妃軟了腳，靠佟析秋跟身邊的婢女撐著，才沒有癱倒在地。

這時，恒王妃突然從裡面跑出來，目眥盡裂地瞪著幾人，似恨不得將他們扒皮抽筋般。

「是你們對不對？這是天大的陰謀啊！你們都想坐上那帝位是不是？」她指著明子煜，又指敏郡王妃，嘴裡不停大叫，如瘋魔一般。

明子煜見狀，皺了眉，對立在外面的宮女大喝。「都愣著做什麼？還不趕緊把人扶進去？」

「本妃不走！你們好毒的心思啊！王爺，你念著兄弟情，可看看他們，卻一個比一個狠毒！」

恒王妃坐在地上仰頭哭喊，那種絕望，令在場眾人皆生出不忍之心。

敏郡王妃灰白了臉色，敏郡王如今下落不明，連屍身都未尋到，怎教人不往壞處想？

明子煜面色悲戚，瀲灩桃花眼中卻是從未有過的冰冷，見恒王妃哭鬧不休，便命宮女將她拖走，關了起來。

「請太醫開些安神之藥，讓妳們主子喝下去，讓她安生睡上一覺。」

待婢女應聲告退，明子煜抬眼向佟析秋她們看去，表情極僵地說：「還未找到五哥，不過本王已經下令，若找不到，讓他們提頭來見！」低了眸，轉過身，語氣落寞至極。「我去送送四哥。」便舉步去了內殿。

不到半盞茶工夫，恒王的死訊就傳到明鈺公主等人耳裡。

內殿裡的皇后也得到消息，心驚地轉眸看向洪誠帝。

洪誠帝臉上瞬間靜默，表情頹喪，似一下老了好幾歲，抬起桃花眼盯著老妻，聲音是從未有過的沈重。「四皇兒雖有些急功近利，心地卻不算太壞。」

皇后點頭，洪誠帝靠著床，疲憊地對她吩咐道：「妳幫著安排吧。」

「知道了。」皇后垂眸起身，對他行禮。「妾身告退。」

眾人見皇后從內殿中出來，皆齊齊起身相迎。

皇后紅腫著眼睛，哽咽說起洪誠帝的情況。「本是醒了，可聽到恒王的消息，就……」

悲戚的聲音，引得在場的女眷們亦跟著抹起眼淚。

見大家已疲憊不堪，皇后命宮人們將軟榻搬到正殿，讓她們歇一下。這般等待，也不知還要多久。

待安置好正殿的女眷，皇后攜著明鈺公主去了恒王的宮殿。

姑嫂倆跟佟析秋她們會合時，聽說恒王妃有些魔怔，皇后便將後續之事暫時交由明鈺公主打理。見敏郡王妃搖搖欲墜，又令她們先回正殿偏廂歇一會兒。

佟析秋代敏郡王妃謝過，便與婢女扶著她離去。

不久，天色大亮，女眷一宿沒合眼、一天未進食，早有些撐不住了。樺貴人更是藉故偷偷溜走幾趟。

處理好恒王之事後，皇后便命宮人備了早飯端來。

女眷們端著清粥，誰也不敢真的吃，有些人意思意思地啜一口，有些人甚至連碰都未碰。

待在廂房裡的佟析秋，見敏郡王妃搖頭不肯吃，只好自己吃了。不是她心大，若這時倒下，只會連累旁人，保重自己不添亂，才是最大的幫助。

聽說洪誠帝現在雖無大礙，但傷勢過重，若無適合的藥材醫治也不行，太醫們商量著，理應儘快回宮才是。

可洪誠帝不願回宮，死守等著敏郡王的消息。

佟析秋不知亓三郎是不是也加入搜尋敏郡王的行列。昨兒雖只匆匆一瞥，可她總不放心，事情怕不會簡單了結了……

第八十章 懷孕？

又過了一天，黑夜來臨時，眾人終於等來期盼已久的消息。

宮人急急來報，說是找到敏郡王，人還能走動，好似傷得不重，此刻正向正殿行來。

皇后和明鈺公主等人一聽，急急走出正殿去迎。

待在偏廂的佟析秋和敏郡王妃亦激動了，敏郡王妃更是泣不成聲，伏在佟析秋肩頭，哭得跟個孩子似的。

佟析秋強忍淚水，拍著她的肩膀，安撫好她後，又催著趕緊跟出去看看。

一行人匆匆來到殿外，正好看見衣衫襤褸、俊顏污黑的敏郡王被明子煜扶著走過來。見到皇后等人，敏郡王當即掙開明子煜的手，掀起衣袍欲跪，卻被皇后止住。「回來就好，快進去給你父皇報平安吧。」

「是，兒臣這就去。」敏郡王聲音沙啞，搖晃著身子，向高階步去。

明子煜見狀，上前扶住他。

眾人讓了道，皇后又命宮人去請太醫。待敏郡王被扶到正殿，對內室磕頭後，便被宮人抬去他的宮殿。

敏郡王妃跟佟析秋對視一眼，便跟敏郡王回去。

佟析秋拭著眼角，轉眸尋找，並未看到想見之人，不由垂眸，與眾人去往正殿。

一會兒後，給敏郡王看診的太醫來報，說敏郡王身上雖有多處劃傷，幸無大礙時，上首的皇后與眾人才鬆了口氣。

皇后隨即進了內室向洪誠帝報平安，再出來時，便命眾人散了。明鈺公主跟佟析秋則留下，被安排住在偏殿的廂房裡。

彼時佟析秋已疲乏至極，加之昨兒被馬踢了下，大腿隱隱作痛，且當時摔下時，為不讓屁股著地，她的胳膊也因拄地而擦傷。

近兩天來，她極力忍痛，一聲不吭。待進淨房沐浴，藍衣服侍她更衣，嚇得啊了一聲，當即不知所措地指著她白若凝脂的腿上那巴掌大的青腫。

佟析秋卻淡然地坐進桶中，當溫熱的水竄入她每個毛孔時，舒服的感覺，令她抑制不住地閉了眼，呻吟出聲。

藍衣拿著巾子，小心幫她擦著身子，看到她破皮又結痂的手肘時，再也忍不住，眼淚奪眶而出。

佟析秋偏頭問她。「怎麼了？」

「少奶奶，婢子……婢子失職。」

佟析秋聽了，笑著搖頭，淡淡嘆了聲。「好好伺候我洗澡吧，我沒力氣跟妳說笑了。」

「是！」藍衣趕緊抹去眼淚，小心避開傷處，輕輕幫她拭淨身上的髒污。

待走出淨室，佟析秋只匆匆絞乾頭髮，便上床躺下了。

她以為自己已經很累，應該很快便能入睡，熬了一天一夜，眼睛都疼了。可閉眼後，腦中全是昨晚亓三郎看似無不妥的蒼白容顏。

當時他很鎮靜，也很嚴肅，看著她時，眼神鎮定沈著。

但她就是莫名地擔心。如今恒王死了，已經入棺，敏郡王也找到了，連明子煜都回宮休息。可亓三郎呢，他去哪兒了？還是洪誠帝另派任務給他？可洪誠帝不是病了嗎？

佟析秋越想，越不想去猜，再也受不住身子的疲憊，終於恍惚地睡了過去。

不知過了多久，耳邊響起窸窸窣窣的聲音，應是有人回來了。她想睜眼，奈何眼皮不聽使喚，沈重得連掀起的力氣也無。想抬手踢腳，卻發現身子根本動彈不得。

她急得想掉淚，想喚出聲，卻聽身邊的人用沈啞嗓音在她耳邊低語。「好好睡。」話落，似有雙略粗的手輕拭她的額頭，那種溫柔令她沒來由地安心。

此時，涼風吹進，熟悉的味道竄入鼻尖，佟析秋這才真正放下心，沈睡過去。

這一覺，佟析秋睡得極甜極沈。

待她再次睜眼時，不期然地撞進一雙深邃的鷹瞳中。

佟析秋有些愣怔，呆了下，才露出憨甜笑容。「回來了？」

「回來了。」亓三郎輕點下巴，側著身子，單手支頭看她。

佟析秋笑著，用力滾進他的懷抱。

她突然撞來，亓三郎頓時皺起劍眉，見她還想伸手抱他，便趕緊輕輕扯開她，嘴角不自然地牽動一下。「既然醒了，就起來吧，等會兒得走了。」

樣。」

「走？」

「嗯。」亓三郎起身。「皇上傷勢嚴重，須儘快回京。來時由我護送，回去亦是一樣。」

「大家都回去嗎？」

「單獨護送。」亓三郎搖頭，隨即低眸認真看著她，又道：「妳與我一起。母親和皇后會遲幾天回去，作為掩護。」

佟析秋皺眉，既是秘密護送，拉上她做什麼？

「妳懷孕了。」似知她所想，亓三郎淡淡陳述道。

佟析秋不可思議地瞪大眼。她何時懷孕了？她怎麼不知道？

「你們到底在計劃什麼？」終究沒有昏頭，佟析秋震驚完，直接問道。

亓三郎歉疚地解釋。「需要立刻回京的理由。」

佟析秋沈吟，隨即明白地點頭。她一年未曾有孕，突然懷孕，若身子不適，亓三郎肯定會緊張，要將她送回京都。洪誠帝是想用這個藉口，跟著他們便裝回京？

佟析秋哼笑，如此笨拙的掩護，他們能想到，刺客就想不到嗎？突然，她恍然大悟，眼色一深，問道：「想調虎離山？到底有多少刺客行刺？」竟須拿她去當誘餌？

亓三郎不語，轉眸道：「昨晚妳發高燒，請太醫來看，是太過勞累加上有了身子所致。因底子太虛，行宮的藥材又不夠用，需儘快進京保胎。」

佟析秋挑眉。也就是說，從這一刻起，她還得裝病？

亓三郎見狀，歉疚道：「也不一定會遇上，不過是先探個路。」若他們聰明，就不會來刺殺他們，可行宮中也得留夠人才行。

接著，消息傳出，佟析秋因懷孕而身子不適，躺在床上，已是奄奄一息。

亓三郎急得不成樣子，洪誠帝念他救駕有功，特准他們先行回京。

於是，他們一行人吃過早飯便出了行宮，回驛館匆匆收拾後，便拉著三輛馬車，向京都出發了。

因佟析秋有孕，自然不能快馬加鞭，是以，這一路行車的樣子，跟當初御駕出遊一樣，慢得讓人生疑。

每日裡，他們早早便進驛站休息，翌日則等到日上三竿再出發。若當天晚上未趕至驛館，便派衛兵裡三層、外三層地圍著馬車，小心保護。

這日，他們到了最後一座驛館。

一路平安，讓佟析秋提著的心放下不少，趁著放鬆，幫亓三郎倒茶後，便問起當日的遇刺之事。

不想，亓三郎回得有些含糊，知他不願多說，佟析秋只得問敏郡王的事。「不知賢王是在哪裡找到敏郡王的？竟只受了皮肉傷呢。」這算是極好的運道了，連恒王的骨頭都被壓斷，他卻沒事。

亓三郎回答。「聽說山被炸掉時，他跳了崖，掛在一棵小樹上，這才保住性命。」

佟析秋訝異，得有多大勇氣才會選擇跳崖啊，而且當時突然山崩，應該會慌亂而不知所措。在那千鈞一髮的時刻，敏郡王竟能做出這樣的選擇，其冷靜程度真是不得不讓人佩服。

佟析秋感慨著，如今恒王死了，慶王又被打壓，敏郡王的春天怕真是要來了，遂不動聲色地喝茶，繼續問：「山是被人炸掉的？」

亓三郎輕嗯。「事發後，我去山頭查看，找到火藥的痕跡，命人挖了，發現那裡以前應該有個山洞，大概就是藏火藥的地方。」

山洞、火藥？這個時代想要火藥，且還是炸一座山的量，要上哪裡去弄？還有控制火藥的技術，怎麼樣才能剛好炸掉整座山？得有火藥來源和懂行之人才行。

佟析秋看向亓三郎，卻聽他淡淡說道：「不用想太多，這事已有眉目。」

佟析秋嗯了聲，依舊沈吟著。就算有炸藥，設計好了，可誰能知道恒王和敏郡王一定會從那裡經過？

亓三郎見她還在想，乾脆直接告訴她。「有侍衛慫恿恒王上山。恒王本就有些好勝，加之當時已經輸了敏郡王兩隻麋鹿，更想打些大獵物來挽回顏面。既如此，就必須走山路，那座山極陡，只有一條羊腸小徑能上去，且另一邊還是高崖。有子弟當即勸恒王別去了，哪承想，恒王好強，硬是不想跟敏郡王認輸。」當時明子煜覺得太過無聊，沒跟去，否則，受傷的可就不止二位王爺了。

佟析秋抬眼。侍衛慫恿？

「那侍衛也被埋了。」

好吧，佟析秋聳肩。可他是怎麼混進獵場的？或者原本就是那裡的侍衛？

砰砰！突來的敲門聲，打斷了佟析秋的思考。

亓三郎前去開門，從討賞的小二手中接過托盤，皺眉將飯菜放上桌。

看著簡簡單單的三菜一湯，佟析秋正想舉筷，卻見亓三郎將盤子端起，把菜倒進窗臺上的花盆裡。

佟析秋疑惑。「怎麼了？」

「剛進館時，未見過這夥計，小心為上。」

佟析秋點頭起身，去拿自行攜帶的糕點，又對房間的另一邊牆壁敲了敲，待得了藍衣等人回敲的暗示後，才重回桌前，跟亓三郎就著糕點當晚飯。

晚上，兩人吹燈和衣躺在床上，佟析秋見亓三郎依舊側著身子對她，有些不解了。

「不累嗎？」這都多少天了？從回行宮後，他就一直這樣側著睡。

「什麼？」

見亓三郎疑惑，佟析秋指了指他的睡姿。「這樣睡著，不累嗎？」

「不累。想多看看妳。」

亓三郎油滑地調笑，眼神戲謔，佟析秋藉著窗外的月光看得一清二楚，瞬間臉紅，嗔了句。「不害臊！」又忍不住伸手戳他。

他低笑著，握住她的纖手。「睡吧。」

「嗯。」

佟析秋聽話，剛準備合眼，便感覺他似乎有些緊繃，跟著懸了心，小聲問道：「怎麼了？」

亓三郎沈默不語，眼神變得冰冷，豎起耳朵傾聽。

佟析秋覺得心臟跳得要衝破胸膛了，手心冒出冷汗。

突然，亓三郎猛地捂住她的口鼻，讓她呼吸一窒。見他暗中對她搖頭，立時心領神會，用手慢慢舉高被子，輕輕蒙上頭。

亓三郎鬆了手，屏住呼吸，另一隻手摸向隨身放著的長劍。

此時，門閂被人用刀輕輕刮著，輕微的㗃㗃聲，讓只露出眼睛的佟析秋嚇得幾乎要犯了心臟病。

旁邊，亓三郎已經把劍穩穩握在手裡。

嘎吱！房門突然被推開，緊接著是腳步聲，然後，佟析秋看到黑暗中泛白的刀刃，驚得努力保持呼吸均勻，不讓心跳亂了節奏。

進來的人似乎並未發覺他們醒著，動作很大膽，甚至沒有故意放輕腳步。

幾人到了床前，有人轉頭，暗中向另一個人使眼色。

佟析秋看見長長的白刃被舉得很高，猛地朝他們刺來，嚇得趕緊用被子捂住眼睛。

「啊——」

一聲慘叫響起，佟析秋立時抬眼，卻見亓三郎不知何時已坐起身，將她護在身後，手中長劍在透進的月光下，閃著讓人膽顫的光芒。

刺客們看著倒地的同伴，立時呆住，還不待舉刀，亓三郎又快、狠、準地拔劍刺穿一人的心。

來人見狀，徹底慌了，當即朝外大喊。「他們沒中計！」

話落，門外響起噔噔的腳步聲。

隔壁房亦傳出慘叫，佟析秋嚇得緊捍被角，暗道不好，知藍衣屋裡也被刺客闖進了……

第八十一章 奇事

亓三郎連殺了兩名刺客，剩下的人互視一眼，便舉刀衝過來。

佟析秋被護在床的裡側，看到刀刃在空中不停擦出火星，且居然是六個人圍攻亓三郎。

亓三郎得應付刺客，還得護著床上的佟析秋，放不開手腳，因此吃了好幾次暗虧。

佟析秋也發現這一點，急得不行，想著有什麼方法能幫上忙。

刺客見狀，更是不停使出狠招，把亓三郎逼得不能動彈。除了抵擋，他竟連還手之力都無。

終於，其中一個刺客的長劍，很俐落地劃向了亓三郎伸出來抵擋的胳膊。

亓三郎悶哼，讓佟析秋的心臟一緊，恨不得立時撲去跟那刺客拚命。

這樣想的同時，她也動手了，只見她飛快自床上坐起，拿著枕頭狠狠朝刺客扔去。

幾個刺客一驚，用刀劃破枕頭。

趁著空檔，亓三郎以一劍封喉的招式，又殺死一名刺客。

見同伴倒下，剩下的刺客更加瘋狂，有人用前虛後實的招數，把亓三郎逼得只剩立足之地，更有人趁空撲向床，想殺害佟析秋。

亓三郎大急，轉身去擋，刺客便乘機大力向他的肩膀砍去。

佟析秋瞪眼驚呼。「小心！」

亓三郎聽見，回身揮劍，劃破刺客的胸口，令他慘叫著後退。

亓三郎雖躲過那一砍，閃身時卻擦傷肩頭。

其他刺客見狀，發狠舉刀，攻向佟析秋。

佟析秋嚇得瞳孔一縮，抓起棉被扔去，趁著擋劍的工夫，放了幔帳，順勢滾下床。

刺客幾下將棉被砍成碎片，想殺上前，不想卻被幔帳阻擋，情急之下，再次大力舉刀劃開那惱人的幔帳。

佟析秋乘機鑽入床底，亓三郎也趁空將齊攻他的人大力推出去，再一個跳躍，反身揮劍，將準備去床底殺人的刺客一劍斃了。

眾人見他不過幾個喘息之間，就殺掉四人，便瞬間改變方向，同時舉刀衝上來，想將小床劈成二半。

亓三郎怎能讓他們如願？立即上前抵擋，卻聽哨音響起，緊接著，窗外又跳進三名刺客。

攻擊佟析秋的刺客愣怔了下，以為是亓三郎的人手，正想逃跑，不想，那幾人竟也開始圍攻亓三郎。

亓三郎眼色一深，提劍拚殺。

原先的四名刺客見有幫手，便再次衝向佟析秋。

亓三郎看得瞳孔微縮，奮力擊退新刺客，想跑去救妻子，卻驚得皺眉，只見新刺客也同時向她殺去。

此時，床已被刺客合力劈開，正舉劍向她刺來，她嚇得瞪大了眼，準備受死時，卻聽見噹的一聲，居然是新刺客抵擋了殺招。

佟析秋愣住，亓三郎亦是一頓，剛反應過來，不想竟有一名新刺客忽然猛力抬腳，朝佟析秋的肚子踢去。

佟析秋大驚，捂住肚子，就想打滾逃跑。

亓三郎及時躍過來，將她護在身後，身上的氣息冷冽至極。面對人數倍增的攻勢，未有半點退縮，寸步不離地守著佟析秋。

很快，亓三郎被幾人連著刺傷幾處，雖非要害，可噴出的鮮血除了讓佟析秋看得心慌，還覺得噁心。

她捂住嘴，彎腿躲在亓三郎身後，卻發現他的後背早已濕了大片，黑乎乎又帶著腥味，分明就是黏稠鮮血。

佟析秋臉色發白，驚駭得不知該如何是好了。

見又有人殺過來，她咬牙，將髮簪扯下，用最尖利的一端朝刺客的眼睛射去。

「啊——」緊接著，便是亓三郎乘機補他一劍的慘叫，瞬間又倒下一人。

佟析秋數著行刺的人數，又將髮簪拔下，如法炮製。

連續倒下兩人後，刺客再不上當地分散開來，開始上下不停地跳動打鬥。

這時，佟析秋頭上的簪子射完了，披散長髮的她，頭回恨自己怎麼就沒有把頭插成馬蜂窩的習慣？

另一邊，幾個刺客趁亓三郎不能走動，不斷消耗他的體力。

佟析秋知道，再這樣下去，亓三郎定沒有半分勝算，急得眼淚在眼眶裡不停打轉，卻是半點忙都幫不上。

嗚——尖銳的哨音再次響起，新刺客突然互視一眼，隨即趕緊後退，向窗戶奪窗而出。見刺客人數一少，亓三郎立時冷眼反攻。不消片刻，剩下的刺客全部倒地。

屋裡恢復平靜，隔壁的藍衣也正好完事跑過來。

黑暗中，藍衣抱著胳膊拿出火摺子，立即點亮房內的燭火。

幾人瞇眼，待佟析秋睜開雙眸，看著一地的斷肢殘骸，和滿屋紅得刺眼的腥味鮮血時，頓時嗓子一癢，將忍耐許久的噁心感盡情宣洩出來。

藍衣驚呼，捂著流血的胳膊蹲下。「少奶奶，妳怎麼了？」

佟析秋搖頭，看著她流血不止的手，只覺嗓子越發難受，便嘔得大吐特吐。

藍衣見狀，急壞了，更讓身受重傷的亓三郎心疼地皺起濃濃劍眉……

當晚，那夥人之所以那般快地奪窗而走，是因為鎮國侯帶著暗衛趕來了。

佟析秋雖然疑惑，卻沒工夫相問，因為她吐完之後，就頭暈了。亓三郎嚇得扶住她，聽見她氣憤地說：「你竟然隱瞞我受傷之事……」

話未落，她便暈了過去。

佟析秋再次醒來，已回到了鎮國侯府的蘅璽苑中。

她睜眼呆看幔帳良久，還是藍衣發現她醒來，驚叫著上前，喚回她的心神。

「少奶奶，妳醒了？」

佟析秋有些恍惚，看著熟悉的一切，覺得出遊和發生的事，像是作了個夢。可身上的疼痛又告訴她，那並不是夢，昨晚他們真歷經了生死大劫。

她轉眸問藍衣。「現在是什麼時辰了？」

「未時了。」

佟析秋驚得撐起身。她居然睡了這般久？

藍衣慌得把她按回床上。「沈鶴鳴說，少奶奶有了身子，這幾天都不能下地，得小心安胎！」

身子？佟析秋疑惑地頓了頓，隨即不可置信地瞪大雙眼。「妳說什麼？」

藍衣嚇一跳，道：「少奶奶，妳有身子了啊。」

佟析秋愣得回不了神，好不容易清醒過來，卻見藍衣擔心地看著她，問道：「少奶奶，妳沒事吧？」

佟析秋搖頭。「妳把昨晚的事跟我說說。」

原來，她暈過去後，亓三郎便命人把她搬上馬車，連夜送回京都。找來沈鶴鳴把脈，竟是有近一月的身孕了。

先前沒有徵兆，不過是因為時日尚短，後來心神緊繃，昨晚的打鬥已令她承受不住，再看到那血腥的一幕，受到刺激，便嘔吐了。暈倒則是因為近來休息不好造成的。

這一受驚，差點害她小產。這幾天必須臥床，待吃兩服安胎藥後，才可試著下地走走。

佟析秋聽了，輕吁口氣，手不由向小腹摸去。雖仍不敢相信，可眼中卻濕潤起來。

一年來，為著孩子，明鈺公主表面上雖沒說什麼，可每月診脈，還是給她不小的壓力。後來查出亓三郎中毒時，雖讓她鬆口氣，但那時起，她就想要孩子了。

想到這裡，她抬眸問道：「三少爺呢？」

昨兒被他護在身後時，血浸濕了他大半個背，她才知道，為什麼他一直側對她睡。之前在行宮醒來時，她要去抱他，他輕巧躲過。當時不覺有異，現在回想，原來是受了重傷，怕她發現呢。

不過……他竟然敢隱瞞她？佟析秋瞇了眼。

「昨兒三少爺回來時，只簡單包了傷口，便出去了。」藍衣小心翼翼地看她一眼，見她似有些生氣，就附耳過去，道：「聽說皇上暗中行小路進京，想來三少爺跟侯爺是去接應聖駕。」

佟析秋聽了，似笑非笑地看她一眼。聽說？洪誠帝的行蹤那般容易打聽到嗎？

藍衣不好意思地垂眸，絞著手指道：「三少爺怕少奶奶擔心，特意要婢子提呢。」

佟析秋揮手讓她退下，心中生出不爽。受了那般重的傷，既然通知鎮國侯接駕，亓三郎為何還要過去，就這般忠心效主？

她摸著尚未有變化的小腹，嘆息地扯笑低喃。「我居然要做媽媽了！」前前後後活了兩輩子，第一次覺得生命可貴。

她閉上眼，靜靜回想這一世的點點滴滴，不由笑出了聲……

佟析秋在床上臥了三天，將沈鶴鳴開的兩服藥吃完後，又請他來府中把脈，得知無礙後，才獲得下床的自由。

彼時，董氏跟蔣氏聽說佟析秋有孕，驚得眼珠子差點掉出來，找到亓容錦，不停追問。「不是說不能生了嗎？如何就懷上了？會不會是哪裡出錯了？」

亓容錦也正煩著呢，聽了這話，更是氣得甩袖而起。「我怎知哪裡出錯？那藥確實放了半年之久，收回來時也一顆未丟，若他們早發現了，我哪可能還好好的、沒受到爹爹的處罰？他們又如何這般久才有孩子？不說那沈鶴鳴是個神醫嗎？許是讓他治好了吧。」

「你不是說神仙也難救嗎？」蔣氏不可置信地看著他。

「給我藥的人是這樣說的。」

亓容錦快煩死了，恒王的死訊已經傳到京都，慶王又被打壓，眼看跟那房要好的敏郡王就要起復，二房即將生下嫡孫……難道他這輩子就這麼完了？

想到這裡，他突然猛力將廳中茶几踹翻在地，指著董氏大罵。「妳再下不出蛋來，爺就找通房生！」說罷，沈下臉，大步離去。

蔣氏本還想追問，是不是給藥的人用錯藥方？但見亓容錦走時發了這般大脾氣，只好將要出口的話吞回去，轉眸看向董氏，亦不耐地喝道：「這都多久了？大夫說妳的身子如何？」

董氏也有些冤枉，吃了近半年的藥，身子已經大好，可她也不知哪裡出了問題啊。

「大夫說，兒媳的身子已經好得差不多了。」

「既是好了，就多找些生兒子的偏方吃吃，難不成真要讓那房騎上脖子？」蔣氏恨鐵不成鋼地看著屈膝的董氏，大喝出聲。「還不快去！」

「是。」董氏委屈地福身，當即眼眶含淚，退了出去。

亓三郎走後第四天，將留守行宮的皇后一行人迎了回來。

明鈺公主一回府，就直奔衡璽苑，佟析秋正好出門相迎，卻被她連連哎喲地扶起來。

「卿兒跟我說時，我還有些不相信，畢竟讓妳先行回京是權宜之計，沒承想，竟是一語成真。」說完，又趕緊朝西天佛祖拜了拜。

明鈺公主拉著佟析秋進屋歇息，將跟自己回京的綠蕪喚過來。「如今妳們少奶奶有了身子，既然妳管著小廚房，就得給本宮仔細著。若有個差池，本宮少不得拿妳問罪。」

「是！婢子定當竭心盡力。」

「嗯。」明鈺公主點頭，又陪著佟析秋說了幾句話，便起身回清漪苑洗漱了。

佟析秋送走明鈺公主，便喚來綠蕪，問起他們走後之事。

「四日前，一大批刺客闖入行宮，當時雖有禁衛軍相護，可死傷還是很慘重。那場刺殺幾乎鬧了一整晚，直到天將亮時，才等來援兵相助。」綠蕪按著心口，回憶當時情景，還心有餘悸。

因她不會武功，佟析秋怕她在路上添麻煩，只得把她留在行宮。哪知，行宮也不安全，那些刺客竟膽子大到想再行刺。

佟析秋聽完，讓綠蕪趕緊下去休息，自己則躺在床上，開始細想。

洪誠帝當真好生厲害，耍了兩手障眼法，他卻神不知，鬼不覺地喬裝走了暗路，這會兒早已到皇城了吧？這幾天，連賦閒的鎮國侯都不在府裡呢。

佟析秋想完，忍不住哼笑，隨即閉眼小憩起來。

第八十二章　傷情

當日下午，亓三郎回府，直奔衡璽苑。得了藍衣的眼神後，便快步進內室。

彼時，佟析秋正悠閒地喝著甜湯，看到他，只輕扯嘴角，卻未起身相迎。

亓三郎難掩眼中興奮，上前坐在她身邊的榻上。「身子可好些了？」

「妾身吃得好、睡得香，自然是好。」

她的話，令亓三郎摸不著頭腦，伸手想接過她喝完的碗。「那晚當真嚇著為夫了。早知道，在行宮時，就該讓太醫給妳把把脈。」話落，手卻頓在了半空。

佟析秋避開他，直接將空碗放在小几上。

看著她悠閒抹嘴的樣子，亓三郎終於發覺了不對勁。

「怎麼了？」生氣了？他可沒忘記沈鶴鳴的叮囑，儘量少惹她生氣。

佟析秋看著他有意討好的樣子，雖覺好笑，卻裝出肅穆模樣。「你受傷的事，為何要瞞著我？」

亓三郎聞言，愣住了。

「還是，我並不值得夫君信任？」佟析秋頹喪地垂眸。

亓三郎輕嘆，想去抓她的纖手，不想卻被她抬手避過去。

「只是不想讓妳擔心。」

佟析秋抿唇，讓他轉過身去。

亓三郎頓了下，知她所想，卻並未照做。

佟析秋看出他的猶豫，乾脆扯著他的領子，命令道：「脫下衣服，讓我看看。」

「還是不要吧！」傷口過於猙獰可怖，要是她看得想吐，該怎麼辦？

「我想看。」佟析秋放軟語氣，看著他的眼中有了濕意。「至少讓我知道傷得如何，不然我會一直亂猜，吃不好、睡不好。」

見她紅了眼，亓三郎嘆息，伸手撫上她的眼睛。「不是不給妳看，是怕嚇著妳。」

這些話，讓佟析秋心疼更甚，搖搖頭，輕聲道：「不會。不管怎樣，你都是我夫君，有何可怕的？」

見她堅持，亓三郎不好再爭，又嘆息一聲，終是轉過身，將衣服緩緩拉下。

佟析秋一看，傷口上裹著厚厚的白色棉布，卻被血浸成紅色，傷勢肯定不輕，手指輕撫，眼淚沒來由地滴落。「傷得這樣重，如何還要那般勞累？朝中又不是沒人，為何讓你去跑腿？」

聽她哽咽地報怨，亓三郎無奈，穿回衣服道：「當時林中遇刺，刺客眾多，大多侍衛沒了性命，眼看刺客的劍就要傷到皇上，我如何能眼睜睜看著？」且不說那是當今皇上，單喚一聲舅舅，也不能見死不救。

「那一劍深可見骨，當時被抬進行宮的，其實是我，並非皇上。」從鬼門關走了一趟，對許多事更是看淡不少。

佟析秋聽得心驚，亓三郎拉著她的纖手，放入掌心拍了拍。「待我醒來時，皇上便說要將計就計。既然對外傳的是皇上受傷，那我必要做出沒事的模樣。」

佟析秋恍然地垂眸。難怪，她就覺得遇刺那晚他有些不妥，雖未看出異狀，可心裡總是不舒服。

見她有些咬牙切齒，亓三郎好笑地搖搖頭。

其實，他未將真相全部說出來。那一天，事態緊急，那一劍並不是替洪誠帝擋的，而是結結實實挨的。

他被抬進行宮時，太醫束手無策，因傷口太深，上的藥很快就被血水沖掉。渾渾噩噩間，憶起佟析秋幫他縫傷的經歷，便命太醫拿針線來，照著她的方法，用鹽水泡線，再用火燒過針，讓那群嚇傻的太醫幫他縫了。

結果，他痛得幾欲暈死，好在身上帶著沈鶴鳴送的兩粒保命藥丸，服下後，才讓他咬牙挺過去。

縫好傷口，不到一個時辰，洪誠帝就跟他說了將計就計之事。

是以，他不得不忍著痛意，撐著走出內殿。之所以那般匆忙，就是怕在佟析秋面前露餡兒。

晚上，佟析秋給他上藥時，看到長至腰側的傷口，不由心疼更甚，手撫上彎曲如蜈蚣的縫線，暗中猜著傷口的深度。

亓三郎被她摸得有些癢，頭上冒出細細密密的汗珠。

當她的指尖滑到腰側時，他終於忍不住顫抖一下，握住她的手指，聲音沙啞難耐。

「別調皮！」

佟析秋正傷心著，聽了這話，當即無語，狠拍他後背。「想得美！」

亓三郎痛得悶哼，見她擔心又想來摸，趕緊搖頭，失笑道：「上藥吧。我還想多活幾年，陪兒子長大呢！」

佟析秋臉紅，打開沈鶴鳴給的藥瓶，小心地幫他上藥，嗔道：「你如何知道是兒子了，萬一是女兒呢？」

亓三郎聞言，皺眉沈吟。「一定是兒子！」

「你重男輕女？」佟析秋瞇眼，不高興了。

聽出她的不對勁，亓三郎趕緊轉頭，果見她陰了臉，趕緊解釋道：「不是。是……是我不知該如何哄女兒。」

他能教兒子騎射、抓他練武，不高興了，還能虎著臉訓他。

可女兒……那小小軟軟的一團，眼淚汪汪地看著他，聲音軟軟糯糯，他不敢大吼，又不敢擺臉色，實在頭疼得不知如何是好。

佟析秋聽了，有些哭笑不得。「敢情兒子生出來就是挨你訓的？」

「都說三歲看老，練功趁早。我從三歲時，就開始習馬步了。」

亓三郎說得滿不在乎，佟析秋卻心疼不已。三歲紮馬步，不會蹲出蘿蔔腿？

看著人高馬大的亓三郎，佟析秋又搖搖頭，轉移話題道：「你是如何通知父親去驛館的？」

「事發當日，我便派暗衛通知父親前來。那晚遇刺，他正好護著皇上的車隊趕到附近。」

佟析秋頷首，將上好藥的傷口包紮好。想起那天，還有些心有餘悸。那群人不但在食物裡下藥，居然還吹迷煙。幸虧亓三郎警覺，否則他們怎麼死的都不知道。那一夜，很多侍衛便是在夢中被人神不知、鬼不覺地取下了首級。

「查出主謀了嗎？」

亓三郎不動聲色地穿好裡衣後，勾起唇，撫著佟析秋的小臉道：「這不是我們該操心的，朝中自有人去查。」說罷，摟她入懷。「睡覺。」

佟析秋有些不滿。「我還未說完呢！」

「沈鶴鳴說妳要多休息，少操心。」

話落，亓三郎以掌風搧熄蠟燭，小心護著佟析秋，生怕碰了她的肚子。

好吧！佟析秋暗中聳肩。其實，她還有疑問，那日行刺的好像是兩批人，他們都要刺殺亓三郎，可後進的人卻不想殺她，有個黑衣人，竟然想踢她的肚子。可是為什麼呢？那些刺客又是誰的人？誰最怕她有孩子？大房嗎？

「睡覺！」頭頂突來的低沈之音，令她瞬間斷了思緒。

佟析秋無語，故意在他懷裡磨蹭，撩撥得亓三郎難以自持，呼吸變濁，才翻身背對他。

「睡覺！」

這下，她真睡了，可有人卻難以入眠了……

如今，慶王府沈寂到人人走路都不敢喘氣的地步。

這幾天，慶王妃不停去娘家走動，連慶王也好些天沒回府。

謝寧似乎察覺到什麼，趕緊寫了兩封信，派人送去佟府。

她的變化，也讓佟析玉看個明白。洪誠帝行獵遇刺，恒王因山崩而死。舉國大事，無人不知，可如今府中人人自危的樣子……

她突然白了臉，喚來貼身婢女，拿出信物給她，悄聲耳語兩句，便讓她快快出門了。

佟府這邊，王氏更是急得不行。

上回來信說皇上要查私礦開始，她就隱約覺得不對勁。現在女兒又寫信說了慶王府的情況，讓她疑惑更甚。

如今各府都去恒王府中弔祭，洪誠帝受了重傷，正在宮中休養。如此緊要時刻，慶王不但不在府裡，連慶王妃也頻頻往娘家跑，很明顯，要出大事了！

想到這裡，王氏遂命小廝出府，去尋佟百里回來。

誰承想，直到快天黑，佟百里都未回府。

王氏心中越發不安，著人傳信去大學士府，竟連王大學士都沒有回去，讓她本就不安的心，愈加慌亂起來。

另一邊，鎮國侯府的衡璽苑裡，聽門房報說佟硯墨求見，佟析秋微不可察地輕蹙秀眉，命人將他領進內院，為著避嫌，大開房門，在正廳招呼他。

兩人見了禮，佟析秋命人上茶，佟硯墨喝著，正尋思該如何開口，不想，佟析秋竟主動先問他。

「有事不成？」往日裡有事，他都是暗中傳信，極少這般光明正大地來侯府。

佟硯墨手中握著佟析玉傳出的信物，低著眸，表情有著絲絲慚愧跟急切。

「大姊讓人從慶王府帶信給我。」說著，他抬眸看向佟析秋。「想請堂姊幫個忙。」

佟析秋不語，垂眸看茶盞。

這幾日，鎮國侯與亓三郎都很晚才回家，加之恒王大喪，身為兄弟的慶王卻不見蹤影，種種跡象，只要不是傻的，都能猜出是怎麼回事吧！

下首的佟硯墨見她不說話，便站起身，撩了袍子，就想跪下。

「藍衣！」佟析秋蹙眉，趕緊喚人。

「少奶奶有何吩咐？」

藍衣快步進屋，佟硯墨一臉尷尬地立在那裡，掀袍的手不覺放下來。

佟析秋不動聲色地看他一眼。「堂少爺的茶涼了，替他換一盞。」

「是。」藍衣福身，端走几上的茶盞，退了下去。

「坐吧。」佟析秋讓佟硯墨重新落坐。待藍衣換了新茶上來，才緩緩說道：「若要說慶王府之事，我怕沒有那通天的本領。」
見佟硯墨不相信地抬眼，佟析秋也不瞞他。「如今，京中只要稍稍明白的人，都知發生了什麼事。佟府跟謝寧，還有你，少不得要受牽連。」
遇刺的是皇帝跟王爺，誰敢不要命地去護？如今慶王下落不明，怕是早被人查到把柄，關押起來。這般大的事，想抹得沒有一絲痕跡，簡直是癡人說夢。
還有行宮刺殺那回，綠蕪曾說過，到天將亮才等來援兵。她向明鈺公主問過，雖明鈺公主不想讓她操無謂的心，還是提了句，說秋山一帶的軍隊是由慶王妃舅兄妻家的旁支掌控。
雖是相隔甚遠的親屬，可這個時代，世家大族向來盤根錯節，哪怕一點點掛勾也會引人猜測，何況是延遲這般久的救援呢？
佟硯墨聽佟析秋說到他，不由心驚了下。
佟析秋用絹帕掩嘴，又道：「此事實難相助。連佟家會如何，你我都猜不了聖意。」
「即使姊夫有功勞也不行嗎？」
佟析秋諷笑。「功勞？護駕是他的本分，誰敢拿著本分去向皇上討賞？」
見他失望地垂頭，佟析秋嘆了聲，不知該如何開導他。就算他沒有參與，卻怕會有連坐的刑罰。
她是幸運，雖已為侯門婦，懷了侯府子嗣，可若婆家不願要她這個被謀反牽連的兒媳，那她亦難逃連坐的命運。如今她還能心安理得地住在侯府，是多虧嫁了個好婆家。
佟硯墨被說得心涼半截，只覺頭頂已經有一把刀高懸著，對準了他的脖子。

見他臉上沒了血色，佟析秋覺得自己說得太過殘忍，畢竟他只有十幾歲，終究是個小孩罷了。

「不如，今晚你在府中歇了，待你姊夫回來，再問問情況，說不定有轉機呢？」

佟硯墨了無生氣地點頭，起身作揖。佟析秋遂命藍衣陪他去前院，安排了客房。待藍衣自前院回來，便對她附耳道：「哭得厲害，怕是嚇得狠了。」

佟析秋頓住，終是將那抹嘆息吞進了肚子。

這晚，亓三郎與鎮國侯徹夜未歸，京都所有文武百官皆被召進宮中。

彼時，前朝大殿上，洪誠帝著明黃龍袍，威嚴地坐於上首。

見百官低頭不語，便揮手，命將人給帶上來。

眾人轉頭齊齊盯著被拖上殿的犯人，待侍衛將他遮臉的長髮撩起後，驚得瞪大了眼珠。

這不是消失幾天的慶王又是誰？

慶王趴在光可鑑人的大殿玉磚上，緩緩抬起眼，看到上首的洪誠帝，眼淚霎時滾落，連連跪行幾步。

「父皇，兒子錯了！兒子錯了啊！」

洪誠帝連看都懶得看他一眼，只面無表情地遞個眼神給身旁的總管太監。

總管太監彎腰稱是，自洪誠帝身側走出去，一揮拂塵，打開明黃聖旨，大聲唸道：「奉天承運，皇帝詔曰：慶王明子衛，私自開礦冶煉兵器，暗中招兵買馬，行弒父殺弟謀反之事。其野心勃勃，司馬昭之心，人盡皆知。今朕念其乃吾子，特允留全屍一具，賜鴆酒一杯。欽此！」

話落，總管太監看著還在下首大叫的慶王，將聖旨捲好，剛要遞下去，不想洪誠帝卻一把奪過，扔了下去。「賜酒吧！」

「賜酒！」太監的尖細嗓音，重複了洪誠帝的吩咐。

慶王嚇得不斷搖頭，快步往前，想爬上那高位臺階，卻被守在兩邊的侍衛按下去。

「父皇，兒子錯了，再不敢了。求父皇留兒子一命，兒子願出家剃度洗清罪孽，求父皇饒命吧！」他被侍衛架著，只能不停做出磕頭的樣子，不停向下點著腦袋。

洪誠帝看得滿眼不忍，卻始終緊抿著唇，見酒端上來，就閉眼對總管太監揮手。「灌酒！」端酒的宮人立時便向慶王走去。

「不，不，不……我不要死！父皇，兒子真的錯了，求父皇開恩！」

明子煜立於殿中，一臉不忍，剛想提腳出去，卻被旁邊的敏郡王暗中拉住衣袖。回眸看去，見對方正衝他搖頭，臉上傷痕未癒，令他又回眸去看上首已滿是華髮的老人，終是垂下眼，不再相理。

這時，慶王被侍衛撬開了嘴，侍宮人將酒倒進他口中，侍衛逼他仰頭，讓酒順著喉嚨，滾進肚子。

慶王恐懼地瞪大了眼，看著上首的洪誠帝，跪行兩步，喚了聲。「父皇……」一口鮮血便噴出來，緊接著，耳朵跟鼻子亦流出血水。

這一幕，讓在場的文武百官看得心驚不已。

洪誠帝看著已然沒了生氣的兒子，突然心累地垂下眼。往日裡甚是犀利的眸光，在這一刻，變得暗淡不已。揮了手，命人將屍首抬下去，又喚來敏郡王道：「後事風光點。」

「兒子明白！」

洪誠帝點頭，揮手退朝，又似想起一事，對敏郡王道：「後續之事，也由你來辦吧。」

「兒子定當妥善處置，請父皇放心。」

洪誠帝輕嗯，再不想待著，疲憊地起身，對總管太監使個眼色後，便去後宮了。

於是，總管太監高呼道：「退朝——」

尖銳之音傳遍大殿內外，百官聽罷，冷汗連連。

慶王死了，接下來的爪牙還會遠嗎？

第八十三章　後續

亓三郎跟鎮國侯回府時，已經天亮了。

彼時佟析秋醒來，披衣來迎亓三郎，卻被他皺眉喚著快快進屋。待回內室讓她躺上床後，他才進淨房更衣。

待亓三郎出來，佟析秋便靠在床頭，與他說了佟硯墨的事。

亓三郎沈吟了下，道：「皇上只賜死慶王，並未說誅九族的話。後面的事交給敏郡王辦，以敏郡王的溫和，想來不會牽扯太廣才是，不過慶王府……」他頓了下。「怕是難保。」

佟析秋輕嗯，沒說什麼，讓出床頭位置，喚道：「你先躺下歇一會兒。」

亓三郎頷首，待兩人躺在床上，佟析秋伸手撫平他的眉峰，溫笑道：「睡吧。」

「妳也再睡一會兒。」

於是，亓三郎輕摟住她，哄著她又睡了過去。

天將亮，佟硯墨便起了身，聽說亓三郎回府後，就直奔後院。

不想，守門的婆子攔下他，說亓三郎還在歇息。

佟硯墨聽罷，瞬間有些不是滋味。他正徘徊在生死關頭，別人卻舒舒服服睡著大覺，那種不平，令他心頭生出了幾分酸楚。

他轉了身，淚水在眼眶裡打轉，仰頭看看將亮的天色，大步出了鎮國侯府。

佟百里從宮中回來後，即一言不發地坐在前院書房。

想了良久，他振筆疾書，寫起奏摺。寫完後更衣，快步出了書房。

不想，他一出來，竟碰到來找他的王氏。「有事不成？」

聽了他的問話，王氏瞬間生出不滿。什麼叫有事不成？這般大的事，他難道看不見？遂道：「慶王被賜死了？」

見他點頭，王氏急急接著問：「那我的寧兒怎麼辦？」

「我正要去找岳父商量，此事且再等等。」

「還要等？」王氏落淚了。昨兒晚上，慶王府就被禁軍包圍，如今全府上下只准進、不准出，還要等到何時去？

佟百里見狀，不耐煩了。「當初慶王妃生日宴，敏郡王被那般羞辱，想讓人大度諒解，就得拿出誠意來。」

見王氏不解，他冷哼道：「敏郡王一向是幾位王爺中最不起眼的，如今起復，焉有不想握實權的理？」

沒空再理會王氏的遲鈍，佟百里一揮手。「我先去找岳父。」說罷，抬腳快步離去。

王氏在後面看得焦急，扭著絹帕，給梅椿使眼色。梅椿見狀，趕緊點頭，跟著出了院。

敏郡王剛回府，從淨房出來，就有心腹敲門，將一本奏摺遞給他。

待他打開摺子看罷後，便提步去前院書房。

彼時，書房裡一直跟著他的忠心幕僚，見他進來，皆向他行了禮。

敏郡王不廢話，直接將摺子交給他們，問道：「王大學士要舉薦這幾位大人與本王相識，眾卿看著可行？」

看過摺子的人互視一眼，這摺子上面的人可都占著重要位置，有幕僚拱手相告。「王大學士乃三朝元老，手下門生更是遍布朝野。皇上雖將慶王之事交於王爺來辦，卻未說連根拔起，想來定也知裡面牽連甚廣。不若只做表面，讓該老實的人都老實後，乘機握些實力在手？」

敏郡王點頭。「便這麼辦吧。」說罷，起身對眾人拱手。「多謝各位先生出謀相助。」

眾人見狀，趕緊彎下腰去，表著忠心。「為郡王效勞，乃吾等榮幸！」

敏郡王看著下首的一干忠心幕僚，輕嗯淺笑，眼中閃過志在必得的自信……

佟析秋跟亓三郎一覺醒來，才知外面已經發生了翻天覆地的變化。

慶王妃連同娘家因參與行刺，被連誅三族。慶王府中女眷皆貶為奴，賣入青樓，而男眷則發配千里。

除此之外，知情不報的官員，皆抄家貶為庶人。而不知情結黨者，則連降兩級，罰俸祿一年。

消息一出，佟析秋聽罷，覺得這個懲罰還算溫和，至少慶王妃那邊只滅了三族，而官員不管知情與否，未斬一人。

「如今佟府和王大學士府如何了？」

「佟百里被降為七品知縣，王大學士已告老還鄉，其子王赫亦被貶為庶民。」亓三郎不甚關心地塞了顆酸梅給她。「多吃點梅子。」

佟析秋正想著事情，不想被酸梅酸得差點沒吐出來，不滿地皺眉看他。「我愛吃甜跟辣，不愛酸！」

「酸兒辣女！」

佟析秋無語了。「若我肚子裡是個女娃，還沒出生就被她爹嫌棄，你這樣說，不怕她傷心？」

「她怎能聽得到？」

「為何聽不到？」見亓三郎訝異不信，佟析秋摸著仍平坦的肚子，解釋道：「現在我們說的每一句話，她都有可能聽到。孩子跟我是一體的，我能聽到，她也能。」

「真的？」

「真的！」佟析秋肯定地點頭。「若母親愛讀詩書，懷孕時一直看，孩子生下來也極可能喜歡；若母親愛彈琴，孩子也會喜歡聽。」

亓三郎好奇不已，眸光移向她的肚子，卻見她站在他面前，指著肚子道：「那你現在想對孩子說話嗎？」

亓三郎見狀，被她幼稚的行為弄得低笑不已。

佟析秋見他仍然不信，便坐回去。「就知道你不信。將來若被女兒嫌棄了，可別怪妾身沒提醒你。」

亓三郎聽了，終於生出幾分猶豫。

佟析秋拿塊白糖糕塞入嘴，悠哉地瞥著他。

亓三郎被她盯得有些愧疚，尷尬地轉眸道：「晚上我再說給她聽。」

「嗯。」佟析秋滿意了。

此時，綠蕪掀簾走進屋。「堂少爺又來了。」

夫妻倆聞言，對視一眼。他們醒來時，門房便來報，說佟硯墨走了。這會兒再上門，想來應是為了佟析玉。

亓三郎皺眉起身。「我去看看。」

佟析秋點頭，送他出了內室後，便躺下歇息。

前院裡，佟硯墨正哽咽哀求亓三郎救佟析玉。

亓三郎雖心軟，卻不得不道：「因罪賣入青樓的女子，是不能贖的。」

「那該如何是好？」佟硯墨紅了眼。「如今娘親聾啞，姊姊也……」

亓三郎沈吟。「不如，我拿銀子給你，且將她包下，免得在裡面吃苦。待過幾年，風聲小了，或遇大赦，再看看是否有機會贖身，可行？」

看來也只能如此了。佟硯墨嘆息，點頭起身，對他拱手一禮。「多謝姊夫！」

亓三郎搖頭，扶他起身，相勸幾句，見時辰不早了，便留他一起用膳。

晚間，亓三郎拿出銀票遞給蕭衛，命他陪佟硯墨將此事辦好。

彼時，佟析秋正在內室燭下縫著小兒衣物。如今她滿懷幸福等著這個小生命的到來，親手做的衣服也由大件變為小件，徹底將某人的衣物交給春杏去管。

聽著進屋的腳步聲，她抬眼看去，挑眉問道：「處理好了？」

「嗯。」亓三郎點頭，過來坐到她身邊，將處理方式說了。

佟析秋笑嘆。「這算不算你養的外室？」

「胡鬧！」亓三郎無語，不著痕跡地拿開她身邊的針線簍子。

見她疑惑，他迅速將耳朵貼在她的小腹上，輕聲低語幾句後，耳根泛紅。

佟析秋看得好奇，忍不住偏頭問他。「講了什麼？」

「不能說！」

亓三郎一本正經地搖頭起身，看得佟析秋失笑，心裡又有些感動。

這個時代的男子抱孫不抱兒，他能把她的話聽進去，還誠心跟肚裡的孩子講話，可見他很重視她與孩子。

佟析秋想著，便甜蜜地笑了。

佟百里剛從外面回府，王氏就急急去二門相迎。

「怎麼樣？可有將寧兒救出來？」

「回屋說！」

佟百里表情凝重，令王氏提了心，只好與他匆匆先回凝香院。

「寧兒不在青樓！」一進屋，還不待坐穩，佟百里便皺眉道。

「不在?!」王氏大驚。

佟百里嚴肅地點點頭。「岳父派人打聽，說是根本沒有謝寧這個人。」

「怎麼會這樣？」王氏不信地呢喃，隨即厲眼瞪去。「那佟析玉呢？」

佟析玉？佟百里皺眉，他倒是沒注意。說來奇怪，這般大的事情，為何佟硯墨沒來求他們？

夫妻倆對視一眼，王氏咬牙，喚梅椿過來。「去查堂少爺這兩天跟誰走得近，再叫人去青樓查查有無佟析玉這個小賤人！」

梅椿剛應聲退下，朱氏就領人過來了。

「兒啊，你得救救你大哥的孩子，他就這兩個娃，不能眼睜睜看他們死啊！」

朱氏還未進廳，就號哭起來。佟百里雖不耐煩，還是極力忍著火氣，前去攙她。

「娘，我知道，已經著手在辦了。」

「好。」朱氏點頭進屋。

王氏見到她，因擔心謝寧，對她不耐至極，匆匆行禮後，便不再言語。

佟百里夾在中間，分別開解了兩人幾句。

不想，朱氏卻頻頻抹淚，哭道：「當初劉氏的事，就做得不厚道，不能再禍害下一代。若他們死了，咱們佟家就真沒剩幾個人了。」

「婆婆這話是何意？什麼叫佟家沒人？珍姊兒如今能走路了，不是佟家人，那是哪家人？」王氏心中不舒坦，本就有些煩躁，再聽這話，哪裡受得住，直接駁了回去。

「怎麼，妳這是對我老太婆不滿？我說一句都不行是不是？」

聽見朱氏質問，王氏快壓不住脾氣了。「兒媳並未這麼說！」

「沒說過？那妳擺臭臉給誰看？怎麼，將佟家人禍害完了，想連我這老太婆也害死不成？」

朱氏見王氏陰著臉色，也來了氣。她活了這般大的歲數，何曾看過晚輩的臉色？索性一拍大腿，往地上坐去，尖聲哭道：「哎呀，這日子沒法過了，仗著是富貴人家，就敢當面對我甩臉！可憐我老婆子掏心掏肺，卻換不來半點好！老天爺，我怎麼活啊？」

王氏聽得氣急，指著她，乾脆將心中火氣一股腦兒全撒出來。「妳這老虔婆，本夫人何曾給妳臉色瞧了？不想活，那就趁早死，省得本夫人還得每月花錢，供妳好吃好喝！」

「妳說什麼?!妳這破鞋，有膽再說一遍！」

「妳罵誰破鞋？妳這老不死的！」

兩人的潑婦罵街，吵得佟百里耳朵嗡嗡作響，不停地走來走去，見兩人快打起來，不由氣惱地大喝。「夠了！要傳出去，還要不要做人了？」

王氏一聽，便歇了嘴，朱氏更是狠狠呸了一口。「我一個土埋半截的人還怕她？再說，我是婆婆，她是兒媳，怎麼說也是她沒理！」

王氏氣得臉色紫脹，看著朱氏的眼神如淬了毒般。

佟百里瞧得心驚，趕緊大咳一聲，讓王氏回神。

「我再去探聽看看！」說罷，他便抬腳離開是非之地。

王氏見佟百里走了，沒了吵架的心情，只嘲諷地看著朱氏哼了聲，便轉身進內室。

朱氏咬牙，卻又無可奈何……

另一邊，靜靜沈沈的暗巷中，一道黑影扛著麻袋不停竄來竄去，待到一座漆黑的小院前，便縱身跳進門。

「唔，唔……」麻袋裡的人不斷掙扎，來人卻毫不憐香惜玉，打了她的屁股一下。

嘎吱！陳舊的木門被推開來。來人將麻袋扔在榻上，道：「慶王府的側妃，外公是前大學士，大舅是前任大理寺卿。」

對方不屑地嗤了聲。「再怎麼風光，如今也不過是雙破鞋罷了。」

「若不要，我抬走便是。」

「等等！」那人止了邪笑，說道：「爺還未玩過妃子呢，想來滋味不錯。」

來人看他一眼。「既收下了，可得記住主子的好。」

「這個自然。」那人說罷，便揮手讓來人快走。

來人見狀，轉身出屋，飛身離開那座小院。

此時，袋子裡的謝寧早已嚇得心驚不已。這裡是哪裡？她剛剛還看著母親給的安撫信，如何一覺醒來，就被人蒙頭抓走了？

想著的同時，麻袋被打開來，不待她反應，便感覺有人戲謔地抬起她的下巴。「姿色倒是不錯，就是不知滋味如何？」說著，將她眼上的黑巾和堵嘴帕子扯下來。

謝寧以為扯下黑巾就能看到對方的臉，不想一睜眼，非但看不到，且屋裡竟黑得伸手不見五指。

「你是誰？」她顫抖地問著正撫摸她臉龐的男人。

「我是誰？」男人邪笑。「嗯，我是妳的第二個男人，記住了！」

說罷，那人便猛地將她撲倒在榻上，不顧她的奮力掙扎，粗暴地將她的錦衣撕個粉碎。

謝寧嚇得尖叫，奈何這聲音卻成了黑夜裡最恐怖的存在……

王氏聽了梅椿附耳稟報的消息後，眼神諷刺不已。「居然跑去鎮國侯府求救，果然是吃裡扒外的東西。」

晚上再聽佟百里說佟析玉被人包下後，她更是氣得哼笑連連。「寧兒失蹤，絕對跟那小賤蹄子有關。她想報復？真當本夫人手中無人不成？」

佟百里聞言，皺了下眉。「如今岳父已啟程回鄉，大舅子雖成了庶民，可以岳父在朝中的人脈，不愁以後不能起復。這個時候，妳還是少鬧為好。」

「你這話是何意？是讓我忍了不成？那是我女兒！」王氏不滿地低吼出聲。

佟百里一愣，亦吼道：「誰說讓妳忍了？舅兄已經在暗查這事，沒有實際證據，妳還能鬧？」

「鬧？」王氏冷哼。「她也不是沒有弱點。」

見王氏這副樣子，佟百里就知她在想什麼，斥道：「妳那些心思還是暫時收著好，如今敏郡王跟鎮國侯府走得極近，妳想連佟府跟舅兄的前程都一起陪葬？」

「這是為什麼？」王氏眼中有了幾分不解。與敏郡王走得近又怎樣？不過是個郡王罷了，有何可懼？

佟百里想了想，緩緩道：「今日早朝，皇上已命敏郡王全權代管朝政。近日，皇上的身子已大不如前了。」

王氏心中大驚，才幾個日夜，洪誠帝的身子就不行了？

佟百里表情複雜地看她一眼。「不要為了一個女兒，就斷送了兩家的前程。妳還有珍姊兒呢。」

王氏仍舊一頭霧水，佟百里卻起了身。「有空去跟侯府大房多接觸，說不定能探到什麼消息。」話落，便提腳出屋。

王氏還是不甚明白，坐在那裡，思考他話裡的涵義……

服。

第八十四章 考驗

如今的朝政如何，對佟析秋來說，沒有絲毫影響，每天除了吃吃喝喝，就是做做小兒衣服。

晚上亓三郎回來，會跟她說些趣事，偶爾拿本書，唸給她肚裡的孩子聽。聽說可能是女娃後，他再不給她餵酸食了，每日說話都輕聲細語，晚上還會伏在她的小腹上，嘀咕父女之間的悄悄話。若問他說什麼，亓三郎都會神秘地笑道：「秘密。」

今日，亓三郎下朝回來，與她肚裡的孩子低語完，找出一本書，邊看邊低聲唸起來。

佟析秋縫著一件大紅的小肚兜，瞧他這模樣，有些忍俊不禁。「想讓你女兒將來長成一代才女？」

亓三郎得意地挑眉，顯然是這樣想的。

佟析秋卻撇了嘴。「有些希望往往是相反的，你希望她是個乖乖小淑女，說不定生出來就是個混世小魔王呢，屆時還不頭疼死？」

啪！亓三郎將書一合，有些不滿地看向佟析秋，顯然她這樣說惹他不豫了。「妳我都是穩重之人，女兒如何就是小魔王了？」說罷，沈臉再次打開書，唸了起來。

佟析秋暗哼，她是穩重，可不知原身小時候穩不穩重啊？畢竟這是借別人的身子生子，又不是她的。想到這裡，便有些不爽地哼了聲。

藍衣見狀，笑著端了盆綠菊進屋。「這是公主送來的，說是快中秋了，府中須裝飾一下。這盆菊花是宮中花匠新培育的，很是難得呢！」

佟析秋看得一喜，讓她將花搬到窗臺上放著。

這時，綠蕪也進了屋。「少奶奶，主院來傳開飯了。」

「知道了。」佟析秋與亓三郎對視一眼，下了暖炕，理好衣裝後，便攜手向主院行去。

自恒王大喪過後，鎮國侯就不怎麼理大房的人了。

如今快臨近中秋，蔣氏被解了禁，兩房人再次圍在一起吃飯。

席間，明鈺公主怕佟析秋吃不好，特意開小灶，燉了盅老雞湯給她。

大房的人看著，雖有些不高興，但還是強撐著笑意，吃完這頓飯。

飯後，眾人移去偏廳說話，明鈺公主對佟析秋道：「可覺得累？若乏了，就先回院。」

佟析秋想搖頭，卻見董氏自身後跟上來道：「嫂嫂當真好福氣，想當初弟妹懷胎八月時，還得給婆婆請安呢。」

明鈺公主聞言，淡淡睨她一眼。「妳是不滿妳婆婆讓妳立規矩？」

董氏表情一僵，隨即扯笑。「我不過是覺得嫂嫂好福氣，想討好幾句，沾沾喜氣罷了。」

「她向來是個有福的。」

明鈺公主哼笑，轉身牽著佟析秋去偏廳。

偏廳裡，蔣氏正委屈地跟鎮國侯說話，見她們進來，立刻換上笑臉，起身相迎，又想拉佟析秋的手。

見佟析秋不著痕跡地福身避過，蔣氏便回座，笑道：「如今府中要添丁，當真是喜事一樁。以老三媳婦的福氣，想來定會生了嫡子。老四家的，以後多去妳三嫂那裡走走，好沾沾喜氣，也幫錦兒添個胖娃。」

「是，兒媳定會常去走動。」董氏應下，笑著看向佟析秋。「嫂嫂，屆時少不得要打擾妳了。」

「她如今是雙身子，還是少打擾為好。」鎮國侯見明鈺公主沈了臉，趕緊開口阻止。

董氏頓了下，道聲是後，問道：「那兒媳每七天去坐一會兒可行？」

鎮國侯沒敢開口，蔣氏卻抬眼看他。「不過沾沾喜氣罷了，侯爺真要隔得如此生疏？」

佟析秋見狀，笑著起身。「七天倒是可行。但如今我未過三月，身子還乏，不如待三月後，四弟妹再來沾喜氣？」有什麼事，等她坐穩胎再說。這些時日，她都儘量小心著。

董氏自然沒有異議。大家又閒談幾句，氣氛還算和樂，要散場之際，蔣氏突然道：「老三房裡似乎還沒有添人？該準備了。」懷子十月不能合房，若無妾室，男人豈不憋壞了？

佟析秋抬眸看蔣氏一眼，隨即見明鈺公主臉上生出猶豫，不由將手中絹帕捏緊了些。

亓三郎見狀，冷淡地開了口。「此乃我們二房之事，不勞大娘操心。」

「老四家的從懷子開始，就將身邊的丫頭開了臉。我不過好奇問問罷了，各房有各房的規矩，我自懂得。」蔣氏識趣地笑道，但看向佟析秋的眼神，卻像說她故意霸著男人不放。

明鈺公主淡看佟析秋一眼，起身道：「時辰不早了，妾身先行回院。」

佟析秋跟亓三郎聽罷，亦起身行禮，跟著告辭。

蔣氏熱切地看向鎮國侯，不想鎮國侯也跟著起身。「本侯隨妳去清漪苑。」

明鈺公主點頭，側了身子，讓他先行。

待二房的人出了偏廳，蔣氏立時收起笑，看著遠去的一群人，心中暗恨不已。

亓容錦表情淡漠地對蔣氏拱手，也提腳出去。

董氏看著他走遠的身影，總覺得他似乎有些不一樣了……

佟析秋一回衡璽苑，便將院中一等與二等的婢女全叫進暖閣，讓她們按等級站好後，便挑眉問正坐在炕上看書的亓三郎。「夫君看看，可有滿意的？」

亓三郎不語，合上書，端盞緩緩品了口茶，又拿顆果脯送進嘴裡。

佟析秋見他這樣，便直接喚藍衣。「妳先來！」

藍衣皺了臉，搓著衣角，只差沒流下兩行眼淚，哭道：「少奶奶，婢子……婢子是石女（注）啊！」

噗！正在喝茶的佟析秋，差點沒將茶水噴出來。這藍衣為了不被開臉，連石女之語也編出來？

綠蕪聞言，臉色不好看了，顯然這也是她想說的話。見佟析秋的眼神掃來，嚇得立刻開口道：「婢子……婢子雖跟了三少爺多年，可一直還未長成呢！」

藍衣鄙視地瞥她一眼，明明上個月才來了癸水，什麼叫未長成？

佟析秋又看向春杏，見她嚇得哆嗦，遂去看新提上來的洗盥婢女紅絹。結果，沒遇過這般陣仗的她，已經臉色發白，快暈倒了。

佟析秋摸摸自己的臉。「我很可怕？」

眾人搖頭，她轉眸看向依然淡定的亓三郎。「夫君看中哪一個？還是一個也未看中？」

「若我說一個也未看中，妳要如何？」他緩緩抬眼看她，眼中滑過一絲戲謔。

佟析秋愣了下，隨即不動聲色地絞著絹帕，道：「若沒看中，那就買個清白人家的女兒，抬為良妾？」

亓三郎默不作聲，只盯著她看。佟析秋被瞧得手心都發汗了，成親這般久，還是頭回如此呢。

亓三郎知她心中所想，偏偏就是不開口。

「如何？」

良久，見佟析秋忍不住發問，亓三郎才勾唇道：「自古以來，不是沒有一妻之人。」

佟析秋嘟囔著垂眸。「可多數的平凡男子都是妻妾成群。」

孰料，亓三郎語出驚人。「我本就不平凡！」

佟析秋頓住，抬起眸，見他正戲謔地挑眉看她，不由暗暗鬆了口氣，揮手讓藍衣她們退

注：石女，因生理構造有異，而無法行房事的女子。

下，隨即甜笑著將一顆酸梅塞進他嘴裡。「夫君向來是人中龍鳳！」

亓三郎本被她強塞的酸梅酸得皺眉，聽了這話，遂又得意地挑眉，顯然對人中龍鳳的評價，是相當滿意的。

夜裡，夫妻倆相擁而眠時，亓三郎對她輕聲道：「若妳擔心，明日我去跟母親說說？」

今晚明鈺公主的猶豫，他也看到了。

佟析秋搖頭。「由我去吧！」

若兒子去說，少不得會被當成她的意思。雖說也是她的意思，可這麼做，他便成了能被妻子左右的丈夫。對於能左右兒子想法的兒媳，沒有哪個婆婆會喜歡。

「隨妳吧。」

亓三郎淡嘆一聲，明白了佟析秋的意思，不再勉強，與她一同睡去。

翌日，佟析秋去清漪苑請安，婆媳倆聊不到幾句，便說到主題。

明鈺公主拍著她的手，問道：「如何還未給卿兒安排通房？是身邊沒有合適人選？」

佟析秋垂眸。「昨兒大娘提起後，兒媳就喚了院中婢女給夫君挑，可夫君並不想讓別人近身伺候。」

「哦？」明鈺公主看她半晌，淡嗯一聲。「卿兒的性子冷，若不是他喜歡的，強塞給他也沒用。」便給桂嬤嬤使了個眼色。

桂嬤嬤心領神會，立時笑著誇道：「咱們三少爺如今升官起復，京都裡，誰不是羨慕得緊？平日裡雖嚴肅著臉不發笑，可那高挺的模樣，府中哪個丫頭不多看幾眼？怕是一個個都似懷春的貓兒呢！」

「哪有妳說得這般嚴重了？」明鈺公主笑嘆。「不過卿兒確是少有的少年有成。」說罷，轉眸看向佟析秋。

這是讓她也誇？佟析秋抿嘴輕笑，點了下頭。「夫君自是人中龍鳳。」他都不凡了，想來一句人中龍鳳還是當得起的。

明鈺公主對她這般回答，顯然有些失望，再次看向桂嬤嬤，卻見佟析秋突然起身，隨後屈膝跪下。

「妳這是做什麼？快起來。」明鈺公主嚇了一跳，想去扶她。「地上寒涼，可別冷著身子。」

佟析秋卻搖著頭，說道：「兒媳知婆婆的意思，也明白婆婆是心疼夫君。可夫君亦是兒媳的丈夫，是兒媳要相伴一生的人。夫君從未說過納妾，兒媳自然也做不到主動抬人。」

見明鈺公主愣住，她又道：「家族為綿延子孫，納妾生子，可嫡庶之差往往是內宅不平的最大原因。請桂嬤嬤數數看，京中人家，後宅和睦的，可有超出十戶？」話落，便向桂嬤嬤望去。

看桂嬤嬤不知如何回話，佟析秋再道：「兒媳說出此話，並非性子強硬。此事，兒媳問過夫君，夫君說他不想納妾，為此，他答應兒媳，此後只會有兒媳一個女人，也只會擁有兒媳所生的孩子。」想著昨晚入睡時，亓三郎在她耳邊的低語，心中不由甜蜜。

他說：此生，只願與一人共白首。

明鈺公主有些不敢相信。「他答應妳了？」

佟析秋鄭重點頭。「不知婆婆可還記得兒媳給妳的藥方？」

見明鈺公主點頭，佟析秋又道：「為了權勢、爵位，有人不擇手段，變著花樣置人於死地。兒媳雖心中敬著婆婆，亦愛著夫君，卻自知無法大度地與別人共事一夫。與其屆時成了另一個大娘，不如就此斷根。兒媳與夫君唯願一生一世一雙人，還請婆婆成全！」

明鈺公主愣怔，眼中泛起淚花。曾幾何時，她也這樣期盼過？可早已時過境遷，成了往事追憶。

見佟析秋還垂首跪著，明鈺公主趕緊回神，背過身擦淚，又給桂嬤嬤使眼色。

桂嬤嬤會意，便笑著去攙佟析秋。「公主向來開明，不過問一句而已。三少奶奶成婚這般久，何曾見過公主往你們院裡塞過人？如今這樣，不過是心疼咱們三少爺罷了。」

明鈺公主跟著無奈地嘆了聲。「既然卿兒答應妳，就隨他吧。我不去做讓人討厭的老怪物了。」

佟析秋被桂嬤嬤扶起來，聽了這話，趕緊上前去挽明鈺公主的手臂。「婆婆才不是老怪物，跟兒媳一起，就似一對姊妹花，還是比兒媳更漂亮的花兒。」

這話可是不假，明鈺公主那雙瀲灩桃花眼配著如瓷肌膚，比她這小家碧玉傾城多了。

明鈺公主被她逗得發笑，嗔怪地看她。「偏這張小嘴討巧，慣會說話來討好本宮。」

「才不是呢！不信，婆婆問問桂嬤嬤，看我可有說謊？」

桂嬤嬤自是會看人臉色，點頭道：「可不是？咱們公主天生明麗，幾十年了，從未有過一點變化，還是閨閣時的模樣呢！」

這話雖誇大，卻逗得明鈺公主開懷不少。

佟析秋見狀，徹底鬆了口氣。她真是幸運，碰到了如此開明的婆婆。

從清漪苑回去後，佟析秋疲乏得直接躺上床，睡了過去。

迷迷糊糊間，似聽見藍衣在外間跟人說話。

「誰在外面？」剛醒來的嗓子乾啞不堪，一出聲，聽了便令人不舒服。

藍衣掀簾進來，綠蕪則端了水給她潤喉，待兩人服侍好佟析秋，藍衣才拿出一張請柬，道：「剛剛門房遞來的，是敏郡王府的請柬。」

敏郡王府？佟析秋愣愣地接過請柬，打開看後，原來是家宴帖。可奇怪的是，帖子末尾注明，讓她帶佟析春一起去。

她疑惑地將帖子合上，看向藍衣問道：「送帖之人是否還在門房？」

藍衣應道：「在。」

佟析秋點頭，對她悄聲吩咐兩句，便讓她出去了。

待藍衣再回來時，便向佟析秋稟道：「說是為剛從邊疆調回的千總大人辦接風宴。」

千總大人？佟析秋沈吟，待晚間亓三郎回來後，就問了他。

亓三郎道：「敏郡王也有邀我。此次調回京都的千總尉林，算得上是位青年才俊，年歲正值十七。」

這麼一說，佟析秋便明白了。敢情敏郡王妃覺得此人不錯，想幫佟析春作媒？

「這位千總人品如何？」

亓三郎聞言，明白過來，倒也不隱瞞，說道：「回京述職時，有過一面之緣，舉止還算溫和，稱得上一表人才。」

佟析秋點頭，想著兩人的歲數，不由皺眉。「年紀會不會差太多？」六歲呢，等佟析春及笄，那人都二十一了，他能等這般久？

她正想著，屋裡卻突然安靜下來。

佟析秋疑惑地轉眼，見亓三郎正不滿地看她，這才想起，她跟他亦是相差六歲，遂趕緊拍馬屁。「咳，我這不是怕他等不及析春長大嗎？又不是人人都如夫君這般潔身自愛。」

亓三郎聞言，終於展眉，佟析秋正要暗自吁氣，卻聽他淡道：「向來不凡只屬少數。」

呃……佟析秋險些忍不住要搓搓雞皮疙瘩，見亓三郎又挑眉看來，趕緊笑著附和。「是啊，夫君就是人中龍鳳！」

唉，她的夫君簡直自命不凡，自戀到家了。

第八十五章 千總

隔天，佟析秋將佟析春接進鎮國侯府。

待兩人在房裡坐下，佟析秋跟她說了赴宴的事，佟析春就如那鴕鳥般，臉紅如血，低著頭，不願抬眸。

「二姊，如今硯青還小，我……我不想這麼早成親！」

「不是讓妳馬上成親，只是去看看罷了。」佟析秋拍著她的手。「若是對方人品不錯，可先訂親，待妳及笄；若是不成，就當去參加一次宴會，多認識些人，對妳也有好處。」

她也不希望她太早嫁，畢竟不是人人都能如她一樣，能找到亓三郎這麼個童子雞。可敏郡王妃提了，總得給面子去聚聚。

待到傍晚，佟析秋幫佟析春挑了件白色梅花邊窄袖襦裙，因至八月，天氣轉涼，外面又套上嫣紅對襟半袖，腰繫汗巾，挽同色披帛。梳雙平髻，以絲綢束髮，戴幾朵梨白小珠花，兩髻上各墜了兩條長長的水晶流蘇。整個人看起來乖巧清麗，還帶著一分孩童的純真。

佟析秋則著鵝黃刻絲百子千孫石榴裙，梳百合髻，點朱砂花鈿，戴紅寶石額鍊，頭上插得比佟析春複雜得多。

一會兒後，藍衣在門外通報道：「三少爺回來了。」

佟析春聽了，忙跟佟析秋前去相迎，待福身喚過姊夫後，便識趣地退出去。

接著，佟析秋去淨房幫亓三郎更衣，命人備好馬車，幾人便相攜著向敏郡王府出發。

馬車行至敏郡王府門前，藍衣掀簾看去，咦了聲，便放下車簾。

亓三郎騎馬過來，輕敲車窗，示意他先進去。

佟析秋便問藍衣。「怎麼了？」

「婢子看敏郡王府好生熱鬧，才咦了聲。」以前是門可羅雀呢。

佟析秋聽了，也掀起車簾瞧瞧，此時天未全黑，可敏郡王府高掛的燈籠卻大亮起來，門房不停地迎客拱手，招呼客人進府。

佟析秋放下簾子，拉著佟析春的手輕拍，心中明白，如今敏郡王府已不同以往了。

車至二門，有婢女識得藍衣，早早便命婆子將軟轎抬過來。

待佟析秋下車，婢女更是笑得溫和，行禮道：「我們王妃早早就派了婢子前來迎接三少奶奶。請三少奶奶上轎。」

佟析秋頷首，坐上軟轎，往內院行去。心裡暗暗思忖，曾幾何時，幾盞茶工夫的路，竟也抬軟轎來迎，當真是不一樣了嗎？

到了主院，敏郡王妃親自來迎，看到佟析秋，更是快步上前，與佟析秋同行的夫人們點頭招呼後，便命婆子領著那些女眷先進去。

此時，敏郡王妃分外親切，對佟析秋道：「好久未曾見妳了，倒是圓潤不少。」

「可不是，天天進補，想不圓潤也不行呢！」佟析秋嘻嘻笑著，招手喚佟析春。「來，快拜見王妃。」

「析春拜見王妃。」佟析春規矩地向敏郡王妃屈膝行禮。

敏郡王妃眉眼帶笑，將她扶起來，打量一番。「令妹長得好生俊俏，竟是比妳還美上幾分。瞧瞧這雙鳳眼，再過幾年，怕得傾倒不少世家公子呢！」

佟析春被誇得紅了臉，佟析秋則笑著打趣道：「王妃何時也開始在意皮相了？臣婦可是腹中有料之人，氣質自華。」

「瞧瞧，說妹妹比妳美，還不樂意了？」敏郡王妃瞋佟析秋一眼，隨即拉了她的手，向主院行去。

此次雖是家宴，可來的女眷卻不少。敏郡王妃附耳過去，偷偷告訴佟析秋。「八竿子打不著的都來了。雖無請柬，可我總不能將人攆走吧？」

佟析秋含笑點頭，隨即移步過去，陪女眷閒聊起來。

敏郡王妃則命人上茶點，這時有婢女前來，稟道：「王爺帶了千總大人前來拜見王妃。」

話落，敏郡王妃便趕緊讓千金小姐們躲到廳中豎起的屏風後，領著各夫人起身，前去迎接敏郡王。

待敏郡王舉步進來，眾人急忙屈膝福身，敏郡王喚大家落坐後，便與敏郡王妃上座。

名喚尉林的千總，則上前彎腰對敏郡王妃行了大禮。「北疆齊城千總尉林，拜見王妃。」

敏郡王妃抬手。「免禮吧！」

「謝王妃！」尉林起身，又向其他夫人抱拳為禮。

佟析秋坐在敏郡王妃下首，將此人看了個完完全全。

尉林身量頎長，著一身青色雲紋直裰，面皮白淨，劍眉粗黑、鼻梁直挺，嘴唇厚而紅潤，帶些陰柔的女氣。長相雖不錯，可佟析秋不喜男子過於陰柔，在他拱手看來時，只禮貌地微笑一下。

不久，晚宴開始，戲臺搭在開席的院中，未分男女之院，只分樓上樓下。樓下開闊，自是男賓落坐；閣樓隱蔽，屬女眷之位。

大家吃喝聽戲，更有膽大的千金會故意挪到窗邊，去看坐在樓下的青年才俊。

整晚，佟析春都規矩地跟在佟析秋身邊，雖因被敏郡王妃誇獎，臉上浮現紅暈，卻無半分想去見青年才俊的慾望。

晚宴直至快亥時才散席，敏郡王妃給佟析秋使個眼色，便命婢女領她去閣樓偏廂小坐。

待賓客散盡，敏郡王妃進了偏廂，讓婢女把佟析春領去別間廂房後，才以絹掩嘴，笑問：「可覺得行？」

佟析秋頓了下，也不瞞她。「雖說有一副好面相，可年紀是否大了點？」

「不過差六歲罷了，倒也不算太大。」敏郡王妃笑道：「聽說他小時候，親娘找人給他算過命，要他年過二十才能娶妻，不然會有大劫。如今他身邊僅有兩個通房，都是打小跟著他的，還不算花心。」

一聽尉林有通房，佟析秋就犯了嘀咕，雖明白這時代想找清白的公子不容易，卻不願因此委屈佟析春，想了想，道：「如今，我有父親等於沒有，都說長姊如母，可這事兒，我並不想太過委屈析春，若她不願，強求也不會圓滿。更何況，我只剩她跟硯青兩個血親了。」

「我明白。」郡王妃了然地點頭。「要不，妳考慮幾天，再問問她？」

佟析秋輕嗯，起身對她一福。「煩勞王妃費心了。」

「費什麼心？不過順手罷了。妳我乃至交，有好的，自是會想著妳。」敏郡王妃笑著扶她起身。「時辰不早了，剛才王爺的小廝來傳，說是都指揮使等妳等急了呢。」

佟析秋聞言，裝出嬌羞表情，在敏郡王妃的相送下，去二門跟亓三郎會合。

待車行出府，佟析秋問眼神清明的佟析春。「妳覺得那人如何？」

「誰？」

佟析秋挑眉。「就是向敏郡王妃行大禮的千總大人啊！」

「喔。」佟析春低眸，無趣地把玩絹帕。「那些姑娘們擋著屏風，我也不願湊這熱鬧，所以並未瞧見他長什麼樣。」

「噗！」佟析秋忍不住笑，又瞋她一眼。

佟析春卻靠過來，將頭倚在她的肩上。「我向來只相信二姊，若二姊覺得行，就一定行。這事兒，自是由二姊決定。」

佟析秋好笑地拍拍她的腦袋，心中已然明瞭幾分。

待車至南寧正街，送佟析春回去後，亓三郎便棄馬，坐進馬車。

綠蕪移去車外坐著，藍衣卻眼饞地將亓三郎的馬要過來，騎了上去。

亓三郎坐穩後，第一句話便問：「如何？」

佟析秋搖頭。「雖長得極好，可總覺得不如夫君來得陽剛。」

亓三郎挑眉，佟析秋便順勢靠上他寬闊的肩膀。「析春將來的夫君，就算沒有夫君的十分好，但也不能差了八分，亦不能有通房。」

亓三郎聞言，好笑地捋了下她的髮鬢。「怕是難找。」

佟析秋不滿地抬眼看他。「世間男子千千萬萬，我還能找不到無通房的世家子？」

「世間男子千千萬萬，無通房者極少。」

見亓三郎一副自信的得意樣，佟析秋當即比出三根指頭。「若我能說出三個無通房的人，你待如何？」

亓三郎挑眉不信，佟析秋便扳著指頭數道：「明子煜、沈鶴鳴、亓容卿，可不就是三個？」

亓三郎聽得發笑，大掌輕撫她的小腹，嘆了聲。「明子煜乃皇家身分，另外兩人，一是江湖郎中，一是有婦之夫，無一個是世家子。」

見她氣餒，他好笑地把頭輕放於她的小腹上，輕聲低語，還低低笑了出來。

佟析秋見狀，沒來由地紅起耳朵，總覺得他在說她的壞話。

敏郡王府裡，敏郡王妃對敏郡王搖頭道：「怕是不成。她說得問問妹妹，可妾身見其妹並未如其他千金一般，過去偷看尉林。」

敏郡王點頭，囑咐她先歇下後，便提腳去了外院書房。

「可是聽到了？」

「是。」已換了身錦緞柳紋藍袍的尉林，躬身答道。

「既如此，便作罷吧。」敏郡王拍拍他的肩膀。「本王不會虧待你。去吧！」

「末將告退。」

待尉林退下，敏郡王背手立於書房，盯著跳躍的燭火，眸光晦暗難辨……

昏暗院子的漆黑房間裡，謝寧抱著被子，不停抽泣著。

關在這暗無天日的地方已近十天，為何娘親還未派人來找她？

在這裡，每晚要受那個男人的凌辱，白天更有婆子把她看得死死。若她想逃，懂拳腳的婆子不但會拿鞭子抽打她，待那男人回來知道後，更會變本加厲凌辱她。吃過幾次虧後，她再不敢起了逃走的心思。

嘎——聽見木門推開的聲音，謝寧忍不住瑟縮地抖了下。

來人腳步沈穩，黑暗中，他的眼睛如狼一樣盯著她。「看來今兒乖順不少。」

「你到底要囚禁我多久？」

「多久啊？」來人戲謔笑道：「到爺玩膩為止吧！」

「你究竟想幹什麼？為何要關著一個弱女子？這樣哪算得上頂天立地的男子漢？」

謝寧力竭聲嘶地吼叫著，卻不想，空氣早已無聲凝結起來。

「我算不算男人，妳不是都知道？」男人危險地逼近，見謝寧如受驚小鹿樣地後退，就哼笑道：「我想幹什麼？妳不也曉得？」話落，便大力撲上去。

「不要！」謝寧驚叫。「不要啊——」

男子並不理會她，將她的雙腿扳成可恥的姿勢，不容她反抗，將她單薄的衣服撕個粉碎，一邊喘息、一邊陰狠地冷哼。

「是不是男人，現在就知！」說著，不顧她的悲鳴，直接貫穿了她。

謝寧痛極、恨極，黑暗中，眼神絕望……

第八十六章 病了

臨近八月十五，明鈺公主派人將佟析春跟佟硯青接來侯府，又問佟析秋，可是要給娘家送節禮？

想著已淡薄至極的親情，佟析秋本不打算再做表面工夫。不想，八月十四時，門房送來了佟府的禮盒。

秉著禮尚往來的規矩，佟析秋只好回禮，配著鎮國侯府特製的月餅，讓人送過去。

王氏看著梅椿拿來的月餅，不屑地將之掃落在地。

謝寧已失蹤大半個月，去問娘家哥哥，卻只得到一些含糊其辭的答案。她又不是榆木腦袋，憶及佟百里之前說的話，想著現今局勢，不得不吞下這口氣，抹著淚接受事實。

奶娘將小女兒珍姊兒抱過來，王氏伸手接過近兩歲的女兒，又想起大女兒，眼淚止不住地落下來……

另一邊，明子煜隨著亓三郎來了鎮國侯府。

彼時，佟析秋正與佟析春討論孩子的衣物。佟析春想繡頂虎頭帽給未來的小外甥，佟析秋自是充當她的軍師，畫個前世的卡通花樣給她，兩人就著布料討論了半天。

聽藍衣來報時，佟析春嚇了一跳，佟析秋便趕緊拉著她出屋相迎。給明子煜行過禮後，佟析春就不好意思地避入內室。
佟析秋命藍衣去前院將佟硯青喚來陪客，又命綠蕪上茶，卻見明子煜瘦了將近一圈，心中暗驚。
明子煜看到佟析秋，也沒了平日裡的嘮叨勁，規矩地僵笑，扯了下嘴角。「嫂子。」
佟析秋與亓三郎對視一眼，佟硯青則剝著乾果入嘴。「往日裡，七皇子不是最能說嗎？如今為何跟蔫掉的小雞般，沒了精神？」
「硯青！」佟析秋皺眉，斥他一句。
如今佟硯青已長開不少，早沒了話癆樣子。他是真跟明子煜聊得來，是以沒將他當王爺看待。
聽了自家二姊訓斥，佟硯青也不在意，拍拍手。「無趣至極，還以為來了個能聊的，不想卻變得跟二姊夫一般，冷淡得很。」說罷，便下了炕。「我去書房畫畫，若是開飯，記得喚我一聲。」語畢，身影便出了暖閣。
佟析秋看著晃動的簾子，無奈地搖頭。
明子煜無趣地轉著炕桌上放果仁的八寶盒。「這小子當真會看眼色，知道等會兒聽見的不會是好話，居然溜得比兔子還快。」
「當真決定了？」亓三郎問道。
「不決定，又有何辦法？」明子煜挑了顆酸梅放進嘴裡，那雙瀲灩桃花眼立時眯起，再睜開，不知是不是佟析秋的錯覺，總覺得裡面生出薄薄的霧氣。

真有那般酸？佟析秋看著酸梅，雖是給她解饞的，可味道還是不錯啊！

「準備迎娶哪位千金？」

「你要娶妻？」突來的一句，令佟析秋訝異不已，看看明子煜，又看看亓三郎。

「聽表嫂說的，難不成我不能娶妻啊？」明子煜哼唧。「我也將至弱冠之年，娶妻再正常不過。」

佟析秋見他有些激動，仔細打量他後，便垂眸起身。「我不過問問，何必著急？你們慢慢說吧，我去安排晚飯。」說罷，轉身出了屋。

亓三郎見佟析秋走出去，不滿地瞪明子煜一眼，卻未責怪，只道：「下不為例！」他的妻子懷著身子，哪是人人能吼的？

明子煜點頭，隨即頹喪地垮了肩，再不願開口。

晚膳分男女兩桌，男人們在暖閣吃，而佟析秋與佟析春在內室同用。

席間，大家寂靜無聲地吃飯，以往最為話癆的兩人閉了嘴，只能聽到碗筷相碰的聲音。

飯後，幾個男人又說了幾句，卻再無談興，便各自回院歇息。

佟析秋讓藍衣送走佟析春後，便跟著亓三郎去淨房更衣洗漱。

待侍弄好，兩人相坐於榻上時，佟析秋再也忍不了，問道：「究竟怎麼了？」

亓三郎搖頭，握著她的纖手，嘆道：「如今皇上的身子大不如前，連上朝也從隔天一次變成三天一上，所有政事都是敏郡王在處理。」

「病得很嚴重？」不然以明子煜的吊兒郎當，如何會這般急著成親？

「已經臥床。」見佟析秋眼露驚意，亓三郎又嘆一聲。「自秋山之行後，就一直沒有精神。母親去探兩次，問過太醫，只說是打擊過重，受了刺激。」

這些事，佟析秋並不知情。自她懷孕後，一些費腦之事，亓三郎就不願跟她多說。如今聽來，卻讓她傻住了。這才多久？上月還策馬奔騰、不服老的洪誠帝，如今卻臥了床？

「無須費心，妳現在只管好好安胎。」知她愛多想，怕她思慮過重，對身子不好，亓三郎才出聲阻攔。

佟析秋回神，白他一眼。「我不過動動腦子，對孩子也極好。若我跟頭豬似的，孩子……唔！」

不待她說完，亓三郎即不滿地捂了她的嘴。「哪有拿自己孩子說事的？」說罷，放開手，皺眉道：「若妳想聽，我說給妳聽便是。往後不可再說這些話，可是明白？」

佟析秋暗中吐舌，連連點頭。

見她乖覺，亓三郎才說道：「皇上的身子越發差了，前兩日皇后娘娘喚子煜進宮，與他商量婚事。哪怕抱不上孫子，好歹看到他不是孤身一人，也少操些心。」

難怪。佟析秋點頭，雖覺明子煜有些委屈，但父親都那樣了，還能忍心拒絕？

父母好時，可以為所欲為，但當父母真躺著不能動時，只盼著他們好轉，哪怕摘心掏肺都願意。

「如今朝堂又重提立儲之事，群臣覺得敏郡王為人溫和又不失氣勢，掌管朝政近半月來，也算得上得心應手，連清貴一派也有了倒戈之勢。」她想聽，他乾脆一起說出來。

佟析秋轉眸問他。「那你覺得敏郡王如何？比起恒王與慶王，是否更有本事？」他們是至交，敏郡王起復，他應是最為高興吧？

亓三郎輕嗯。「自是如此。」說罷，便扶她起身。「夜深了，早些歇著，別累著了。」

什麼嘛，哪有人這樣的！他這話是誇敏郡王，還是陳述事實？

佟析秋不滿，可他已下榻牽她的手，硬按著她上床後，就用掌風滅了燈。

良久，黑暗中，亓三郎緊摟著她，嘆道：「不知是不是錯覺，前日朝堂有官員推崇子煜時，敏郡王雖面上帶笑，可眼神卻陰寒至極。」他看到時，還有些愣怔，待細看，那抹陰寒又很快轉成了和煦。

佟析秋已迷迷糊糊地要睡過去，不想，亓三郎又繼續嘆氣。

「只盼他是一時不忿吧……」

八月十五中秋節，因著洪誠帝有疾，京都各高府不敢大辦筵席，私下過節後，僅吃個團圓飯作罷。

賞月時，明鈺公主不覺流下幾行清淚。眾人都知是怎麼回事，也不多勸解，無多大興致，早早便散了。

回到衡璽苑，桂嬤嬤送來一盤奇珍，說是皇后賞下的節禮。

佟析秋看著盤子裡的各色奇珍珠寶，只覺國母也不好當，丈夫都那樣了，還得強撐著，不能失了禮儀。

明子煜的婚事，很快定了下來。

對方是一清貴之家的女兒，年方十四，還有不到三個月便會及笄，婚期定在女方及笄後一月，十二月二十。

如今朝中因立儲之事，鬧得越發厲害了。大多數朝臣舉薦敏郡王為新儲，連嫡出的明子煜也覺得太子之位該給自家五哥。

洪誠帝因心力不足，也覺到了立儲的時機，便在八月底頒布詔書，立敏郡王明子戍為東宮太子，號建安。

詔書一下，全城百姓都圍著黃榜討論。說起敏郡王，不，建安太子，他們還是有很深的印象，五月雪災時，他們所住的災棚，都是這位太子爺日夜監工搭建修好的。對於一位能造福百姓的太子，民眾自然熱情擁戴。

佟析秋聽著藍衣從外面得來的消息，只淡淡垂眸，翻了頁詩書。誰做儲君、誰當皇帝，都跟她沒有太大關係了。

因懷孕快滿三月，以前不明顯的害喜，現在全出現了。不能吃油膩、不能聞熏香，連肉都無法多食。一走動，身子便乏得緊，實在沒有多餘心思去想朝堂之事。

佟析秋打了個哈欠，合上書，道：「我先睡一會兒。妳們退下吧。」

藍衣見狀，只得住了嘴，福身後便與綠蕪打個眼色，退了出去。

亓三郎回來時，見佟析秋正睡得酣甜，乘機輕撫她還不明顯的小腹，又低頭在她腹上輕聲嘀咕幾句。

佟析秋蹙眉地嚶嚀了聲，亓三郎抬眸看去。「吵著妳了？」

佟析秋搖頭，嗓子有著剛醒的沙啞。「剛好睡飽了。」

亓三郎頷首，伸手扶她，又喚藍衣她們打水進來，幫她洗漱整理一番。

晚飯時，他又說起敏郡王之事。

「因新儲進駐東宮，明日會宴請朝臣並後宅夫人們一聚。妳身子重，我便替妳回絕了。」

佟析秋點頭，吃著他挾來的菜道：「既然夫君安排好了，就這麼辦吧。」

「嗯。」亓三郎點頭，又道：「今兒太子找我說了兩句尉林的事，話裡話外，好似還想結這門親。」

如今他們明面上是跟太子走得極近之人，想拉佧攀關係的，自然不少。可那尉林……

見他遲疑，佟析秋便直接問道：「夫君覺著此人如何？」

「初看年輕有為，一表人才。」

只一句，佟析秋便明瞭地點點頭。「析春年紀太小，不宜早日出嫁。」

「我知了！」

亓三郎接過話，心裡已有了盤算。

翌日，群臣恭賀的宴會辦得異常熱鬧。

如今升為太子的敏郡王為人和氣，跟群臣說說笑笑，君王作派表現得淋漓盡致。

明子煜悶悶地喝了幾杯酒，看著空掉的桌子，就過去挨著亓三郎，說起洪誠帝的近況。

「不知怎的，竟連下床走動都懶散起來。本王看著那群庸醫，就想摘了他們的腦袋，好藥跟喝水似的用著，怎麼就沒了奇效？」

亓三郎不動聲色地看了上首一眼，見群臣正舉杯包圍太子，說著討喜之話，便收回眸光。「不如讓沈鶴鳴看看？」

話落，就見明子煜的眼睛亮起來。「對啊，我怎麼忘了，表哥跟藥王之徒乃至交啊！」說著，立時就想起身，卻被亓三郎暗中按下去。

這時，一名俊美陰柔的男子走過來，手拿酒杯，對兩人作揖。

「你是何人？」明子煜皺眉看他。

「咳，他是新調往京都的千總尉林，如今任東宮都指揮僉事。」亓三郎幫著兩人介紹道。

明子煜驚奇地將尉林打量一番。「都指揮僉事？」六品千總一下升成正三品東宮僉事？遂不著痕跡地看了亓三郎一眼。

「正是卑職。」尉林頷首，看著兩人身邊的空位置，用眼神詢問了下。

「請坐。」亓三郎暗中按了明子煜的手，伸手讓尉林坐下。

尉林坐了，幫兩人倒著酒。「早聞都指揮使少年英才，不久前，太子替卑職辦的接風宴上，未能好好跟都指揮使喝上一盅，不知今日可有榮幸？」
「請！」亓三郎並未多說，直接舉杯。
待一盅落肚，尉林又敬了明子煜一杯，話語多是誇讚兩人之詞，雖想繞著打聽一些事，但亓三郎冷冰冰，答得不多，明子煜又聽得雲裡霧裡，尉林並未得到想要的結果，只好拱手離去。
「這小子到底在說些什麼，居然連表嫂都誇上了？」明子煜看著那遠走的身影，不滿地對亓三郎嘀咕了句。
亓三郎自是知其意，卻不跟明子煜解釋。
明子煜又看向接受群臣恭賀、忙得不亦樂乎的太子，不由蹙起了好看的眉峰。
「五哥好似變了。」
「嗯。」
亓三郎眸色一深，換來明子煜驚訝的注視，但並不多做解釋，只靜靜飲著美酒。
這場宴會持續熱鬧到天將晚時，才散了席。
亓三郎回侯府時，已是天際麻黑。
佟析秋撐著身子陪他更衣，有些抱怨道：「怎麼鬧得這樣晚？」如今這種時候，再大的功，也不好大肆慶祝吧！
亓三郎淡淡輕嗯了聲。「人多，便吃得久了點。」

「很熱鬧？」

「半數以上的朝臣皆去了，前院擺席近三十桌。」

佟析秋皺眉，也就是說，前後院加起來至少有六、七十桌？敏郡王這是在做什麼？洪誠帝病倒，就算因立儲賀喜，可這般大辦，置洪誠帝於何地？不管如何，這時都該展現孝道，怎麼明目張膽起來了？

亓三郎拉她進懷，手撫她小腹，淡道：「想來如今局勢明朗，不想掩了。」

佟析秋抬眸看他，只見他眼神越發深邃起來。「明日我去跟母親說說，派人將析春跟硯青接進侯府長住。妳身子重，又成日悶在府裡，多個姊妹談心解悶也好。」

「你有事瞞我？」

佟析秋皺眉，扭動著，想從他身上離開，卻被他緊抱。「別鬧。」

「你是不是知道了什麼？」

亓三郎輕嘆，安撫她。「無須這般敏感，不過是猜測罷了。」

不想，佟析秋不語，直盯著他瞧。

亓三郎不自在地轉開眼，只得說道：「妳還記得秋山行獵回來遇刺之事？」見她點頭，又道：「那日有兩批刺客。」

「所以？」

「前年我與四皇子遇襲，也是兩批人。」

他沒說出口的是，前年那次圍攻，領頭之人左手執劍，虎口有顆明顯的黑痣。

今日尉林敬酒時，雖有意遮掩左手，可轉身離去的剎那，他還是看見那顆黑痣了。

或許人有相同，何況那回行刺是在夜裡，說不定弄錯了。是以亓三郎還不敢將某些事說死了，只是懷疑著。

佟析秋卻驚得瞪大了眼。兩批人？難道有人想借刀殺人？

「那跟析春和硯青又有什麼關係？」佟析秋不解地看他，思緒有些昏沈。

亓三郎也不瞞她。「今日尉林陪著喝了幾盅酒，話裡話外還是有想結親之意。見我不回應，面色似有些不好。」

這是想報復？佟析秋懵了，好歹他也為官，難道不怕丟了臉面？

「晚了，早些睡。」不容妻子再想，亓三郎拉著她去床上躺好，幫她拉好被子後，又道：「我跟子煜約好找沈鶴鳴進宮一趟，妳先睡吧。」

佟析秋犯睏，點頭閉眼，只覺懷孕後，腦子好像越發不靈光了。

東宮的書房裡，太子拿著幅畫，慢慢看著。

「他居然拒了你？呵呵……」

太子手上是一幅素描的風景畫，風格獨特，線條比水墨與丹青還來得明朗清晰。

他含笑輕撫畫紙，道：「沒有她妹妹，你一樣能高升。該給你的，本太子自會給你，這般急切做什麼？」

「末將該死！」尉林說罷，立時跪下。

「起吧！」太子淡眼瞥他。「我這人向來恩威並用。於我有恩之人，定會重賞；反之，十倍奉還。」說著，將畫捲好。「那女人怎麼樣了？」

「生不如死。」

「生不如死？」太子哼笑。「還是你未快活夠？」

尉林趕緊抱拳，垂首答道：「末將定會辦妥此事。」

「嗯。記得，不能讓她死得太快。」

「是！」

謝寧看著眼前的三個男人，嚇得大叫不止，不停後退著。

那些男人可不會憐香惜玉，強行控制住她，將她身上僅著的中衣撕個粉碎。

謝寧的尖聲哭喊似要衝破房頂般，而那個男人卻站在一旁慢慢觀賞，背著手，咧著豐潤如血的唇瓣，陰笑道：「他們是與我出生入死的弟兄，向來有福同享、有難同當。有女人，自然也一同睡。」

謝寧不停搖頭。「求求你，放過我吧！你要金要銀，我都可以給你。我有鋪子、有良田，價值萬金，全給你們，求你們放過我可好？」

男人陰笑著，拿出火摺子點亮一室昏暗，陰柔俊臉邪魅地看著赤身裸體的謝寧。

三個男人藉著火光，對橫陳於前的白玉胴體，再抑制不住，猛撲了上去。

「不要——」謝寧嘶喊，不斷抗拒推搡。

立在燈火暗處之人邪笑道：「即便妳有金山銀山，也無人會要，只怪妳得罪了不該得罪之人。」

謝寧遭受男人們凌辱，哭喊的聲音，早已淹沒了他的淡淡之語。

男人哼笑，背手轉身，大步離去，徒留下一室的慘叫與淫靡……

第八十七章 相邀

佟析秋派人接佟析春與佟硯青來侯府後，憶起亓三郎的話，越想越不對勁，總覺得他不會無緣無故跟她說那番話。昨兒晚上因犯睏，思緒失了靈光，但不代表她真沒有腦子想。

佟析春陪她坐在暖炕上繡著小衣服，見她一會兒皺眉、一會扭絹帕，不由擔心地放下繡花繃子，問道：「二姊，妳是不是覺得身子不爽利？要不，我陪妳去園子裡轉轉？」既然將她接過來陪她待產，為何她都坐在這裡這般久了，連一句話也未跟她說？

佟析秋回神，趕緊扯出笑道：「也好，如今臨近重陽，園子裡的菊花開得正嬌豔。」說罷，起身拉著佟析春向屋外走去。

秋風涼爽，姊妹倆在園子裡行走時，佟析秋的心情緩和了不少。

待行到一處小涼亭，藍衣將褥墊放在石凳上，喚春杏等人上了茶點後，佟析秋便牽著佟析春坐進涼亭，一邊喝茶、一邊藉著高處，將侯府大半景致盡收眼底。

正聊得興起時，綠蕪前來稟報，說董氏來了。

待兩人前去相迎，相互見禮後，佟析秋命春杏給董氏添了茶。

「嫂嫂好興致，讓我羨慕得緊呢！」董氏又笑著打量佟析春一眼，嘆道：「好標緻的人兒。如今來府中，住得可還習慣？」

佟析春起身行禮，笑道：「多謝四少奶奶關心。析春一向與二姊親厚，有二姊的地方，就似自家一樣，自是習慣。」

「那可不一定。這個家，可還有個姊夫呢！」董氏曖昧地瞥了佟析秋一眼。

佟析秋不在意，摸摸漸漸隆起的肚子。「四弟妹不是羨慕我如今的日子？」

見董氏點頭，佟析秋挑眉道：「那便再懷一胎。如今懷子，正可抬高地位呢。」不然，她若生個嫡子，還不氣死他們？

董氏面色一僵，隨即綻笑。「嫂嫂，我還真是為懷子之事來的。」

聽佟析秋輕哦，她又笑道：「前幾日回娘家時，娘家嫂嫂跟我說了，城郊近來有個神婆，凡經她看過之人，無一不是生兒子的命。聽說有懷子的婦人去找她，喝了她的神水，說是保證生兒子呢。」

「哦？四弟妹想去看看？」佟析秋不動聲色地掩了嘴。對於迷信之事，她可沒有半分興趣。

「跟娘家嫂嫂約好了，後日初八正逢雙日，是個好日子，可否請嫂嫂陪著前往？」

對於她看似懇求的眼神，佟析秋僅淡淡一笑。「近來我身子重，乏得緊，怕沒那精力陪妳去了。」

「不要緊，屆時公主也會去，想來嫂嫂定要陪同吧。」董氏得意地勾唇，將明鈺公主抬出來。見佟析秋看她，立時甩帕起身，行禮道：「如今秋高氣爽，菊香滿院，我不打擾嫂嫂賞花安胎了。」話落，轉身離去。

佟析秋哼笑著，淡然品茶，並未起身相送。

待她走遠，佟析春轉眸看向臉色無多大變化的佟析秋，有些猶豫地問：「二姊，這事……能成嗎？」

成什麼成？佟析秋瞋自家妹子一眼，董氏既能說動明鈺公主，定是拿生子之事來誘惑，便起身道：「走吧，等會兒怕有人來找了。」

佟析春點頭，趕緊走到她身邊，小心地扶她。「下坡呢，慢著點。」

「哪有那般嬌弱了？」

佟析秋眉眼含笑，嘴上雖這般說著，到底沒有拒了佟析春的一番好意。

幾人剛回院，果見桂嬤嬤後腳跟著來請。

佟析秋安置好佟析春後，便跟桂嬤嬤去了清漪苑。

彼時，明鈺公主見佟析秋要福身，自是免了她的禮，招手喚她近前。

「如今有析春陪著妳，心情可好些了？」

昨兒晚上，亓三郎來找她，說佟析秋因害喜而心情不佳，想將她弟、妹接來住段日子，好解悶。

明鈺公主聽了，豈有不答應的理？

「不過就是乏得緊，讓婆婆費心了。」

「這是什麼話？如今可不比以前，自然得開懷些才是。」明鈺公主嗔怪地看她一眼後，便說了董氏的事。

「辰時發完對牌，老四家的就來見本宮，說那婆子靈驗得很。還說，若想早點有身孕，就得帶個雙身子的人前去同拜。這樣一來，不但拜的人能很快懷孕，懷子之人還能生了男胎。」主要是能生男胎之事讓她動了心。她本有些不信的，可是……

「我派人去打聽了，若真是事實，少不得要勞妳跟著走一趟。如今那房遲遲未得子，如果強硬著不願陪她去，指不定又要說什麼閒話了。」

佟析秋心中明瞭，點點頭，自是不好拂了明鈺公主的意思。

晚間，亓三郎聽說此事後，只沈吟著，會派暗衛去探聽看看。若真是一般的神婆，屆時大不了不喝那神水，陪著拜拜了事。

現在實在懶得再跟大房一般見識，若是不陪她們去，少不得又要吵鬧。他差事繁忙，今日之後，怕會很少回府，不免擔心那房會作亂。

「很忙嗎？」佟析秋雖不想探聽太多，依然忍不住問了句。

「不過是查前年遇襲之事，少不得要跑動幾處。」

佟析秋點頭，靠在他懷裡，輕問：「皇上的病情如何了？」

「老樣子。」

見她抬眸，亓三郎勾唇，在她耳邊低語幾句。

佟析秋明瞭地輕嗯，隨即閉眼，摟著他的脖頸睡了過去……

明鈺公主探聽到那神婆的事後，就命柱嬤嬤前來知會佟析秋一聲，說是確有這麼個人，已待在那裡一年多，看過不少久未懷孕之人。那些婦人看過她後，確實就懷了身子。

至於喝神水包生兒子的事，雖不算絕對，但十個裡，至少有七、八個是生兒子的，還是有那麼幾分可信。

佟析秋聽完，就知明鈺公主決心要去看看了。好在蕭衛亦去查過，也得來同樣的消息。

因此，這事就這麼定了下來。

九月初八的早間，明鈺公主帶著佟析秋，隨大房去了京郊。

為怕途中路不平，顛著佟析秋，明鈺公主命人在車上墊了最厚的褥子，讓她坐得舒服些。

待來到神婆的住處，一行人剛下車，就皺起眉頭。

面前是間小草屋，不但破舊，且還飄散出一股腐臭的味道。

其他人還好，佟析秋卻是忍不住犯了噁心，旁邊伺候的綠蕪見狀，遂快步去車上拿痰盂。

明鈺公主見佟析秋吐得厲害，趕緊捂著絹帕走過來。「很難受？」

佟析秋點頭，對她們擺手道：「婆婆，妳們先進去吧。我且去透透氣，實在難受得有些喘不過來了。」

「也好。」明鈺公主替她順背，吩咐藍衣道：「帶妳們主子走遠些，這裡的味道太過難聞了。」

「這如何使得？得一起去拜，才有效呢。」董氏的娘家嫂子見佟析秋嬌氣成這樣，立即垮下臉。

佟析秋剛含下藍衣遞來的梅子，聽了這話，不免想發笑。

明鈺公主首先就不高興了。「不過是透個氣，妳急什麼？這味道妳我聞著都要以帕捂鼻，何況本宮兒媳還是雙身子！」

「是這樣沒錯，如今三嫂身子重，反應自是強了些。」董氏見明鈺公主不高興了，趕緊打起圓場，怕佟析秋等會兒不肯進去，又道：「我們先去好了，待三嫂緩過勁，自會來的。是不是啊，三嫂？」

佟析秋頷首，董氏的娘家嫂子見狀，只得冷哼一聲，算是作罷。

待她們進去後，佟析秋主僕便去了遠一點的地方透氣。待終於平復下來，不再嘔吐後，佟析秋才蒙著絹帕，向那間破草屋走去。

藍衣卻給綠蕪使個眼色後，就轉身離開了。

一掀開污黑油膩的門簾，屋裡竟連一絲光線也無，上首有座小小神壇，點著兩枝蠟燭，又擺了些瓶瓶罐罐並幾疊符紙。

一名身材乾癟、臉皺如樹皮的神婆，此時正坐著唸叨。

董氏等人見佟析秋進來，便伸手示意她別開口。

待佟析秋落坐於明鈺公主身後，神婆突然張開眼睛，眼珠渾濁發黃，看人時的死沈感覺，令人不由有些作嘔。

只見她將符咒拿在手中唸幾句，又在燭火上繞了一圈，點燃後放於一碗清水裡，又用指甲嵌著厚厚污泥的手指，在碗裡攪動一番。

整個過程讓在座的婦人看後，皆捂了嘴，忍不住作嘔起來。

「將這碗水喝了！」神婆粗嗄著嗓子，把碗推到董氏面前。

董氏見狀，雖有些作嘔，卻還是將那碗小接過來，閉眼仰脖喝下。

佟析秋覺得自己又要吐了，捂住嘴，趕緊轉眼不去看。

神婆見董氏喝了水，又拿出兩只一藍一綠的瓶子。將綠瓶打開，倒出黑黏如墨的液體，滴進董氏喝過的碗裡，又順手拿過神壇上裝水的罈子，倒水兌勻。

「喝了它，一個月後，保管有孕！」

「真的？」

神婆點頭，董氏立刻雙眼放光，將碗端起，一口喝下。

神婆見她喝了，又轉眸問佟析秋。「這位奶奶有孕幾月了？」

「近三月了。」明鈺公主見她問起佟析秋，趕緊回答。

「既是未過三月，就還來得及。」神婆點頭，將藍瓶遞上。

佟析秋給綠蕪使個眼色，綠蕪點頭，快桂嬤嬤一步接過來。桂嬤嬤見狀，只好收回抬起的腳。

「此藥本應於同房要子時吃最佳，不過對於已懷子的婦人，只要未過三月，同樣有效。若想要男胎，一次服三小勺，分三天服完最好。」

董氏的娘家嫂子一聽，問道：「這是生男胎之藥？那剛才我小姑喝的……」

「剛才這位奶奶喝的是能懷子之藥，這藍瓶裡是得男胎之藥。」

董氏的娘家嫂子聽罷，趕緊轉頭對董氏道：「既如此，不如妳也要一瓶回去服用？晚上吃後，正好……」曖昧地眨眼，董氏立時紅了臉，點點頭。

明鈺公主見狀，嫌惡地用絹帕捂嘴，只覺這人說話好生粗俗。

佟析秋卻笑著讓綠蕪將那藥瓶拿出來。「四弟妹若要，這瓶就送給妳吧。我身子弱，一直吃沈神醫給的安胎藥，怕沖到了。」

明鈺公主見佟析秋要把藥給董氏時，有些不滿，再聽說她吃著沈鶴鳴的藥，記起從秋山回來，好像就是沈鶴鳴幫她保住胎，遂將不滿的心情收起來。

綠蕪將藥瓶送過去，不想神婆卻道：「這藥是兼安胎與坐胎，這位奶奶可停了原來之藥，改吃這個就成。」

「妳這婆子，說起謊來眼都不眨，弄些蛇蟲鼠蟻當神藥賣，看姑奶奶今兒拆穿了妳！」藍衣不知何時進來了，手上用棍子挑著一條已經腐爛露骨的長蛇。

熏天的臭氣，噁心得佟析秋就算蒙了絹帕，也受不住，再次嘔吐起來。

明鈺公主見狀，立時不悅地斥著藍衣。「妳拿這些玩意兒做什麼？還不趕緊扔遠了？」

藍衣見佟析秋又吐了，挑起遮門的黑簾，把死蛇扔出去，飛快跑到佟析秋身邊，擠掉正給她順背的綠蕪，道歉道：「少奶奶，妳沒事吧？婢子不是有意的，只是這婆子好生噁心，屋後堆著滿缸蛇蟲鼠蟻，且全是腐爛的。咱們剛下車聞到的味兒，就是那裡傳來的呢。」

「嘔……」肚裡本就沒東西可吐了，再聽這話，佟析秋差點沒噁心得把膽汁給嘔出來。

「行了，妳這麼說，惹得少奶奶更不舒服了。」綠蕪打斷藍衣急著解釋的話，趕緊扶佟析秋起身。「少奶奶，婢子陪妳出去透透氣。」

佟析秋點頭，轉眸看向明鈺公主等人。

「去吧！」見佟析秋淚流滿面，明鈺公主心疼地擺手，讓婢女扶她出去。「若實在不行，就去車上歇著吧，反正這事也完了。」

佟析秋點頭，向眾人示意後，才轉身走出門。

一出草屋，佟析秋便直奔馬車，對跟出來的藍衣吩咐道：「妳去跟婆婆說，我實在吃不下那藥。若硬要吃，再犯噁心，怕會損了身子。」

「婢子知道了。」藍衣待她上車坐穩後，便轉身向草屋跑去。

彼時，神婆對佟析秋離去和董氏她們的不可置信，只不慌不忙地呵呵一笑。「幾位奶奶若不願信老婆子，大可不必前來，又無人縛著妳們，皆是妳情我願。那蛇蟲鼠蟻，本是老婆子煉藥所用，若所用之物平凡，跟普通郎中有何區別？既是不願信，就請回吧。」

藍衣進來，正好聽到這話，不由暗中撇嘴，對明鈺公主福身後，便將佟析秋的話說了。

明鈺公主聽得皺眉，看看神壇上的藍色藥瓶，眼中雖有著可惜，到底比不過佟析秋身子重要，遂嘆了聲，讓桂嬤嬤拿了十兩銀子出來。

婆子看著銀子，搖搖頭。「藥錢一百兩。」

「一百兩?!」藍衣驚得瞪眼，扠腰斥道：「妳這婆子，百兩銀能買一根相當不錯的人參了，妳這藥也值？」

「先頭不值如今值，姑娘偷看我煉藥之地，已是犯了大忌。」

藍衣還想再辯，不想明鈺公主冷眼掃來，嚇得她愣了一下，這才想起，明鈺公主不是自家主子，遂趕緊閉嘴退下。

明鈺公主讓桂嬤嬤拿銀票出來，淡淡對藍衣道：「回去自行領罰，打十杖。」

「是。」

待明鈺公主她們出了屋，屋裡只剩董氏跟她娘家嫂子，見董氏眼露猶豫，她娘家嫂子便將那藍色藥瓶拿過來，問道：「這藥靈不靈？」

「婆子在這裡近兩年，從未說過謊。用法已經告訴妳們，用或不用，且看妳們自己。」說罷，神婆起身，向神壇後的另一間黑屋走去了。

董氏的娘家嫂子聽了，直接把瓶子塞到董氏手裡。

「留著吧，這般多人吃了，也未見有事，可見那些東西只是聽著嚇人。屆時閉眼不去想，就當喝涼水一般。」

「嗯。」董氏點頭。將藥瓶捏緊，對於能懷上男胎，還是動了心。

——未完，待續，請看文創風496《貴妻拐進門》4（完結篇）

2016年12月出版

佳人非淑女

文創風 475～476

從母系社會穿越到了男權世界？
雖說古代生活對女性充滿惡意，
但她相信若拳頭夠大，身為女人也無妨……

文思通透人心，筆觸風趣達理／昭素節

穿到古代，不過是眨下眼的工夫，
要適應生活，卻得花上十分力氣。
青桐雖不幸的穿成了個棄嬰，但幸運的有養父母疼愛，
她一邊學習古代生活，想著要一輩子照顧爹娘，
可是人算不如天算，京城來的親爹娘竟找上了門？!
本來她不願相認，不承想一家三口卻被族人趕了出來，
這下子她只得領著養父母，進京討生活了。
然而京城的家竟是十面埋伏，面對麻煩相繼而來，她是孤掌難鳴，
未料那個愛找碴的紈袴小胖哥竟會出手相助，
禮尚往來，她決意幫他減肥，卻不知這緣結了，便再難解開。
她和他一同上學、一起練武，甚至一塊兒上邊關打仗，
他對她日久生情，她卻生性遲鈍、不開情竅，
幸而他努力不懈，終究使她明白了他的心意，
此情本該水到渠成，誰知最後關頭，他爹居然不答應婚事？!
這下兩人該如何是好？

2016年12月出版

騙嫁壞書生

文創風 472～474

初初相看兩厭，再見別有心思，三見情意已生……

似調情似鬥嘴・勾心撩情最高段／緋衣

都說寡婦門前是非多，果真是有些道理，尤其他家隔壁這位！
他穿來這窮困的宋家不過才六日，可卻因為她四個晚上都沒睡好——
不是漢子想翻她家的牆、老婆帶人來「捉姦」，鬧得一整夜雞犬不寧，
就是她家小奶娃夜啼不止，再不就是她隱忍痛苦、壓著嗓子哭個沒完……
瞧小寡婦這樣的長相可不能叫仙女，該叫妖女才是。
隨便一個眼神都能惹得男人情動什麼的……
果真，連原本對她沒好感的他，多瞧上幾眼、說上幾回話，
竟也心猿意馬起來，對她朝思暮想的……整個人快沸騰！
就在他隱忍情意快抓狂時，她居然約他暗夜相會，開口希望他能娶她……
她願意幫他家還債，只要他能跟她協議假婚，幫她度過「難關」，
沒想到家裡窮竟有這好處，她花五十兩「買」他，完全正中他的紅心了！

2016年11月出版

香怡天下

文創風 469～471

父母之命，媒妁之言，
家族為了自身利益，竟將她許配給一個傻子！
橫豎待在自個兒家沒有一席之地，
還不如嫁入豪門另闖一片天～～

香粉佳人，情長溫婉／末節花開

想她韓香怡乃身分卑微的丫鬟所出，
怎知卻成為家族聯姻的最佳人選？
一瞧這未來夫君，家世顯赫、皮相俊美，
嗯～～各方面都相當出挑，卻唯獨是個傻子，
這樁「好事」會落到她頭上自是不意外了。
可他們機關算盡，卻漏算了她這夫君的「裝傻」心計，
反而讓她意外撿到一個極品夫婿，
不僅會全心全意地呵護她，還是文武雙全的大將之才。
而當他鋒芒畢露、一掃傻名之際，
行情立刻水漲船高，成了達官貴人眼中的香餑餑，
連巡撫大人都親自來說親，欲將女兒嫁予他做妻，
可她的傻夫君早已「名草有主」了，那怎麼行啊！

為流浪貓狗加油

和貓寶貝 狗寶貝 廝守終生(一定要終生喔！)的幸福機會

對人來說，貓寶貝狗寶貝只是生活的一部分，但妳（你）對牠們來說，卻是生活的全部，領養前請一定要考慮清楚——

▲ 善良又有正義感的好漢　白白

性　　別：男生
品　　種：米克斯
年　　紀：3、4歲
個　　性：親人、熱情、聰明聽話，
　　　　　但有時會賴皮
健康狀況：2016年8月已接種疫苗
目前住所：台中市霧峰區

本期資料來源：台灣寵物認養協尋資料庫

第276期推薦寵物情人

『白白』的故事：

當白白還是一個月大的幼犬時，竟被人遺棄在台中的中清路中央，有好幾次差點被來往的車輛給撞到，幸好有善心人將牠救下，之後便被一名路過的男孩給帶回家。

然而，男孩的母親並不同意男孩收養白白，要男孩把白白送走，狗狗山的志工恰巧看見這一幕，心想著：這麼小的幼犬若淪落在外頭要怎麼生存呢？志工的心中感到相當不捨，於是她說：「把牠給我吧。」就這樣，白白展開了在狗狗山中途的生活。

白白的身材健壯、有著漂亮的臉蛋，可是個性卻有些小小好強；牠還相當重視自己的飯碗，經常守在一旁保護著，可這樣的白白，卻有一顆善良的心。白白對跟自己同區裡三隻較弱勢的狗格外地溫和及照顧，不僅會將牠們帶在身邊避免受欺負，甚至連飯都會分享出來，也因為如此，中途給了白白一個「好漢」的稱號。

如果有拔拔或麻麻願意給這隻「好漢」一個幸福的家、願意當牠的好夥伴，歡迎來信leader1998@gmail.com（陳小姐），或傳Line：leader1998，或是搜尋臉書專頁：狗狗山。

認養資格：

1. 認養者須年滿20歲，有獨立經濟能力，並獲得全家人的同意。
2. 須同意簽認養寵物切結書，並能讓中途瞭解白白以後的生活環境。
3. 同意送養人日後之追蹤探訪，對待白白不離不棄。
4. 同意讓白白絕育，且不可長期關、綁著白白，亦不可隨意放養。
5. 為讓中途對您有更深入的瞭解，中途會先有份線上問卷請您填寫。

來信請說明：

a. 個人基本資料：姓名、性別、年齡、家庭狀況、職業與經濟來源等。
b. 想認養白白的理由。
c. 過去養寵物的經驗，及簡介一下您的飼養環境。
d. 若未來有當兵、結婚、懷孕、畢業、出國或搬家等計劃，將如何安置白白？

貴妻拐進門 3

國家圖書館出版品預行編目資料

貴妻拐進門 / 半巧著. --
初版. -- 臺北市 : 狗屋, 2017.02
冊 ; 公分. --（文創風）
ISBN 978-986-328-692-9（第3冊：平裝）. --

857.7　　105023765

著作者　半巧
編輯　安愉
校對　黃薇霓　林安祺
發行所　狗屋出版社有限公司
地址　台北市104中山區龍江路71巷15號1樓
電話　02-2776-5889～0
發行字號　局版台業字845號
法律顧問　蕭雄淋律師
總經銷　知遠文化事業有限公司
電話　02-2664-8800
初版　2017年2月
國際書碼　ISBN-13　978-986-328-692-9

本著作物由北京黑岩信息技术有限公司授權出版

定價250元
狗屋劃撥帳號：19001626
網址：love.doghouse.com.tw　E-mail：love@doghouse.com.tw